MACHINATIONS

L'intégrale

Florian Dennisson

CHAMBRE
NOIRE

ISBN: 9791095383109

À Caro,
l'encre de ma plume

Épisode 1 : L'île des secrets

PROLOGUE

Sonnerie stridente. Bruits de pas sur le parquet de l'entrée puis ouverture de porte. Un agent en uniforme — celui de la Poste — se tenait là, prêt à dégainer du courrier. Geste de salutation rapide et machinal et, enfin, communication.

— Bonjour, madame, une lettre pour Hugo Girardi.

Sophie se retourna et lança un appel dont le volume avait pour but d'atteindre n'importe quel recoin de l'appartement.

— Hugo ! T'as un recommandé ! Je signe pour toi ?

Après quelques secondes, l'absence de réponse en constitua une pour Sophie qui empoigna le stylo tendu par le postier et apposa sa signature sur le bordereau. Elle le remercia et ferma la porte.

Hugo surgit dans le salon comme si le monde prenait enfin vie à mesure que ses paupières se décollaient. Sa mine endormie et les marques de draps qui lézardaient ses joues indiquaient qu'il venait à peine de s'extirper d'une sieste.

— Tu m'as appelé ? demanda-t-il l'esprit encore embrumé.

— T'as reçu un courrier, je te l'ai posé là, répondit sa compagne.

Hugo se gratta le sommet du crâne et se dirigea nonchalamment vers la table du salon. Il décacheta l'enveloppe, s'assit et lut.

C'était une lettre au contenu un peu obscur provenant d'un cabinet de notaire parisien. D'après ce qu'il en avait compris, un généalogiste successoral avait été mandaté afin d'effectuer une recherche d'héritiers selon les dernières volontés d'un testateur dont l'anonymat devait être respecté scrupuleusement. La procédure était on ne peut plus simple : se rendre au lieu indiqué dans la missive et attendre les instructions sur place. Il devait s'agir d'un entretien préalable à la poursuite de la démarche.

Croyant d'abord à une erreur, Hugo relut les quelques lignes à plusieurs reprises et reconnut bien son nom écrit trois fois dans la lettre. Ne se connaissant pas d'ancêtre récemment décédé, il fit ce qu'il faisait souvent lorsqu'il était en proie au doute, il s'en remit à Sophie. Elle qui partageait sa vie pour le meilleur et pour le pire — sans pour autant en avoir fait le serment solennel devant un maire — depuis désormais plus de cinq années, lui était généralement de bon conseil. Souvent, il se demandait ce qu'il ferait sans elle.

— Bébé, viens voir ça !

Sophie s'approcha de la table, amenant avec elle quelques effluves de son doux parfum, léger et sucré comme ses baisers. Elle se pencha par-dessus l'épaule d'Hugo et parcourut rapidement la lettre.

— Qu'est-ce que c'est que ce truc ? lâcha-t-elle spontanément.

— Je sais pas… On m'a peut-être retrouvé un riche ancêtre, dit-il en souriant.

— Pourquoi riche ?

— Le cabinet de notaire parle d'un héritage « substantiel », ça veut bien dire ce que ça veut dire.

— À mon avis, c'est une arnaque, lança Sophie en haussant les épaules.

— Une arnaque en recommandé avec accusé de réception ? Et un voyage aller-retour en première classe ?

Il sortit des billets de l'enveloppe et Sophie, perplexe, les inspecta.

— Ils auraient pu prévoir le voyage pour deux personnes. Là, j'y aurais cru, ironisa-t-elle.

— C'est tous frais payés, il y a les noms des deux cabinets, les logos, les numéros de téléphone, les adresses, les numéros de SIRET. On peut chercher sur Internet, si tu veux, mais tout ça m'a l'air bien réglo.

Sophie haussa les sourcils et Hugo continua :

— Il y a quelques mois, j'aurais sûrement foutu ce courrier à la poubelle, mais avec ma situation et notre projet de maison, un petit coup de pouce financier ne serait pas de refus.

— T'es pas sérieux ? Tu comptes vraiment y aller ?

— Qu'est-ce que je risque, franchement ? Une intoxication au champagne en première classe ? Me faire kidnapper par un gang de notaires contre une rançon ?

Sophie pouffa et se retourna pour lancer un dernier « *fais ce que tu veux* » en se dirigeant vers la salle de bain.

Hugo haussa les épaules et se pencha de nouveau sur la lettre. Il sentit une pointe d'excitation lui chatouiller l'estomac. Cela faisait plusieurs mois qu'après un licenciement qui s'était mal passé, Hugo tournait en rond chez lui, attendant impatiemment le retour de Sophie pour qu'il ait enfin quelqu'un à qui parler. Les CV qu'il avait envoyés par dizaines n'avaient même pas donné suite à un entretien. Pas un. Étrange pour un ingénieur ayant son cursus.

Cette lettre tombait à point nommé et lui aurait permis de sortir de sa monotonie quotidienne. Sophie aussi avait bien besoin de souffler un peu, car avoir un homme qui pantoufle à la maison ne constituait pas vraiment un environnement très sain pour quelqu'un d'aussi dynamique qu'elle.

Si cette convocation aboutissait sur une impasse, il aurait au moins gagné un aller-retour pour la Bretagne et il irait respirer le grand air marin avant de rentrer.

Il ne fallut pas plus de quelques heures de réflexion à Hugo pour prendre sa décision. Il répondrait à la demande et se rendrait sur place, quitte à changer de plan au dernier moment, et puis, la perspective finale de se voir léguer un héritage n'était pas pour lui déplaire.

CHAPITRE I

Ils avaient tous reçu la même mystérieuse lettre et avaient tous répondu présents au rendez-vous. Cinq personnes aux sexes, âges et origines complètement différents se trouvaient là, en Bretagne, dans le port d'une petite ville des Côtes-d'Armor à l'extrémité ouest de la baie de Saint-Brieuc répondant au nom peu évocateur de Paimpol.

Tous avaient eu le même raisonnement qu'Hugo et personne n'aurait daigné quitter son domicile si le voyage et les frais n'avaient pas tous été compris et payés d'avance.

Parmi les cinq, deux femmes, Naima et Eugénie, et trois hommes, Victor, Harold et Hugo.

Venant tous deux d'Île-de-France, Naima Hadji et Victor Karadjian auraient pu se retrouver dans le même train s'ils n'avaient pas voyagé à des horaires différents. Harold, quant à lui, était parti de Bordeaux et Eugénie, récemment installée en Vendée, avait embarqué depuis Nantes.

D'ordinaire, rien n'aurait pu réunir ce melting-pot d'individus hétérogènes dans le froid cinglant d'un minuscule port de plaisance en bord de Manche. Il aura suffi d'une seule lettre, d'une seule promesse, celle de l'héritage tenu secret d'un énigmatique défunt. Cela en faisait peu pour persuader quiconque de quitter son quotidien et se lancer dans une aventure dont l'issue était inconnue. Pour eux cinq, cela avait visiblement été suffisant.

Naima se demanda s'ils étaient les seuls à avoir reçu l'énigmatique courrier ou si d'autres candidats allaient se joindre à eux. Peut-être même que certains avaient tout bonnement refusé l'idée d'une telle aventure aux motifs si curieux. Victor, quant à lui, restait perplexe sur le fait que les quatre autres personnes — emmitouflées comme lui dans leurs manteaux d'hiver — aient pu faire le déplacement pour des raisons comparables aux siennes. Comment aurait-il pu avoir un ancêtre commun avec ces individus aux origines visiblement si éloignées. Au fur et à mesure que les minutes s'égrainaient en autant de bourrasques glacées et, comme personne n'avait encore osé briser le silence, le doute s'installait lentement.

Pour estomper la gêne, Harold et Eugénie avaient adopté une technique similaire, celle de poser leur regard au loin, sur la barre d'horizon que venaient parfois caresser les embruns.

Plus le temps passait, plus la glace qu'il allait falloir briser entre eux s'épaississait. Hugo, semblant être le plus jeune, considéra plusieurs fois le fait de se présenter aux autres, mais l'incongruité de la situation le freina. Il espérait que quelqu'un vienne rapidement à leur rencontre et leur explique enfin les véritables raisons de leur présence à Paimpol. De plus, il n'avait pas vraiment fait attention à la météo et la veste de mi-saison qui lui suffisait amplement pour supporter les températures de sa région Toulousaine s'avérait peu efficace contre le climat breton.

Alors qu'un léger crachin commençait à vernir leurs habits de gouttelettes scintillantes, le souhait d'Hugo — et du reste du groupe — fut exaucé.

Croyant apercevoir une silhouette au loin, Naima releva la tête et tourna son visage en direction d'un ponton sur sa gauche. Un homme vêtu d'un ciré sombre se dirigeait vers leur groupe d'un pas décidé. Lorsqu'il ne fut qu'à quelques mètres d'eux, tous comprirent que sa venue les concernait et qu'ils allaient peut-être enfin avoir des réponses à leurs interrogations.

Malgré les fréquentes bourrasques qui l'obligeaient à plisser les yeux, l'homme esquissait un sourire rassurant.

— Bonjour à tous. Veuillez excuser mon retard, mais la météo a quelque peu ralenti ma progression jusqu'à vous.

Il jeta un regard circulaire avant de continuer.

— Je vois que vous avez tous répondu présents à la demande du cabinet De Saint-Victor. Nous pouvons donc, si vous le voulez bien, nous diriger vers le bateau. C'est celui que vous pouvez apercevoir au bout de ce ponton.

Hugo voulut lancer un « *pour aller où ?* », mais voyant que tout le monde s'exécutait sans rechigner, il se ravisa et enfonça de plus belle le visage dans sa veste dont il avait relevé le col pour se mettre à l'abri du vent marin.

Tout s'était fait sans un bruit, sans un mot, comme dans une lente procession qui disparut dans la brume. Naima se cramponna à deux barres verticales qui encadraient l'entrée du bateau et s'enfonça à l'intérieur de la cabine. Le reste du groupe lui emboîta le pas et c'est Eugénie, dernière à monter à bord, qui fut la première à briser le silence.

— Je crois que ça fait plus de dix ans que je n'ai pas mis les pieds sur un bateau, j'ai le mal de mer !

Naima ébaucha un sourire complice alors qu'Harold tendait la main vers Eugénie pour l'aider à progresser vers le siège le plus proche. Elle remercia le Bordelais et, se sentant instinctivement plus en sécurité près du seul homme qui avait daigné l'aider, elle s'assit à ses côtés.

Voyant la mine peu rassurée d'Eugénie, l'homme au ciré tenta d'apaiser les éventuelles angoisses :

— La traversée ne sera pas longue et la mer commence à se calmer. De plus, nous resterons dans la baie, là où les ardeurs de la Manche sont amorties par les côtes.

Harold, qui avait été à deux doigts de refuser cette petite excursion bretonne et qui jaugeait de plus en plus la situation comme une possible farce, se décida à détendre l'ambiance en entamant les présentations d'un ton jovial :

— Bonjour à tous, je m'appelle Harold Vandenberg, quarante-cinq ans et médecin à Bordeaux.

Alors que le bateau démarrait vers une destination inconnue, Eugénie en profita pour poursuivre dans la lancée :

— Merci Harold. Quant à moi, je suis Eugénie Faure, je travaille dans la finance et j'ai toujours autant le mal de mer.

Un petit rire salvateur éclata dans l'assemblée. Les visages se détendirent et les langues se délièrent.

— Hugo Girardi, actuellement sans emploi, trente-deux ans.

— Victor Karadjian, le plus vieux ici j'ai l'impression, dit-il en esquissant un sourire charmeur. Pour l'État je suis à la retraite, mais en vérité je cherche toujours à faire des affaires, ponctua-t-il d'un clin d'œil vers Eugénie.

— Naima, dit succinctement la jeune Parisienne.

Comme pour lutter contre son mal en se concentrant sur autre chose, Eugénie la relança :

— Naima comment ?

— Euh… Naima Hadji, parut-elle hésiter.

— Votre nom et votre visage me disent quelque chose…

— Je suis journaliste. Vous m'avez peut être lue, mais vue, c'est peu probable, mon métier m'oblige à une grande discrétion.

— C’est peut-être ça, dit Eugénie en fronçant les sourcils comme si cela l’aidait à fouiller plus en profondeur dans sa mémoire. Sûrement un article que j’ai lu récemment.

Une vague de face fit claquer la coque du bateau et le groupe fut brièvement secoué, laissant Eugénie échapper un petit cri d’effroi. Harold posa ses mains imposantes sur ses épaules pour la caler au fond de son siège et compenser les effets de la houle puis lui glissa quelques mots rassurants.

En réponse à la turbulence, le skipper annonça à l’assemblée que la traversée touchait bientôt à sa fin, une dizaine de minutes au plus les séparaient de leur destination. Les passagers échangèrent quelques regards puis Hugo, peu habitué à seulement effleurer la surface de n’importe quel sujet, relança les conversations :

— Vous êtes tous là pour une histoire d’héritage, c’est ça ? dit-il en scrutant les réactions sur les visages.

— Moi, j’ai reçu cette lettre, répondit Harold en extirpant une enveloppe à moitié froissée de la poche latérale de sa veste.

Même entête, même nom de société. Tous reconnurent le logo de l’étude notariale De Saint-Victor et nul n’eut besoin de lire ce que la lettre contenait.

Hugo et les autres avaient enfin leur réponse : ils étaient tous là pour la même chose.

— Ça vous paraît pas bizarre tout ça, quand même ? continua Hugo avec un petit air malicieux.

— Dans quel sens ? rétorqua Naima.

Avant de répondre, Hugo se tourna vers Harold, puis Victor et revint enfin sur Naima.

— C'est à dire que si nous sommes candidats à un héritage d'un ancêtre commun, c'est qu'il a dû sacrément voyager !

Si personne n'avait compris où voulait en venir Hugo, il fit disparaître toute interrogation sur-le-champ :

— Harold, j'imagine que vous devez avoir des origines africaines, et vous, Victor, votre nom a une consonance arménienne. Quant à vous Naima, vous avez sûrement des origines nord-africaines. N'y voyez là aucune forme de racisme, hein ! C'est juste que je me pose des questions, quoi. Comment se pourrait-il qu'on soit tous ici les descendants d'un même aïeul ?

Naima fronça les sourcils, plus par réflexe que par réelle perplexité et Harold éclata d'un rire sonore.

— Ne vous inquiétez pas, Hugo ! Je me suis fait la même réflexion dès que je vous ai tous vus attendre au port. En arrivant ici, je pensais sincèrement me retrouver avec un groupe de Noirs répondant à la demande un peu étrange d'un ancêtre commun.

Il rit de nouveau en basculant sa tête en arrière. Sa bonne humeur était communicative et Hugo se réjouit de constater que la tension — si tension il y eut jamais — s'était estompée.

— Après tout, on est là pour faire des tests. Du coup, ça me paraît presque normal qu'on ait l'air si différent, lança Naima.

— C'est juste, ponctua Victor. Reste à savoir qui est ce mystérieux ancêtre…

— À ce sujet, c'est le brouillard complet pour ma part, dit Hugo. Je ne sais même pas où on va, et s'il fait encore plus froid que tout à l'heure, je sens bien que je vais avoir besoin des services de ces notaires pour établir un testament !

Il montra sa veste trop légère pour le climat local et mima un tremblement exagéré dû au froid. Le public éclectique rit de bon cœur à ce court sketch improvisé.

Doucement balancée par les eaux salées de la Manche, leur embarcation approchait de l'île de Saint-Riom, véritable petit bout de terrain encalminé dans la baie dont la seule bâtisse visible consistait en un ancien monastère réhabilité en discrète villa de charme. Cet îlot privé était passé entre plusieurs mains depuis des siècles et appartenait aux dernières nouvelles à un riche industriel qui payait cher pour son anonymat. Le bateau avança jusqu'à une petite plage rocailleuse, mais ne se contenta pas d'accoster comme une vulgaire coquille de noix. Au contraire — prestige de ses propriétaires oblige, — il grimpa sur la pente sablonneuse à l'aide de roues situées sous la coque. On se serait cru dans un vrai film de James Bond où Saint-Riom aurait été l'île secrète d'un Docteur No armoricain qui comploterait pour mettre le monde à sa merci.

Avant de descendre du bateau, les prétendants au mystérieux héritage durent confier leurs téléphones portables au skipper. Pour des raisons évidentes de confidentialité, aucun nom ni aucune photo ne devaient filtrer des entretiens et, en général, de toute l'opération. Même s'ils n'adhéraient pas tous entièrement à la façon de faire, les cinq sans exception hochèrent la tête en silence et cédèrent leurs smartphones. Ensuite, ils s'engagèrent sur un petit chemin de pierres ancestrales qu'avaient dû fouler des moines bretons pendant des siècles.

Sur le perron du vieux monastère, un homme — dont l'habillement léger concordait peu avec la température extérieure — les attendait en soufflant dans ses mains pour les réchauffer. La coupe de son costume deux-pièces attestait aussi bien de sa qualité que de son prix, ce qui dénotait quelque peu avec son allure générale plutôt quelconque. Hugo se figura qu'il devait s'agir d'un notaire ou d'un employé du cabinet de généalogie. Naima, quant à elle, imagina ce grand type un peu mal à l'aise comme un maître de maison, un homme à tout faire ou, tout au moins, une personne dont seuls les gens riches peuvent s'allouer les services. Eugénie, trop contente de fouler enfin la terre ferme n'avait pas d'avis, pas plus qu'Harold qui l'aidait à évoluer entre le sable et les graviers avec ses chaussures à talons peu pratiques sur de tels terrains. Victor semblait perdu dans la beauté du paysage et fut le dernier à rejoindre l'assemblée sous le fronton de la bâtisse.

L'homme au costume, de moins en moins à l'aise avec la température hivernale extérieure, leur fit un discours d'accueil manifestement appris par cœur :

— Bonjour à tous, je me présente, je suis Bertrand Lesage, généalogiste chargé d'établir les rapports en vue de la succession. En entrant dans la maison, vous verrez une table sur votre droite sur laquelle est posé un tas de feuilles. Ce sont des clauses de confidentialité que vous pourrez prendre le temps de lire en attendant au salon. Ce n'est que lorsque vous aurez paraphé et signé que vous pourrez accéder à la suite de la procédure.

Il ouvrit la lourde porte en bois devant laquelle il se trouvait et fit un geste qui invita tout le monde à entrer.

L'intérieur était chaleureux et décoré avec sobriété et goût. Une petite table en chêne vernie se tenait dans le hall d'entrée, prête à livrer ses contrats de papier. Au fond, sur la droite, s'ouvrait une immense pièce à vivre laissant entrer la lumière du jour par deux grandes baies vitrées donnant sur une cour intérieure. Chauffée par une superbe et large cheminée en marbre de style Louis-Philippe, la grande pièce offrait également à tous les hôtes la possibilité de s'asseoir dans deux canapés d'allure confortable.

En silence, tous suivirent les instructions de Bertrand Lesage et empoignèrent les deux feuillets que constituait l'ensemble des clauses de confidentialité. Avec de telles restrictions, l'anonymat du mystérieux défunt ne risquait pas d'être trahi. « *Peu importe puisqu'il est mort* », pensa Hugo. Il n'allait pas s'offusquer pour si peu et il comptait bien aller jusqu'au bout même si on lui demandait de faire l'entretien en caleçon, au cas où il dissimulerait un micro.

De nature curieuse, Naima relevait souvent la tête pour jeter des regards sur les autres et contrôler les allées et venues du skipper et de Lesage. Ce dernier s'était éclipsé en empruntant le couloir de gauche après l'entrée ; sans doute les entretiens individuels allaient-ils se dérouler là-bas.

Quelques minutes plus tard, leur hôte revenait vers eux à pas lents.

— Tout d'abord, y a-t-il des personnes qui ont des remarques sur ce qu'elles viennent de lire ?

Comprenant dans les mouvements de tête et les murmures que tout le monde semblait approuver les conditions de la procédure, Bertrand Lesage continua :

— Bien. Le voyage a dû vous creuser l'estomac. Éric, que vous connaissez déjà, va vous servir de quoi manger et boire dans quelques minutes. Pour ma part, je serai dans l'office au bout de ce couloir pour commencer les entretiens individuels. Je vous appellerai par ordre alphabétique. Madame Faure, si vous voulez bien me suivre ?

Eugénie, comme tirée d'un rêve, leva la tête et se mit debout, contrat à la main. Elle s'avança vers Lesage et tous deux s'effacèrent dans le couloir étroit attenant au salon. « *Enfin une à qui le mystère va peut-être être dévoilé* », pensa Naima en les regardant s'éloigner.

La lumière du jour baissait à mesure que les heures défilaient sur la grosse horloge du salon. Harold s'était retrouvé seul, dernier sur la liste des entretiens à cause de son nom d'origine flamande : Vandenberg. Non loin de la cheminée, il avait repéré un petit meuble sur lequel quelques vieux livres prenaient la poussière. *Le train de 16 h 50* d'Agatha Christie avait attiré son attention. Sachant pertinemment qu'il ne le finirait pas ici, il décida néanmoins de tuer le temps en entamant sa lecture.

Deux heures plus tôt, lorsque Naima était sortie du bureau de Lesage, il lui avait été conseillé de ne pas revenir dans le salon et de privilégier une des innombrables pièces de l'immense demeure en attendant la fin des entretiens. Il lui serait apporté à boire, à manger et même à lire si l'envie s'en faisait sentir. Chaque candidat reçut le même conseil et Harold fut donc l'ultime personne à rester là, à s'ennuyer sur un des canapés du salon.

Il avait beaucoup parlé avec Hugo et Naima puis, quand ils avaient été appelés, lui et Victor, au départ sur la réserve, avaient néanmoins pu briser la glace. Quand ce fut au tour de l'Arménien, Harold se retrouva seul.

Il attendait son heure avec une pointe d'excitation, celle-là même qui provoque une sensation de nœud dans l'estomac un jour de rentrée des classes.

Un bruit de pas précipités l'extirpa de sa lecture et il crut d'abord que Bertrand Lesage accourait pour lui annoncer que son entretien allait commencer, mais en lieu et place du grand homme en costume italien, se tenait Eugénie Faure. Le visage en proie à la peur, elle pointa du doigt l'entrée principale et haleta quelques bribes :

— Le… sur la plage… vite !

La détresse manifeste dans les yeux d'Eugénie mit immédiatement Harold en alerte et il ne perdit pas une seconde pour agir. Il lâcha son roman et se rua sur la lourde porte en chêne massif pour l'ouvrir en grand.

Le froid lui cingla le visage et il dut plisser les yeux pour comprendre la scène inquiétante qui se jouait devant lui.

Alerté par le bruit, Bertrand Lesage, suivit de près par Naima puis Victor, rejoignit Harold sur le perron. Toujours sous le choc, Eugénie parut ne pas vouloir assister à la scène une seconde fois, mais vint néanmoins s'agripper au bras d'Harold. Hugo fut le dernier à rejoindre l'assemblée et à constater par lui-même ce qui choquait tant cette dernière.

Devant eux, sur la plage, le crépuscule était embrasé par les flammes qui s'élevaient au-dessus du bateau avec lequel ils étaient arrivés. La masse désormais informe de métal, de plastique et de fibre de verre fondus se disloquait sous l'action de la chaleur dans un ballet sonore aux couleurs féériques. Nul doute que, dans d'autres circonstances, chacun aurait trouvé ce spectacle somptueux, tant les lumières et les nuances du brasier donnaient soudain vie à ce décor empreint de magie et de mystère.

Médusés et impuissants face à l'aspect inéluctable de ce qui se déroulait devant leurs yeux, tous restèrent immobiles, le visage rougi par les lueurs dansantes du feu.

Bertrand Lesage, sur un ton péremptoire, lança :

— J'ai bien peur que nous ne soyons coincés ici jusqu'à nouvel ordre…

CHAPITRE II

La nuit était noire, la lune ascendante et l'épave échouée sur la plage, encore fumante. Bertrand enjoignit tout le monde à se mettre au chaud à l'intérieur. Il les dirigea vers la salle de réception où une grande table en chêne massif semblait avoir attendu ce funeste moment pour les accueillir. Tous prirent place autour de leur hôte et restèrent suspendus à ses lèvres tandis que dans leurs têtes, la dernière phrase du généalogiste résonnait encore.

— Je… euh…

Il parut se décomposer sur l'instant, comme si les images qu'il venait de voir prenaient seulement forme dans son esprit. Hugo ne fut pas aussi patient que l'assemblée et lança :

— Coincés ici ? Jusqu'à nouvel ordre ? Vous nous expliquez ?

Il avait cru avoir hurlé, mais se rendit compte que ses mots étaient sortis plus posément, la mine sincèrement déconfite de Bertrand Lesage ayant probablement atténué sa fougue.

— Le bateau avec lequel nous sommes tous venus, celui qui n'est désormais plus qu'un tas de cendres, était le seul moyen de transport hors de cette île, dit-il en retirant ses lunettes embuées pour en essuyer les verres avec le revers de sa manche.

— Vous déconnez ? cria Naima tandis que Victor et Harold soupiraient de concert.

— Appelez le port ! Les secours ! Qui vous voulez ! C'est pas bien compliqué, continua Eugénie.

Le généalogiste repositionna ses lunettes et la fixa droit dans les yeux, d'un regard inquiet.

— Cet endroit a été spécialement choisi parce qu'il n'y a aucun moyen de communiquer avec l'extérieur. Le propriétaire des lieux était à la recherche d'un havre de paix, une sorte de bulle à l'écart de la civilisation.

— C'est réussi ! souffla Naima.

Victor, semblant désespéré, se leva et marcha lentement vers la baie vitrée, les mains jointes dans le dos. Le regard plongé dans un abîme de noirceur, il écoutait la conversation d'un air absent. Peu encline à faire des sentiments dans une situation pareille, Naima reprit de plus belle :

— Vous, ou Éric, vous n'avez qu'à dépêcher un bateau, je ne vois pas le problème !

Bertrand ferma les yeux, comme pour édulcorer la bombe qu'il allait lâcher :

— Tout comme vous, je suis tenu au plus grand secret, et tout comme vous, j'ai laissé mon téléphone portable à Éric quand il m'a amené ici…

Un court silence aida les hôtes à digérer l'information puis Harold lança :

— Appelez donc Éric, qu'il nous dise où il a mis tous nos téléphones !

— Je l'ai vu faire, il a déposé le mien dans un casier à code qui se trouvait dans la cabine du bateau…

Naima, excédée, se leva.

— Qu'est-ce qu'on fait là, alors ? Allons voir si l'un de nos téléphones est encore en état de marche ! tonna-t-elle.

— Vous n'y pensez pas, vous ne pourrez pas approcher le brasier à moins d'un mètre, c'est bien trop chaud ! Il faudra attendre demain matin, et encore ! rétorqua Bertrand.

— Il a raison, dit Hugo.

L'ingénieur avait parlé. Si Naima avait eu la moindre intention d'aller fouiller les braises à la recherche d'un smartphone en état de fonctionner, elle parut s'envoler sur-le-champ, comme si la parole du jeune diplômé avait plus de valeur que celle de l'homme qui les avait attirés ici.

Toujours debout, la journaliste sembla soudain réaliser que quelque chose clochait, une sorte d'ombre étrangère au tableau. Elle fit le tour de la pièce du regard et ses pupilles se dilatèrent sous l'effet d'une brusque poussée d'adrénaline. Elle prit une profonde inspiration et déclara :

— On n'arrête pas d'en parler, mais il est où cet Éric, au juste ?

Un coup de tonnerre silencieux explosa dans toute la pièce.

Ne trouvant pas de réponse à sa question, Naima se tourna vers Bertrand, le sommant de parler d'un coup de menton en l'air dans sa direction.

— Je... Il séjourne dans la petite dépendance au bout du verger, balbutia le généalogiste.

— Il est où ce verger ? demanda la journaliste.

— C'est le jardin que vous voyez à travers les baies vitrées. Tout au bout, il y a une petite maison, c'est là qu'est Éric quand il n'est pas en service, la plupart du temps.

— Venez avec moi, on va le chercher !

Son ton avait sonné comme un ordre, mais Hugo avait quelque chose à ajouter :

— Pas si vite ! Vous allez peut-être me trouver un peu parano, mais si on va chercher Éric, on y va tous ensemble. Quelqu'un a anéanti notre seule issue hors de cette île, je préfère m'assurer qu'il n'y aura pas d'autres surprises.

— Séparer le groupe ressemblerait au scénario de tous les plus mauvais films d'horreur, dit Victor pour détendre l'atmosphère, le regard toujours plongé dans la nuit. Je suis d'accord avec monsieur Girardi, allons chercher cet Éric ensemble.

Tout le monde opina du chef et enfila ses habits pour combattre le froid à l'extérieur.

Bertrand, en leader de troupe désigné d'office, s'avança vers la baie vitrée et l'ouvrit. Une rafale glaciale siffla en s'engouffrant à l'intérieur comme pour sonner le début des recherches.

Naima et Hugo encadraient le généalogiste tandis que Victor, Harold et Eugénie les suivaient quelques mètres plus loin. Les mines étaient graves, les visages et les mains enfoncés dans les vestes.

Le verger, autrefois utilisé par les moines pour se ravitailler en fruits et légumes, n'était en ce mois de décembre qu'un bout de terrain grisâtre et sans vie. Quelques pommiers fatigués obstruaient la vue sur la dépendance, mais celle-ci présentait une fenêtre à travers laquelle une douce lueur filtrait. Éric allait sûrement pouvoir les aider. Pourvu qu'il ait un quelconque moyen de communication qui fonctionne sur cette île maudite.

Arrivé devant la porte de la petite maison, Bertrand actionna la sonnette puis attendit quelques secondes. Il réitéra l'opération. Seul le ressac au loin répondait à ses appels.

Constatant que la porte n'était pas verrouillée, il l'ouvrit, passa la tête dans l'entrebâillement et cria le nom de l'homme à tout faire. Là encore, aucune réponse.

Impatiente, Naima bouscula Bertrand et fit irruption dans le hall d'entrée où elle hurla de plus belle. Elle tenta d'évaluer où se situait la pièce dont la fenêtre donnait sur le verger et grimpa les marches deux à deux jusqu'au premier étage. Prise d'un mauvais pressentiment, elle s'autorisa une grande inspiration avant d'ouvrir la porte.

Vide.

Pas le moindre signe d'Éric. La peur de ne pas retrouver la seule personne qui aurait pu les sortir de cette île monta graduellement en Naima. Bertrand interrompit le flot de ses pensées :

— Alors ? cria-t-il depuis le rez-de-chaussée.

— Rien ici, dit-elle, ne cachant pas sa déception.

Harold était passé par la kitchenette, Bertrand et Eugénie venaient de fouiller le bureau ainsi qu'une sorte de petite buanderie. Quant à Victor, fidèle à sa nouvelle habitude de scruter l'horizon, il avait déjà ouvert la porte-fenêtre qui donnait sur le côté nord de l'île. Faisant glisser ses mains sur la paroi froide à l'extérieur, il tâtonna puis toucha ce qu'il espérait trouver : un interrupteur. Il l'actionna et un gros spot lumineux fit fuir l'obscurité.

Une petite table où un cendrier attendait un dernier mégot pour déborder et une chaise orientée vers la mer attestaient des habitudes d'Éric. Une petite cigarette face au littoral, le vent marin qui en faisait rougeoyer l'extrémité. La belle vie.

« Y a pire », se dit Victor. Éric devait apprécier la vie tout en la raccourcissant à petites doses.

Alors qu'il s'éloignait vers la côte rocailleuse, Naima, qui descendait l'escalier à ce moment-là, tendit le bras et pointa un index vers l'horizon en criant :

— Là-bas, au milieu des rochers !

Depuis la maisonnette, les regards se braquèrent en direction de la mer et tous constatèrent la même chose : une forme sombre flottait à la surface. Ballottée par le ressac, un ciré noir. Celui d'Éric.

Bertrand voulut en avoir le cœur net et sprinta en direction des rochers, suivi de près par Hugo. Ils dépassèrent tous les deux Victor qui avait entamé une lente marche dans la même destination.

Au bord de l'eau, le vent giflait les visages et rendait les choses beaucoup plus compliquées. Ignorant l'aspect glissant des rochers, Bertrand s'approcha au plus près du ciré en escaladant l'un d'eux. Sa main gauche agrippant fermement la roche, il se pencha au-dessus des eaux salées et constata qu'il s'agissait bien du vêtement d'Éric. Puis, en décalant son regard un peu plus vers la gauche, il aperçut quelque chose de plus massif qui flottait entre deux pointes rocheuses. Il ne lui fallut pas plus de quelques secondes pour comprendre qu'il s'agissait du corps de celui qu'ils cherchaient tous.

— Là-bas, derrière ! C'est Éric, il est…

Il n'eut pas besoin de terminer sa phrase qu'ils avaient déjà tous compris la gravité de la situation. S'il y avait une chance pour qu'il soit encore vivant, il allait falloir faire très vite tant les eaux glaciales de la Manche faisaient chuter radicalement les probabilités de survie au fur et à mesure que les minutes s'écoulaient.

La gorge nouée par la panique, Bertrand demanda de l'aide à Hugo. Ce dernier le rejoignit sur le rocher glissant et compris dans ses explications confuses et précipitées qu'il voulait qu'il le maintienne fermement pendant qu'il se pencherait pour tenter de ramener le corps vers la rive.

L'entreprise fut un cuisant échec et, au bout d'une dizaine de vaines minutes, le tandem d'apprentis sauveteurs cessa son action. Bertrand et Hugo s'étaient échangé les rôles à mesure que leurs doigts et leurs mains s'engourdissaient sous l'effet de l'eau glaciale.

Depuis la rive, le reste du groupe les observait, dépité et impuissant. Aucun d'entre eux ne pensa une seule seconde qu'il aurait pu mieux faire qu'Hugo et Bertrand, si bien que lorsque les deux hommes les rejoignirent enfin, ils furent réconfortés avec des d'accolades franches et des mots de soutien. Ils avaient fait ce qu'ils avaient pu.

De retour au monastère, autour de la grande table en chêne, les mines étaient aussi maussades que le temps à l'extérieur. Harold avait allumé un feu dans la cheminée qui sembla un instant réchauffer les corps meurtris et les âmes en peine. Eugénie brisa un silence qui paraissait s'être installé comme un voisin gênant :

— Je sais que vous avez fait tout ce qui était possible, mais il serait important, à mon avis, de pouvoir rapatrier le corps et le mettre à l'abri. L'identité judiciaire aura tout le mal du monde à travailler sur un macchabée rongé par le sel et les animaux marins.

La remarque, criante de vérité, avait fait mouche dans les esprits de chacun et la majorité d'entre eux esquissa une légère grimace.

— Vous parlez comme un flic, ajouta Hugo.

— Vous n'êtes pas loin, lui répondit-elle.

— Je croyais que vous étiez dans la finance, s'interrogea Victor.

— Je suis une flic de la finance si vous préférez. Je travaille pour la division nationale d'investigations financières et fiscales.

— Pourquoi ne pas nous l'avoir dit tout de suite ? avança Naima.

— En général, quand je me présente, j'évite d'annoncer d'entrée de jeu que je suis de la police. Question d'habitude.

La réponse d'Eugénie ouvrit tout grand la voie à un nouveau silence, aussi pesant que les précédents, que seuls les crépitements des bûches dans l'âtre venaient interrompre par intermittence.

Le feu commençait à mourir et Naima se déplaça vers la cheminée dans l'intention de le raviver. Le regard plongé dans les braises rougeoyantes, elle exprima à haute voix une pensée qu'elle avait d'abord gardée pour elle-même :

— On n'est pas seuls sur cette île...

Harold, qui lui tournait le dos, pivota vers elle.

— Comment ça ? demanda-t-il.

— Le bateau n'a pas pris feu tout seul à ce que je sache. Quelqu'un l'a saboté et s'est débarrassé d'Éric par la suite.

— Et vous n'envisagez pas l'éventualité que ça puisse être l'un d'entre nous ? continua Harold.

— J'y ai pensé, oui, mais qui aurait eu le temps et l'opportunité de mettre le feu au bateau et de jeter le corps d'Éric au bout de l'île ? Tout ça dans la matinée et à l'insu des autres ?

— Pendant les entretiens, nous nous sommes tous, à un moment donné, retrouvés seuls, sans que quiconque sache où chacun de nous était précisément. Je ne peux donc pas écarter cette hypothèse, même si elle paraît difficile à mettre en œuvre.

Naima fit une pause et considéra silencieusement ce que venait de dire Harold puis relança :

— Tout ce que je sais, c'est que cette personne n'a pas intérêt à ce que nous rentrions sur le continent.

Elle lança une dernière bûchette dans l'âtre et se leva.

— Vous attendiez combien de « prétendants » à l'héritage, Bertrand ? fit-elle en mimant des guillemets en l'air avec ses doigts.

Bertrand sembla sortir d'un mauvais rêve et répondit :

— Vous cinq.

— Personne d'autre ? Personne qui aurait été convié comme nous, par lettre, et qui ne se serait pas manifesté aujourd'hui ? Seulement nous cinq ?

Son ton était légèrement accusateur.

— Seulement vous cinq, répéta Bertrand.

Naima, sentant qu'elle menait la conversation, reprit sa place autour de la table et, avant qu'elle ne puisse continuer, Harold l'interpela de nouveau :

— Qu'est-ce que vous insinuez ?

— Je n'insinue rien, je dis juste que quelqu'un a détruit notre seul et unique moyen de rentrer chez nous…

— Si ça se trouve, coupa Hugo, on pourrait profiter de la marée et rentrer à pied, comme au mont Saint-Michel.

Moins enthousiaste, Bertrand tenta d'alléger son ton grave et continua :

— C'est à dire qu'en cette période de l'année, il y a tout de même plus de trois mètres d'eau à marée basse et puis, avec cette température, personne ne pourrait tenir plus de quelques minutes avant de sombrer.

— C'est vrai, se ravisa le jeune homme, je commence à peine à sentir de nouveau mes doigts…

Légèrement agacée, Naima secoua la tête.

— La question n'est pas de savoir comment on va pouvoir rentrer, en tout cas, pas encore, mais bien : qui a fait ça et pourquoi ?

Pourtant agréablement chauffée par la cheminée, l'atmosphère de la pièce se refroidissait au gré des déclarations de Naima.

Bertrand, dans un tic désormais familier des convives, retira ses lunettes pour en nettoyer les verres et déclara :

— Il se fait tard, nous avons tous eu une rude journée et je ne préfère pas me lancer dans des perspectives alarmantes pour l'instant.

— Vous trouvez que je suis alarmiste en aboutissant à la seule conclusion possible dans cette situation ? rétorqua Naima.

— Ce n'est pas ce que je veux dire. Il y a trois chambres à l'étage ainsi qu'un lit de camp que l'on peut installer dans le bureau. Je propose que, par galanterie, vous et Eugénie en occupiez chacune une pour la nuit et que nous nous répartissions la chambre restante, l'autre pièce et les deux canapés du salon, entre nous. Il y a une buanderie avec des couvertures, des draps et tout ce dont nous avons besoin. La nuit porte conseil, n'est-ce pas ?

Tous se toisèrent quelques instants, ne sachant quoi faire. Hugo se leva enfin :

— Je suis d'accord pour dormir sur un des canapés, ici, ils ont l'air très confortables.

— À moins que quelqu'un se rue pour prendre le deuxième canapé, je veux bien m'en faire un lit également, dit Harold avec une pointe d'humour.

Bertrand se leva à son tour et proposa à Victor de l'installer dans la chambre, ce qu'il accepta. Quant à lui, il dormirait dans un lit de camp au confort minimal dans le bureau situé au bout de la bâtisse, au premier étage.

Tout le monde se dispersa et installa son couchage pour la nuit dans un silence qu'un observateur extérieur aurait pu qualifier d'inquiétant. Pour ajouter au tragique de la situation, Naima lança une dernière petite pique à l'assemblée avant de se diriger vers sa chambre :

— Un conseil — pour ceux qui le peuvent – verrouillez vos portes à double tour…

Réveillés à l'aube par les premiers rayons du soleil, Victor et Hugo s'affairèrent à raviver le feu en soufflant sur les braises encore dormantes. Alors qu'ils fouillaient les placards de la cuisine à la recherche de nourriture pour le petit-déjeuner, ils virent Naima presser le pas dans les escaliers et se ruer à l'extérieur. Hugo lança un regard perplexe à son binôme de fortune.

— Elle va faire un footing ou quoi ? lança le jeune ingénieur.

— Un seul moyen de le savoir, répondit Victor d'un air curieux.

Il posa les quelques victuailles qu'il avait dans les mains et s'enfila derrière la journaliste. Alors qu'elle s'éloignait de l'ancien monastère, il comprit où elle voulait aller et il la suivit du regard depuis le perron.

Naima avait ramassé une branche morte échouée sur la plage et s'approchait lentement de l'épave encore fumante. Très vite, elle plaqua sa main gauche sur son front pour se protéger de la chaleur encore intense du brasier. Si intense que la branche qu'elle utilisait pour fouiller l'amas de métal et de plastique fondu s'enflamma au bout de quelques secondes.

Dépitée, elle jeta le morceau de bois mort dans les braises et retourna au monastère. La mine grave qu'elle affichait devait plus à sa déception qu'au manque de sommeil. Victor n'eut pas besoin de réfléchir longtemps pour comprendre la signification de l'expression de son visage : leurs téléphones portables s'étaient volatilisés dans les flammes.

Si un photographe avait pu immortaliser la scène qui se déroulait dans la grande salle de réception, on aurait pu croire à un petit-déjeuner convivial autour d'une belle table en chêne massif. Un rendez-vous annuel d'amis de longue date ou même une réunion de famille. Mais, en y regardant de plus près, le tableau comportait ses zones d'ombre. Les visages étaient noirs d'inquiétude, les regards étaient vides et la méfiance semblait un prélude tout naturel à une future paranoïa. Leurs cernes creusés attestaient d'une journée de la veille mouvementée, suivie d'une nuit trop courte.

Naima, entre deux bouchées de pain, annonça la nouvelle à l'assemblée :

— Je suis allée voir le bateau, enfin, ce qu'il en reste, et si Éric avait laissé nos téléphones dans un coffre à bord, alors ils ont bel et bien cramé. Comme tout ce qu'il y avait autour.

Personne ne releva, chacun continua à mâcher en silence comme si l'information avait été intégrée depuis la veille. Cette piste ne leur avait laissé aucun espoir.

— On fait quoi maintenant ? lança Hugo.

— Il faut absolument qu'on trouve un moyen de rentrer sur le continent, dit Naima.

— Bertrand, n'y a-t-il donc aucune embarcation sur toute l'île ? questionna Harold en écartant les bras pour ponctuer sa question.

Bertrand soupira puis répondit :

— Vous pensez bien que si j'avais été au courant de la moindre possibilité de quitter cette île, je vous en aurais fait part.

Cette dernière phrase n'avait pas eu l'air de faire son chemin comme une vérité à prendre au mot dans l'esprit de chacun. Le doute subsistait. Ce satané doute qui voile toutes les situations de la vie et qui s'immisce lentement et en silence, tel un serpent prêt à se jeter sur sa proie.

— J'ai une idée ! tonna Hugo. Nous n'avons qu'à fabriquer un radeau ! Avec tout ce qu'il y a ici, ce ne sera pas bien difficile.

Son grand sourire n'avait pas pour autant redonné le moral aux autres, mais les yeux de Naima semblaient briller un peu plus qu'avant.

— C'est une très bonne idée, ça ! dit-elle.

— Pas de temps à perdre ! On finit de manger et on s'y met tous, dit Hugo d'un ton presque jovial.

Son enthousiasme avait sonné la fin du repas, tant pis pour ceux qui n'avaient pas terminé leur petit-déjeuner. L'heure était à l'esprit d'équipe et à l'entraide avec Hugo en chef de projet. Quand il fut sûr d'avoir l'attention de chacun, l'ingénieur se lança :

— Je pense qu'il n'est pas utile de faire un énorme radeau, on ne pourrait pas tous tenir dessus. Juste de quoi embarquer deux personnes. Je pense utiliser le sommier d'un des lits de l'étage pour créer le cadre. Il nous faudra trouver…

Un bip électronique le coupa dans sa phrase. Le silence se fit.

Nouveau petit bip strident.

Le son semblait venir de l'endroit où se tenait Bertrand. Naima et Harold qui étaient assis de part et d'autre du généalogiste se tournèrent vers lui. La journaliste fit un mouvement de recul comme pour mieux jauger la situation.

Nouveau bip.

Le visage de Bertrand affichait un malaise graduel. Dans l'attente d'une réaction, tous les regards étaient désormais braqués sur lui.

— C'est quoi ce bruit ? dit Naima avec un ton grave.

— Je… euh… c'est pas ce que vous croyez.

Bertrand avait levé les mains en l'air comme si quelqu'un l'avait menacé avec une arme. Il était ridicule et pourtant si sincère.

Il baissa le bras gauche et fouilla dans la poche intérieure de sa veste pour en sortir un téléphone portable.

Tous écarquillèrent les yeux et Hugo cria :

— C'est quoi ce délire ?!

Les autres partageaient sa colère, Bertrand les avait floués depuis le début.

D'un crochet vif, Naima lui arracha le téléphone des mains.

Elle approcha l'appareil de son visage comme si elle voulait y lire des informations capitales, mais déchanta très vite. Une petite LED rouge clignotait, un petit bip aigu accompagnait parfois le petit point lumineux et l'écran affichait péremptoirement deux tristes informations : *batterie faible* et *no signal*[1].

Manifestement désemparé, Bertrand se tenait là, sous les regards accusateurs du reste du groupe.

Naima était partagée entre le fait de déverser sa haine sur un Bertrand acculé ou de prendre sur elle et d'essayer de démêler les fils de l'imbroglio dans lequel elle s'était mise en acceptant la convocation du généalogiste.

Après quelques secondes de réflexion, elle choisit la dernière option.

---

[1] pas de réseau

— Pourquoi nous avez-vous menti ? lança-t-elle étrangement calme.

CHAPITRE III

Comme dans un tribunal de fortune — ou un tribunal d'inquisition, avait furtivement pensé Naima — Bertrand avait été placé en bout de table, les autres convives s'étant répartis autour du plateau de chêne, leurs regards braqués sur le suspect. Victor, qui avait semblé jusque là le plus sage et le plus silencieux, devait se plaire dans le rôle de l'avocat général puisqu'il faisait les cent pas entre la cheminée et la table.

— Bertrand, dit-il de sa voix grave et envoutante, vous nous avez déclaré que vous aussi, vous aviez dû vous plier à la clause de confidentialité et laisser votre téléphone à Éric. Il l'a ensuite rangé dans le petit coffre-fort du bateau à bord duquel nous sommes arrivés ici. Vous êtes d'accord avec ça ?

— Oui, c'est ce que je vous ai dit, soupira Bertrand.

Victor soupçonna Bertrand de vouloir ajouter quelque chose, mais il voulait conserver l'ascendant psychologique que lui conférait la situation.

— Compte tenu des circonstances, dit-il, est-ce que vous trouvez normal de nous avoir caché le fait que vous aviez toujours votre portable en votre possession ? Je vous rappelle qu'il y a déjà eu un mort !

Un court silence, puis Bertrand se lança :

— Je sais de quoi ça à l'air, mais il va falloir que vous me croyiez et que vous me fassiez confiance.

Hugo faillit jaillir de sa chaise.

— Vous nous mentez ! C'est pas compliqué à comprendre ça, non ? cria Hugo. On est coincés sur cette île, on n'a pas de moyen de rentrer chez nous, par-dessus le marché, un type est mort, on ne sait pas qui nous a convoqués ici, nos portables crament dans un sabotage et vous, vous nous cachez que vous avez toujours le vôtre sur vous. Et avec ça, on devrait vous faire confiance ?

Sa longue tirade n'appelait pas de réponse, mais Bertrand tenait à défendre sa position.

— Demandez à Naima de sortir mon téléphone de sa poche, vous verrez bien qu'il n'y a pas de réseau ici.

Sur cette île, mon portable n'est qu'une vulgaire plaque de métal et d'électronique tout juste bonne à faire accuser un innocent !

— Personne ne vous accuse de quoi que ce soit, Bertrand, continua Victor.

— Si ! Moi ! Et j'assume ! trancha Naima. Je l'accuse de mentir.

Elle avait brandi le téléphone pour le montrer à tout le monde comme on dévoile l'arme du crime à un jury. Aucun bip ne les avait plus dérangés depuis quelques minutes : la batterie était à plat.

— Définitivement inutile, souffla Eugénie lorsqu'elle s'en rendit compte.

Victor, les mains croisées dans le dos, était déjà allé vérifier l'âtre qui crépitait dans la cheminée par deux fois. Lorsqu'il s'approcha de nouveau de la table, il continua son plaidoyer :

— Bertrand, vous n'avez toujours pas répondu à ma question.

— Vous voulez savoir quoi, au juste ? demanda-t-il.

— Je souhaiterais savoir si vous trouvez normal de nous cacher des choses.

— Dans les circonstances, oui, dit Bertrand en baissant les yeux.

— De quelles circonstances précises parlez-vous ? demanda Victor en grattant sa barbe de trois jours.

— Je ne peux pas tout vous expliquer, là, comme ça, c'est bien trop dangereux !

Hugo, qui avait repris place sur sa chaise grogna ente ses dents :

— Eh bien ! C'est rassurant, ironisa-t-il.

Le visage de Bertrand se fit moins dur, semblant chercher à inspirer la compassion chez les autres.

— Écoutez, dit-il, je vous ai peut-être caché que j'avais toujours mon portable en ma possession, mais dites-moi franchement si je n'aurais pas eu l'air tout aussi suspect en étant le seul à l'avoir gardé ?

— C'est pas faux, lança Naima un peu plus calme.

Victor paraissait impatient et ce n'est que tout naturellement qu'il reprit en main le dialogue :

— Je vous propose à tous de ne pas nous apitoyer sur notre sort ni sur le sort de ce généalogiste. Il est pour moi présumé innocent jusqu'à preuve du contraire. Essayons d'avancer pour trouver une solution ensemble et quitter cette île maudite.

— Ma proposition de radeau tient toujours, intervint Hugo.

— Ah oui, c'est vrai, j'avais presque oublié ! eut l'air de se réjouir Naima.

Galvanisé par le rôle important que lui avait octroyé la journaliste, Hugo se leva et reprit ses instructions :

— Le sommier d'un lit fera un bon cadre sous lequel nous attacherons des gros troncs d'arbres. J'en ai vu sur une des plages que nous avons aperçue en arrivant par bateau. Je propose qu'un groupe se déplace là bas et nous ramène de quoi commencer la construction. Un autre groupe peut rester avec moi à l'endroit où nous avons accosté et m'aider à préparer les premiers éléments.

— Et moi, qu'est-ce que je fais ? demanda Bertrand, désemparé.

— Vous êtes un homme libre, vous faites ce que vous voulez. Nous sommes tous manifestement beaucoup plus motivés par l'espoir de quitter cet endroit vivant que par celui de vous faire un semblant de procès sans réel indice.

Tout le monde, Bertrand y compris, parut se satisfaire de la réponse de Victor, et celui-ci ajouta :

— Que ceux qui sont d'accord pour suivre les instructions d'Hugo et construire un radeau lèvent la main.

Tous brandirent leur bras bien haut. Un groupe unanime. *Pour l'instant*, pensa Naima.

Eugénie, Naima et Harold s'étaient désignés naturellement pour former le groupe qui allait devoir rapporter les troncs qui serviraient de flotteurs à l'embarcation. Victor et Hugo avaient déjà installé le sommier du plus grand lit sur le sable et s'affairaient à dresser une liste des éléments nécessaires, gardant toujours un œil discret sur Bertrand par acquit de conscience.

— Il nous faudrait en priorité de la corde. Si on n'en trouve pas, on pourra utiliser nos ceintures et en dernier recours, des draps ou des rideaux, dit Hugo à Victor.

— Je sais où il y en a, fit Bertrand.

Presque surpris, Victor et Hugo se retournèrent de concert.

— Vous avez l'air de connaître beaucoup de choses sur cette île. Vous utilisez souvent de la corde pour faire vos recherches généalogiques ? ironisa Hugo.

— Il y a un petit local technique destiné à stocker des éléments nécessaires au bateau, entre autres. Éric et moi sommes arrivés ici les premiers, je l'ai tout naturellement aidé avec le matériel, voilà tout, répondit Bertrand sans sourciller.

— Vous avez réponse à tout, Bertrand, ça en devient presque agaçant, releva Hugo.

Plus sage, Victor fit quelques gestes rapides des mains pour signifier que le débat était clos.

— L'important, c'est qu'on ait de la corde. La priorité est de regagner le continent ; pour le reste, on verra plus tard.

Suivant les instructions de Bertrand, les trois hommes se rendirent au monastère et trouvèrent le local technique. Là bas, les yeux d'Hugo s'illuminèrent face à la mine d'or qu'il avait devant lui. De la corde, des bouées, des gilets de sauvetage et même des fusées de détresse. Le jeune regarda Victor en souriant, la délivrance était proche.

De retour sur la plage avec leur butin, le petit groupe reprit les conversations de plus belle.

— Je pense qu'on est tous un peu sous le choc suite à la mort d'Éric et c'est pour ça que personne n'ose ou n'a le temps de poser les vraies questions, mais cette histoire d'héritage me turlupine quand même. C'est vous seul, Bertrand, qui avez les réponses à mes questions.

Le généalogiste soupira.

— Jusqu'à nouvel ordre, toute cette histoire reste ultra confidentielle. Moi-même je ne sais pas qui est le défunt.

— C'est à lui qu'appartient l'île, c'est ça ? continua Hugo.

— Oui. D'après ce que je sais, il s'était créé une sorte de havre de paix, loin des affres de la civilisation. Il aimait se couper du monde, répondit Bertrand.

— C'est quoi votre rôle dans cette histoire, au juste ?

— Vous le savez. Je dois tenter d'établir si les candidats ont un lien de parenté avec le défunt et en aviser le cabinet de notaire qui distribuera ainsi l'héritage aux ayants droit.

Victor qui démêlait une grande corde en nylon jaune et qui était resté jusque là silencieux grogna dans sa barbe :

— C'est ridicule !

Hugo se tourna vers lui.

— Précisez.

Il lâcha le gros peloton au sol et exprima le fond de sa pensée :

— On n'arrête pas de parler de généalogie et de descendance, c'est ridicule ! Vous l'avez dit vous-même hier, Hugo, vous avez vu nos têtes ? Harold a des origines africaines, moi, arméniennes et Naima, d'Afrique du Nord, j'imagine. Vous et Eugénie — dites-moi quand même si je me trompe — vous êtes plutôt du type *caucasien* et vos noms de famille semblent là encore le suggérer. Vous pouvez me dire ce qu'on a en commun ? Rien. Rien du tout ! Je pense que Bertrand en sait plus qu'il ne veut l'admettre, mais comme je l'ai dit tout à l'heure, c'est un homme libre. Je reste attaché à mes valeurs et je me refuse à condamner un homme sans preuves ni procès. En revanche, je dois avouer que parfois, je me demande à quoi tout cela rime.

Hugo ne laissa pas le temps au généalogiste de se défendre et enchaîna :

— C'est vrai, ça ! Vous parlez d'établir la descendance de quelqu'un dont l'identité vous est inconnue. C'est un peu étrange, non ?

Un silence de réflexion.

— Ce n'est pas si simple que ça, répondit calmement Bertrand. Plutôt que de descendance, je parlerais de lien. J'ai un protocole à suivre, certaines questions à poser, certains faits à vérifier à l'issue de quoi je ferai mon rapport et la suite sera prise en charge par le cabinet de notaire. Ce ne sera plus mon problème.

— Pour l'instant, notre problème c'est de rentrer chez nous, lança Hugo.

À l'instant où il avait dit ça, le jeune homme s'était imaginé avec sa compagne, Sophie, de retour chez eux, assis confortablement dans leur canapé à regarder une série. Allait-il la revoir un jour ? Il secoua la tête pour faire disparaître ces pensées négatives et revint à la réalité, celle de l'île. Dans le matériel qu'ils avaient rapporté sur la plage, Hugo fut tout à coup attiré par deux objets orange : les pistolets de détresse.

— Pourquoi on n'y a pas pensé plus tôt ? cria-t-il pareil au fameux « Eureka » qu'on impute à Pythagore.

L'ingénieur empoigna fermement un des pistolets, vérifia qu'il contenait une fusée de détresse et leva le bras en l'air.

— Ne faites pas ça ! hurla Bertrand en se jetant sur Hugo.

Terrorisé, le généalogiste avait bloqué le bras du jeune homme avec vigueur. Son geste était assez fort pour montrer sa détermination, mais pas trop, de façon à ne pas être perçu comme menaçant.

— Il a raison, Hugo ! lança Victor.

— Quoi ? dit l'ingénieur interloqué. Vous n'allez quand même pas m'empêcher de tirer un signal qui permettrait qu'on soit sauvés dans l'heure ? On marche sur la tête !

Victor prit une grande inspiration et se lança :

— Depuis qu'on a retrouvé le cadavre du skipper, je n'ai pas arrêté d'observer tout le monde et de me poser des questions sur toute cette histoire. Il est clair que quelqu'un a délibérément saboté notre bateau dans le but de nous coincer ici. Je ne connais pas la raison à cela, mais je pense qu'Éric a été tué, car il a tenté de s'interposer. Je ne sais pas si le saboteur œuvre depuis l'intérieur de notre groupe ou si nous ne sommes pas seuls sur l'île…

— Ou les deux, dit Hugo.

— Comment ça ? l'interrogea l'Arménien.

— Il peut exister des personnes extérieures à notre groupe qui sont les complices d'une ou plusieurs personnes parmi nous…

— Ça devient très compliqué, souffla Victor.

— Tout devient très compliqué quand on est bloqués sur une mystérieuse île à cause d'un mystérieux héritage d'un encore plus mystérieux défunt, mais ça ne me dit pas pourquoi ni vous ni Bertrand ne voulez que je tire cette satanée fusée et que l'on vienne à notre secours, conclut-il.

— Qui vas-tu alerter avec ta fusée ? Les secours ou les complices ?

— Je…

Hugo baissa les yeux sur la main qui tenait le pistolet et Bertrand retira son bras. L'ingénieur pesta quelques mots inaudibles et jeta l'objet au sol.
Soudain, l'esprit de Victor fut parcouru par un éclair de lucidité :

— Les autres pourraient avoir la même idée que toi, il faut les désamorcer, proposa Victor.

Alors qu'il s'avançait vers lui, Hugo lui barra le passage.

— Pas si vite ! Je refuse de détruire notre seul moyen de prévenir les secours.

— Vous proposez quoi ? demanda-t-il en le vouvoyant de nouveau.

— Chacun de nous ira camoufler les éléments séparés dans un endroit connu de lui seul. De cette façon, aucun d'entre nous ne pourra rassembler les pièces pour faire fonctionner le signal de détresse et, si dans le futur, nous décidions de les utiliser, nous serions obligés d'être ensemble et d'être d'accord pour le faire.

Bertrand et Victor se regardèrent et acquiescèrent sans dire un mot.

— Pour l'heure, gardons chacun un élément sur nous, on ne va pas se quitter de vue tout de suite, je pense qu'on aura largement le temps de trouver un moment pour cacher ça plus tard, conclut Hugo.

Alors qu'il finissait sa phrase et scellait ainsi leur pacte, les contours d'Harold se dessinaient au loin, suivis de ceux d'Eugénie et de Naima. Lui, portait seul un gros tronc d'environ deux mètres de long et les deux femmes se partageaient le poids d'un autre de la même taille environ.

Grâce aux instructions et aux conseils ingénieux d'Hugo, ils achevèrent la construction d'un radeau d'allure solide avant le coucher du soleil. Leurs doigts étaient engourdis, ils souffraient du froid et commençaient tous à montrer des signes de fatigue, mais l'espoir de quitter cette île brillait dans leurs yeux.

— Ce n'est pas très raisonnable de partir maintenant, n'est-ce pas ? La nuit commence à tomber, dit Eugénie.

— Nuit ou pas nuit, raisonnable ou pas, personne ne va utiliser ce radeau jusqu'à nouvel ordre, trancha Naima, péremptoire.

— Pardon ? lança Eugénie.

— Personnellement, je ne fais confiance à personne ici, et vous n'avez pas de raisons de me faire confiance non plus. Je ne laisserai personne monter sur le radeau à part moi, mais d'un autre côté, je pense que vous auriez tort de me laisser faire et de me confier vos vies. C'est d'une logique implacable, donc tout le monde reste à quai, point barre.

Victor et Hugo échangèrent un regard. Ils étaient arrivés à la même conclusion qu'elle, plus tôt dans l'après-midi. Le climat était à la suspicion et aucun répit ne serait accordé à personne.

— C'est tout de même un peu ridicule, protesta Harold.

— Qu'est-ce qui est ridicule ? demanda Naima.

— Tout le monde veut rentrer chez lui et retourner auprès de ses proches. On se casse le dos à construire un radeau qui pourrait nous sortir d'ici et on va le laisser là, sur la plage, dans le doute ?

— C'est exactement ça ! Harold, vous m'avez l'air de faire preuve de bon sens. Seriez-vous prêt à jouer votre vie là dessus et à envoyer le coupable chercher des secours ? Répondez franchement.

— Ou *la*, trancha Hugo avant qu'Harold ait pu rétorquer quoi que ce soit.

— Hein ? s'interloqua Naima

— Le ou *la* coupable !

— Hugo, tes sarcasmes n'aident personne !

Tous soulevèrent le tutoiement et se mirent machinalement en route vers la demeure où la perspective d'une pièce chaleureuse et d'un repas les attendait. Quitte à croupir ici, autant le faire à l'abri du froid et le ventre plein.

Sans pour autant le formaliser à haute voix, chacun avait inspecté le cellier et l'immense réfrigérateur de la cuisine afin d'estimer leurs réserves de vivres. Étonnamment, les ressources semblaient infinies, comme si un séjour prolongé en isolement sur l'île avait été prévu.

Le repas se fit dans un silence parcimonieusement interrompu par des échanges triviaux. Les choses sérieuses reprirent lors de l'attribution des couchages.

— Si vous n'y voyez pas d'inconvénients, je propose que nous dormions tous aux mêmes endroits qu'hier, lança Bertrand.

— J'aimerais bien changer si c'est possible, dit Harold après avoir levé la main.

— Euh… oui, vous voulez que je vous laisse ma place dans le bureau par exemple ? proposa Bertrand.

— J'aurais préféré dormir dans une chambre. Il y a toujours celle de la dépendance.

— C'est sûr qu'Éric ne risque pas d'y dormir cette nuit, lâcha Hugo.

Tous étaient bien trop fatigués pour relever le sarcasme. Après une courte pause qui parut servir de temps de réflexion, Bertrand reprit de plus belle :

— Si vous y tenez, dit-il.

Il se tourna machinalement vers Naima comme pour l'inviter à donner son avis.

— Si vous voulez vous isoler et vous mettre en danger, libre à vous Harold, mais vous donnez le bâton pour vous faire battre, lança-t-elle d'un ton sans équivoque.

— Franchement, je préfère être isolé et pouvoir verrouiller la pièce dans laquelle je dors à double tour, plutôt que d'être à la merci de n'importe qui en dormant sur un des canapés du salon, répondit Harold.

— Sympa pour moi, ajouta Hugo, mais ça se tient. En ce qui me concerne, si je dois mourir, je préfère vivre mes dernières heures au chaud, près du feu.

Naima lui fit les gros yeux et s'adressa à Harold pour une ultime tentative de le convaincre :

— Vous serez isolé Harold, toute la nuit, et personne ne pourra rien pour vous si par malheur il devait vous arriver quelque chose.

— Merci, mais je saurais me défendre, ponctua-t-il d'un léger sourire.

Déterminé, Harold salua les convives et se retira dans la petite dépendance qu'avait utilisée feu Éric. Le grand verger et l'épaisseur de la nuit le séparaient désormais du reste du groupe resté dans l'ancien monastère. Naima, Eugénie et Victor s'étaient retirés dans leurs chambres respectives, Bertrand retrouva son lit de camp dans le bureau et Hugo resta quelques minutes à perdre son regard dans les flammes de la cheminée puis s'allongea sur l'un des canapés.

Dehors, le vent faisait claquer les vagues et s'infiltrait dans les interstices des volets dans des sifflements qui n'auguraient rien de bon.

Troisième jour.

Comme lors de la matinée précédente, Hugo fut un des premiers à se lever. Il entama une routine qu'il espérait ne pas en rester une trop longtemps : plier sa couverture en quatre, remettre deux bûchettes dans le foyer, raviver le feu et préparer du café.

Quelques minutes plus tard, Bertrand le rejoignit, suivi d'Eugénie. Lorsque Victor et Naima firent enfin leur apparition, la table du salon était prête à les accueillir pour un petit-déjeuner qui aurait eu des allures de tournage pour une publicité si les circonstances avaient été différentes. Seul Harold manquait à l'appel, ce qui ouvrit la porte à une réflexion de la part d'Hugo, avec ce ton sarcastique désormais habituel :

— C'est tellement cliché comme situation que je n'ose même pas aller chercher Harold…

— Comment ça ? lança Naima, prête à se lancer dans une nouvelle joute verbale.

— C'est le seul d'entre nous qui s'est isolé cette nuit et, comme par hasard, il n'est pas présent ce matin, c'est tellement cliché qu'on frôle le ridicule !

— En ce qui me concerne, le matin, je me lève uniquement quand j'entends du bruit et que je sais que vous êtes réveillés, tenta Victor pour rassurer la tablée. Si j'étais au calme dans cette petite maison, peut-être que je ferais une grasse matinée, comme lui.

— Il n'y a qu'un moyen de le savoir, dit Hugo suivi d'un clin d'œil.

Comme si la phrase de l'ingénieur avait déclenché quelque chose chez Bertrand, celui-ci se leva d'un bond et leur annonça qu'il partait chercher Harold. Naima engloutit son café d'une gorgée et se proposa de l'accompagner.

Avant de quitter l'ancien monastère, Bertrand était parti confiant, mais les sarcasmes d'Hugo l'avaient fait douter ; ils étaient désormais en train de lui donner tort. Harold était introuvable. Naima et le généalogiste avaient crié son nom partout dans la petite demeure, sans succès. Bien que des indices laissassent à penser qu'il avait dormi dans la chambre, celle-ci était vide. Tout comme la salle de bain et le salon.

— Il est peut-être allé faire une balade, tenta Bertrand pour se rassurer.

Naima fit une pause et lui fit face.

— Vous y croyez vraiment ?

— Je… J'espère qu'il n'est pas…

— On peut toujours faire le tour de la maison et l'appeler, coupa Naima, mais personnellement, je n'y crois plus.

— Faisons-le tout de même. Si dans dix minutes nos recherches sont vaines, on ira rejoindre les autres et on avisera.

Naima acquiesça et tous deux sortirent par la grande baie vitrée.

Naima et Bertrand n'avaient pas pu se cantonner aux dix minutes qu'ils s'étaient fixées. Ils avaient cherché Harold en criant son nom à tue-tête, allant même jusqu'à l'endroit où le corps d'Éric avait été retrouvé flottant entre deux récifs. Celui-ci avait d'ailleurs disparu, mais leur nouveau problème était bien plus grave : ils avaient de nouveau perdu un des leurs.

Quand ils firent l'annonce aux autres à leur retour au monastère, Eugénie lâcha son bol de café et fondit en larmes. Victor se rapprocha d'elle et tenta de la consoler du mieux qu'il le put.

— On va tous mourir sur cette île de malheur, réussit à lâcher Eugénie entre deux sanglots.

— On dirait un mauvais remake des *Dix petits nègres*, lança Hugo.

Eugénie frappa du plat de la main sur la table dans un bruit qui fit sursauter l'assemblée.

— Ça suffit maintenant ! cria-t-elle à l'attention d'Hugo. Assez de vos sarcasmes et de vos petites réflexions !

Il n'y avait décidément que Naima qui le tutoyait pensa-t-il avant de s'excuser auprès d'Eugénie. Il marqua une pause puis relança :

— Écoutez-moi, tous. Désolé si vous n'aimez pas mon sens de l'humour, mais je suis aussi angoissé que vous et c'est ma manière de conjurer le sort. Je nous ai concocté un beau radeau et à l'heure qu'il est on pourrait être bien au chaud à la maison, mais madame Hadji a décidé que personne ne prendrait le large. Si vous vous pliez à ses ordres alors vous devrez subir mes sarcasmes jusqu'à ce que l'on déguerpisse de cet endroit.

La petite pique contre Naima avait été entendue par tous et les jeux de regards semblaient vouloir laisser à la journaliste un droit de réponse.

— La situation a bel et bien empiré. Je ne vous impose rien, vous êtes libres de faire ce que bon vous semble, mais après Éric, et maintenant Harold, je refuse plus que tout de laisser quiconque utiliser ce radeau pour aller chercher des secours. Nous devons élucider ce mystère et ce n'est qu'à ce moment-là qu'on pourra envisager d'envoyer un groupe sur le continent.

— Pour l’instant, on ne sait pas ce qui est arrivé à Harold, tenta Bertrand, mais je propose que nous procédions par vote à main levée. Qui est pour partir à la recherche d’Harold et laisser le sujet du radeau à plus tard ?

Tous levèrent le bras, même Hugo, qui l’avait levé en dernier, comme par dépit.

— Tu es donc d’accord ? lui demanda Naima.

— Je m’en remets à la majorité même si je trouve ridicule cette idée qu’il faille attendre d’en savoir plus avant d’envoyer des gens chercher des secours. Je suis un matheux, je fais des raisonnements sensés, pas des conclusions sur des intuitions.

— Expose-nous ton plan alors, peut-être qu’on votera à l’unanimité pour celui-là, qui sait ? le défia Naima.

Hugo se gratta la tête et se lança :

— J’ai pas de plan, je me fie juste aux probabilités.

— C’est à dire ?

— Si on considère que la menace qui pèse sur nous a une chance sur deux de venir de l’extérieur, ça veut dire qu’elle a aussi une chance sur deux de venir de notre groupe. S’il faut envoyer deux personnes sur le radeau, on n’a le choix qu’entre dix couples possibles. Prenons le cas où le meurtrier est parmi nous. Sur ces dix possibilités, seulement quatre incluent le meurtrier au sein des deux personnes désignées pour aller chercher des secours. Ce qui veut dire que dans les six autres cas, il ne monte pas sur le radeau et nous sommes sauvés. Si l'on prend désormais le cas où le meurtrier rôde sur l'île, alors peu importe qui nous choisissons pour aller sur le radeau, nous serons sauvés dix fois sur dix. Si on additionne tous ces cas possibles, ils font un total de vingt et sur ces vingt cas, par seize fois nous avons la possibilité d'être sauvés — six plus dix. Ce qui fait exactement 80 % de chances de réussite. Je ne sais pas vous, mais pour moi, 80 % de chances de sortir de ce trou à rats, ça me va. C'est pour ça que, personnellement, je voterais pour envoyer deux personnes tirées au sort sur le radeau dès maintenant.

Chacun semblait digérer les considérations mathématiques d'Hugo. Naima, comme elle en avait désormais pris l'habitude, brisa le silence :

— Je vais être honnête avec toi, je n'ai pas trop compris, mais je te fais confiance là dessus, c'est toi l'ingénieur après tout. Tu sembles oublier de considérer le fait qu'ils pourraient être deux…

— J'ai déjà fait le calcul pour ce cas de figure aussi. Ça fait 70 % de chances de réussite. Franchement, on aurait tort de se priver, avoua Hugo.

— 70 % ? Ça me paraît énorme ! Mais encore une fois, c'est toi le matheux, dit Naima.

— J’ai volontairement écarté le cas où il y aurait deux meurtriers parmi nous, voilà tout. Nous ne sommes pour l’instant plus que cinq, s’il existait un couple d’assassins, nous en aurions déjà tous fait les frais, ça me paraît logique.

Hugo laissa les autres considérer ce qu’il venait de dire.

— Qui vote pour envoyer deux personnes chercher des secours à l’aide du radeau ? dit-il en levant la main.

Avant qu’ils puissent procéder au vote, Naima, qui ne voulait pas lui concéder la bataille, avança un dernier argument :

— C’est bien beau toutes ces probabilités dont le raisonnement m’échappe, mais 70 % ou 80 % ne sont pas des chiffres pour jouer au loto. On joue notre propre vie ici ! Je suis navrée, mais si les quelques vingt ou trente pour cent d’incertitude représentent la mort, je ne joue pas. Et je vote plutôt pour que nous laissions cette histoire de radeau de côté afin de concentrer nos recherches sur Harold.

Elle leva la main et, après qu’ils aient échangé des regards circonspects, Eugénie, Bertrand et Victor levèrent le bras à leur tour. Dépité, Hugo baissa le sien.

— La démocratie, c’est la démocratie, soupira-t-il. Dans ce cas, fouillons cette île de fond en comble.

Le vent du large les avait accompagnés toute la journée. Le froid aussi. De l'herbe, parfois du sable, des rochers et la mer à perte de vue, mais pas d'Harold. Ils avaient fatigué leurs voix à force de hurler le nom de leur compagnon d'infortune. Au bout d'environ deux heures, ils marchaient lentement sur le verger en direction de la maisonnette. La petite bâtisse fut passée au peigne fin sans résultats. Le cœur accroché, ils se dirigèrent finalement vers le récif qui avait été témoin de la mort brutale d'Éric, mais plus aucun corps ne flottait entre deux eaux, seul le clapotis des vagues faisait écho à leur détresse. Bertrand et Naima avaient déjà effectué toutes ces vérifications, mais par souci de transparence et parce que cinq têtes valent mieux que deux, ils ne rechignèrent pas à les faire de nouveau.

La conclusion s'imposa à tous comme une évidence : Harold était introuvable. Il semblait s'être volatilisé.

De retour dans le grand salon de l'ancien monastère, la tension était palpable. Bertrand faisait les cent pas en se tenant la tête, toute trace de calme et de sérénité ayant disparu. Il était en proie à une panique communicative. Chacun scrutait les faits et gestes de l'autre, restant à bonne distance comme pour se protéger d'une menace impalpable.

On réchauffa du café pour tenter d'effacer les mines maussades. Plus personne ne savait quoi dire, l'incompréhension avait graduellement fait place à la peur.

Soudain, Bertrand se leva et quitta la pièce. Naima qui était sur le qui-vive s'était levée de sa chaise à son tour pour le suivre quand elle l'entendit fouiller la pièce attenante. Il revint très vite avec, à la main, une sorte de carte topographique qu'il s'empressa de déplier au beau milieu de la table. Il fit glisser son doigt sur le vieux papier et s'arrêta sur ce qui semblait être une côte accidentée de l'île, à l'ouest.

— Vous voyez ce petit carré-là ? dit Bertrand.

Tous se resserrèrent autour du généalogiste et de sa carte.

— Oui, c'est quoi ? demanda Victor.

— C'est l'emplacement d'un petit bâtiment. Une cabane de pêcheur en réalité, répondit Bertrand.

— Comment avons-nous pu passer à côté sans la voir ? demanda Victor.

— Parce que cette carte est ancienne. La cabane existe toujours — en partie —, mais de ce côté de l'île, la roche est très friable et frappée par les vents. Un jour, cette partie de la côte s'est affaissée, répondit Bertrand du tac au tac.

— On peut savoir comment vous savez tout ça ? lança Naima d'un ton accusateur.

— Pas le temps de vous expliquer maintenant ! Pour l'instant, nous devons retourner à cet endroit. La cabane a été partiellement détruite par le glissement de terrain et se trouve désormais au pied d'une falaise d'à peine quelques mètres, c'est pour ça que nous l'avons ratée. Il est possible de s'y cacher.

— Ou de cacher un corps, tonna Naima.

La phrase avait résonné un instant dans la pièce, leur rappelant à tous la gravité de leur situation. Un infime espoir subsistait encore de retrouver Harold vivant, mais dans l'esprit de chacun, les divagations allaient bon train et aboutissaient souvent à la même angoisse, celle de ne retrouver que son cadavre.

Naima, habituée à analyser des situations extrêmes, commençait déjà à échafauder un plan pour s'échapper de Saint-Riom. Elle ne supporterait pas une deuxième victime sans rien faire.

Menant au flanc ouest de l'île, un petit chemin légèrement pentu serpentait entre les mottes de terre et les quelques rochers. Le plus simple, selon Bertrand, serait qu'ils longent la côte jusqu'à trouver l'endroit où elle s'était effondrée, marqué par l'aspect plus blanc — presque plus neuf — de la roche.

Si le groupe avait daigné faire une pause et l'admirer, l'astre déclinant aurait pu leur offrir un magnifique coucher de soleil, mais en de telles circonstances, pas le temps d'apprécier le paysage, les heures leur étaient comptées. En l'absence de signes de vie d'Harold, personne n'osait se mentir à lui-même en alimentant l'espoir qu'il soit encore vivant.

En tête du cortège, Bertrand s'approcha de la côte de l'île, pointant un doigt vers le lointain. Personne ne l'entendit parler, mais tous comprirent que le lieu qu'il avait indiqué sur la carte se trouvait là, à quelques mètres d'eux.

Eugénie et Victor eurent à peine le temps de reprendre leur souffle que Bertrand escaladait déjà la paroi de la falaise pour descendre jusqu'à la banque rocheuse en contrebas. Exactement comme il l'avait indiqué, une petite construction à moitié délabrée pointait entre les rochers. On pouvait apercevoir une petite porte en bois qui devait constituer l'entrée d'une pièce toujours intacte, bien que partiellement inondée par la mer. Arrivé en bas, Bertrand s'approcha de la ruine, poussa lentement la porte puis se baissa pour pénétrer à l'intérieur.

Après un court instant, il en ressortit blême et leva la tête en direction du groupe resté au sommet pour l'observer.

— Il… il est là… dit-il la gorge serrée.

— Vivant ? cria Eugénie.

Bertrand secoua la tête négativement.

— Je descends ! cria Naima plus pour elle-même plus que pour le reste du groupe.

Elle s'aida d'une grosse racine que le glissement de terrain avait fait ressortir et rejoignit Bertrand devant la cabane délabrée. Son esprit de journaliste l'avait poussée à vérifier par elle-même ce que le généalogiste venait d'annoncer.

Elle passa la tête à l'intérieur de la ruine et constata qu'Harold gisait au sol. Son visage était boursouflé et ses mains étaient menottées et entravées à une sorte de barre métallique qui courrait près du sol entre deux murs. Après avoir constaté que les habits de la victime étaient trempés, Naima échafauda dans sa tête le début d'une théorie. Pour la confirmer, elle fit un pas de plus dans la pièce, se pencha sur Harold et inspecta ses mains. Elles étaient gonflées et totalement fripées, comme si elles avaient passé des heures dans l'eau.

Cet endroit commençait à lui donner la chair de poule, aussi décida-t-elle d'en sortir au plus vite. Elle fit le tour de la cabane en scrutant les parois puis son regard sembla se perdre sur la falaise. Elle pointa du doigt vers une ligne plus sombre qui longeait le pan de côte effondré.

— La marée monte jusque là, je pense. Regardez les murs de la cabane, on retrouve la même démarcation que sur les rochers, dit-elle à l'attention de Bertrand.

Il ajusta ses lunettes et acquiesça.

— Il est mort noyé en pleine marée haute, continua-t-elle. Ça a dû être atroce.

— Qu'est-ce qu'on fait, maintenant ? demanda-t-il comme s'ils étaient seuls sur l'île.

Elle n'eut pas le temps de répondre qu'Eugénie leur criait déjà quelque chose :

— Il faut rapatrier le corps ! On a déjà perdu celui d'Éric, on se doit au moins d'enterrer celui d'Harold !

— Il est menotté à une solide barre de fer, c'est impossible, lui répondit Naima. À moins d'aller chercher une scie à métaux, on n'en tirera rien.

Eugénie, Hugo et Victor échangèrent des regards inquiets.

— La marée monte, constata Bertrand. Rentrons !

Aidée par le généalogiste, Naima grimpa le petit bout de falaise et rejoignit les autres sur la côte. Bertrand suivit, la mine plus grave que jamais.

Sans même dire un mot, le groupe retourna au monastère dans une longue et lente procession. Les individus qui la composaient se tenaient désormais à distance les un des autres, la confiance mutuelle s'étiolait au fil des heures.

Tandis que Victor relançait le feu à l'aide d'une bûche, le reste du groupe s'installa autour de la table du salon. C'était devenu leur rituel, celui des rescapés d'une île qui les éliminait un par un.

Hugo lança les hostilités avec son ton habituel :

— Le côté *Dix petits nègres* de cette histoire commence sincèrement à me taper sur les nerfs ! Si vous voulez tous rester ici en attendant de vous faire trucider, c'est votre problème, moi je compte bien prendre le radeau et ramer jusqu'au port après cette discussion.

— Je suis d'accord avec Hugo, relança Eugénie. Je crois que son calcul sur nos chances de réussite m'a convaincu. Une probabilité s'élevant à 80 % est un bon résultat et je fais le choix délibéré de lui faire confiance, tant pis si j'ai tort.

Toujours occupé avec le feu, Victor semblait suivre la conversation d'une oreille, ce qui ne l'empêcha pas d'y mettre son grain de sel, même pour changer complètement de sujet :

— Bertrand, sauf votre respect, vous nous devez des comptes.

— Comment ça ? répondit-il interloqué.

Le ton de Victor se fit plus dur et plus catégorique :

— C'est bien vous qui nous avez amenés dans ce traquenard, non ? Je suis presque sidéré par le fait que vous soyez encore là, debout devant nous à discuter le moindre fait. Personnellement, je vous aurais déjà attaché à un radiateur après le coup du téléphone portable !

Tel un souffle sur une braise incandescente, sa remarque avait ravivé la flamme du débat et avait fait monter d'un cran la tension.

— Cette histoire est absurde ! Je refuse de rester plus d'une seconde ici à vous regarder débattre avec un tueur ! Je vais prendre mes affaires et foutre le radeau à l'eau. Qui m'aime me suive ! s'insurgea Hugo.

Alors qu'il se levait et faisait un premier pas pour s'éloigner du groupe, Bertrand saisit le bras du jeune ingénieur, le stoppant net dans son action.

— Ne partez pas avant de m'avoir écouté ! dit-il d'un ton alarmant.

— Lâchez-moi ! cria Hugo en se débattant.

Eugénie eut un geste de recul et Victor saisit le tisonnier des deux mains. Naima, restée assise, frappa lourdement la table du plat de la main dans un claquement qui gifla l'atmosphère délétère de la pièce.

— Personne ne quitte cet endroit ! hurla-t-elle. Hugo ! Viens là et assieds-toi ! Si ça peut te rassurer, moi aussi j'ai peur.

Sa voix se fit plus calme :

— Bertrand, dites-nous pourquoi nous sommes là. Assez de mensonges et de cachoteries. Crachez le morceau, bordel !

Il retira ses lunettes et les essuya avec un pan de sa chemise dans un tic désormais bien connu des convives. Victor posa le tisonnier au pied de la cheminée et daigna prendre place autour de la table. Quant à Hugo, vexé, il se rapprocha, mais préféra rester debout, les mains agrippant nerveusement le dossier d'une des chaises.

Bertrand réajusta ses lunettes, prit une grande inspiration et se lança :

— Après ce que je vais vous dire, les choses ne seront plus comme avant et nous devrons prendre des mesures...

Il laissa filer un silence pesant lui reprit :

— Sur cette île, nous sommes au moins deux à en savoir un peu plus que les autres. Maintenant, je vais vous dire tout ce que je sais…

Il fit une nouvelle pause qui parut durer une éternité.

— Je m'appelle Bertrand Lesage. Ça, c'est la vérité. Je ne suis pas généalogiste pour un sou et ça aussi, c'est la vérité. Je n'ai pas été mandaté par un cabinet de notaires, ni par qui que ce soit d'ailleurs, et ni le mystérieux défunt ni l'héritage n'existent.

Des soupirs, des froncements de sourcils et le crépitement du feu dans la cheminée.

— C'est moi qui ai pris l'initiative de tous vous faire venir ici. Vous êtes tous — vous étiez tous, rectifia-t-il — indispensables à un projet que je veux mener à bien à tout prix.

Hugo fit claquer la chaise derrière laquelle il se tenait.

— C'est quoi le délire, là ? hurla-t-il. On est tous les sujets d'une expérience, c'est ça ? On vous sert de cobayes ? Je vous préviens, personne ne pourra m'empêcher de prendre le radeau et de me tirer d'ici !

— Reste là Hugo ! cria Naima. Vous, Bertrand, continuez. Et tachez d'être convaincant !

Se figurant qu'il s'agirait là d'une question de minutes, Hugo accepta d'écouter la suite.

— Je vous ai tout dit, continua Bertrand. Vous m'êtes tous indispensables dans l'action que je veux entreprendre et c'est pourquoi j'avais besoin que vous soyez réunis ici, sur cette île.

— Mais pourquoi, bon sang ? demanda Naima avec vigueur. C'est quoi cette histoire de projet ? Une expérience ?

— Je ne peux pas vous en dire plus pour l'instant…

— Arrêtez avec ça ! cria Hugo. J'en peux plus de vous écouter nous mener par le bout du nez avec vos salades ! Qu'est-ce qui vous empêche de nous parler, franchement ?

— Chacun d'entre vous est une pièce d'un puzzle que je dois moi-même démêler et dont je ne connais pas vraiment les tenants ni les aboutissants. Mais je ne peux rien dévoiler de plus ! Je risque ma vie ! Nous risquons tous la nôtre ! Sauf une personne…

Sauf une personne. La courte phrase était restée en suspens quelques instants puis Bertrand se décida à reprendre son intrigant monologue :

— Il y a quelqu'un parmi nous qui n'est pas la personne qu'il ou elle prétend être. Quelqu'un usurpe l'identité d'un des candidats que j'ai convié ici, et ce quelqu'un nous abat un par un comme dans un jeu de quilles macabre.

À suivre…

ÉPISODE 2 : LES CONFESSIONS DE L'ÎLE

CHAPITRE I

Il y a quelqu'un parmi nous qui n'est pas la personne qu'il ou elle prétend être.

La phrase de Bertrand était restée en suspens, les crépitements du feu dans la cheminée pour seul écho. Le climat délétère qui régnait déjà au sein du groupe venait d'atteindre son apogée.

Pas d'héritage, pas de généalogiste, pas de notaire, rien de tout cela. Mais pourquoi étaient-ils tous là, coincés sur cette île, déplorant déjà deux morts ? Qu'est-ce qui les avait tous poussés à se jeter dans la gueule du loup sans même prendre le temps de la réflexion ? L'appât du gain ? La cupidité ? Ou bien la promesse d'un peu de piment dans une vie terne évoluant au rythme du train-train quotidien ?

Chacun avait sa propre réponse, mais tous avaient cédé à une panique qu'ils tentèrent de dissimuler après l'annonce de Bertrand.

— Vous venez de lâcher une vraie bombe, Bertrand, j'espère que vous en êtes conscient ? lâcha Naima.

— J'ai bien cru qu'Hugo allait me frapper avec le tisonnier, je n'avais pas vraiment le choix, répondit-il toujours en proie à la peur.

Hugo, hébété, jeta un regard sur son arme de fortune et décida d'apaiser les tensions en la reposant à sa place. Le combat se ferait verbalement désormais, il avait trop de questions qui tourbillonnaient dans sa tête.

— Quelque chose m'intrigue, dit Hugo posément, si vous savez qu'un imposteur se cache parmi nous, pourquoi n'êtes-vous pas en mesure de le démasquer ?

— J'en ai été informé juste avant que vous ne posiez tous le pied sur l'île… sinon j'aurais annulé toute l'opération.

— Vous avez réponse à tout, Bertrand, trancha Naima.

Le faux généalogiste soupira, laissant un nouvel espace de parole à la journaliste.

— C'est donc bel et bien confirmé, il y a un meurtrier parmi nous !

Eugénie qui n'avait rien dit jusqu'alors se mêla à la discussion qui avait tout l'air d'un interrogatoire.

— C'est pour nous éliminer un par un que vous nous avez tous fait venir ? Pourquoi nous ? Qu'est-ce qu'on a de si particulier qui mérite qu'on soit parqués sur cette île de malheur à se faire trucider comme de vulgaires pions ?

— Bien parlé, conclut Hugo. Répondez Bertrand, notre patience à des limites, je pense que vous commencez à le sentir.

L'interrogé se releva lentement puis soupira.

— Si je vous explique pourquoi vous êtes ici, alors l'imposteur aura la réponse à ce qu'il cherche et nous n'aurons plus aucune utilité pour lui. Nous sommes en vie parce que je me tais.

— C'est assez commode, trancha Naima. Je suis épuisée de me battre conte votre silence, mais je m'interroge comme Hugo. Je ne comprends pas pourquoi vous n'êtes pas en mesure de démasquer l'imposteur, vous savez bien qui vous avez convoqué ici, non ? Ou alors vous avez fait ça au hasard...?

L'éventualité d'un tirage au sort avait effleuré l'esprit d'Hugo. Mais Bertrand avait toujours parlé en des termes qui venaient contredire cette théorie. Pour le jeune ingénieur, il ne faisait aucun doute que chacun était la pièce d'un puzzle dont il ignorait le dessein final.

— Je ne peux évidemment pas répondre à cette question sans compromettre les raisons de votre présence ici, mais je peux simplement vous dire que je ne connaissais le visage d'aucun d'entre vous, à part une personne, répondit Bertrand.

— Et, c'est qui ? demanda la journaliste.

— C'est vous, Naima.

Elle pouffa et tourna les talons en direction des escaliers menant à l'étage.

— C'est trop facile, Bertrand, trop facile. Je suis sûrement celle qui est la plus proche du but, je vous assaille de questions, je vous tiens tête sans cesse, je suis votre plus fervente opposante et, là, comme ça, devant tout le monde, vous révélez que je suis la seule dont vous êtes certain de l'identité ? Autant directement dessiner une cible dans mon dos ! Franchement, merci pour le cadeau empoisonné ! Sur ce, je vais me coucher et m'enfermer à double tour dans ma chambre, car je ne fais confiance à aucun d'entre vous.

Eugénie, les yeux pétillants de fatigue, lui emboîta le pas.

Essuyant le contrecoup de cette journée interminable, Hugo entreprit se s'allonger sur un des canapés, se retourna et aperçut Victor déjà alité sur le sien. À son tour, Bertrand sentit ses jambes molles, il avait l'impression de s'enfoncer dans du coton.

Quelque chose clochait.

Hugo n'arrivait plus à garder les yeux ouverts et s'était déplacé en hâte vers son lit de fortune. Il se laissa tomber sur les coussins moelleux et s'endormit instantanément. Tous tombèrent dans une léthargie incontrôlée comme de vulgaires poupées de chiffon.

Les rayons rasants du soleil trouaient la voûte nuageuse et caressaient les visages endormis des convives. Insoucieux de leur sort, le jour se levait sur l'île de Saint Riom.

Bertrand fut le premier à s'éveiller. Son dos lui provoqua une douleur lancinante, il avait manifestement dormi au sol, le grand tapis de la salle à manger pour seul matelas. Il frotta ses paupières encore lourdes et jeta un coup d'œil circulaire sur la pièce. Victor et Hugo, chacun sur leur canapé respectif, ronflaient comme si le monde les avait oubliés.

Il se rappela soudain l'ingénieur pourtant si dynamique s'avachir de façon presque incontrôlée sur le canapé derrière lui. On les avait drogués, cela ne faisait aucun doute. Sa tête pivota sur la gauche et il balaya des yeux l'objet du délit. Une théière et cinq tasses. Tout le monde avait bu la veille et tous s'étaient fait happer par le sommeil à peu près au même moment.

Soudainement pris de panique, il se rua à l'étage plus lentement qu'il ne l'avait espéré, les jambes encore ankylosées par cette nuit chimiquement induite. Il approcha de la chambre d'Eugénie et frappa à la porte vigoureusement. Il fit de même quelques mètres plus loin dans le couloir avec celle de Naima. Des deux côtés, aucune réponse. Il fit une deuxième tentative infructueuse et se décida à chercher de l'aide auprès d'Hugo et Victor.

Tirés de leur léthargie, les deux hommes eurent tout d'abord du mal à comprendre la situation et à revenir à la réalité. Chacun semblait avoir son propre rituel : Hugo se frottait le visage vigoureusement et Victor étirait tous ses membres, espérant tous deux ramener un peu de vie dans leurs corps endormis.

Bertrand leur parla du thé et du puissant somnifère qu'ils avaient dû tous ingurgiter la veille au soir et du fait que ni Naima ni Eugénie ne répondaient à ses appels. Les deux portes étant verrouillées, il faudrait à coup sûr les enfoncer pour espérer pénétrer à l'intérieur des chambres.

Alors que Bertrand terminait ses explications, les trois hommes entendirent des pas dans l'escalier. C'était Naima. Elle fit son apparition dans le salon en baillant et en étendant ses bras au-dessus de sa tête comme pour aller agripper quelque chose d'invisible au-dessus d'elle.

— Vous avez croisé Eugénie ? lança Bertrand.

— Bonjour, déjà… et, non.

Hugo, sentant l'inquiétude grandir en lui, fut le premier à s'élancer dans la cage d'escalier. Lorsqu'il fut posté devant la porte de la chambre d'Eugénie, Victor et Bertrand le rejoignirent.

Il frappa trois grands coups suivis d'un « Eugénie ! » tonitruant, mais elle ne répondit pas.

— Victor, aidez-moi à défoncer la porte, on n'a pas beaucoup de recul, mais le loquet devrait céder facilement.

Le fermoir métallique se brisa à la deuxième tentative.

À l'intérieur de la chambre, un froid polaire les enveloppa. Les carreaux de la fenêtre étaient totalement brisés et les ventaux grand ouverts. Dans la pièce glaciale, pas plus d'Eugénie que de réponse à leurs interrogations.

Alors que les autres semblaient digérer cette nouvelle information et fouillaient la pièce à la recherche d'indices, Hugo se tourna vers eux et déclara, la voix pleine de colère :

— Je pars à la recherche d'Eugénie, et vous tous (il pointa du doigt chaque personne), je vous ai à l'œil. Hors de question pour moi d'être la prochaine victime, et n'essayez pas de me convaincre avec vos grands discours, je ne vous écoute plus, je ne vous crois plus.

À la fin de sa phrase, il quitta la pièce en hâte.

Les trois autres se regardèrent puis mesurèrent enfin tout le poids des propos du jeune ingénieur. L'étau se resserrait sur eux et l'imposteur gagnait du terrain, mais ce faisant, il se dévoilait aussi petit à petit.

À leur arrivée sur l'île, ils étaient six. Puis Eric, l'homme à tout faire, avait été retrouvé mort, flottant autour de l'île entre deux rochers. Ensuite, ce fut à Harold de subir le même sort. Retrouvé dans une petite cabane de pêcheur délabrée. Entravé à une barre de métal cimentée dans le sol de la petite bâtisse, il avait été prisonnier de la marée et s'était noyé. Maintenant, Eugénie, que le tueur avait enlevée, allait sûrement disparaître à son tour. Ils n'étaient plus que quatre et le coupable se trouvait parmi eux. Comment ne pas comprendre la détresse d'Hugo et sa réaction lorsque pour lui, les trois autres représentent un danger ? Qui croire ? À qui accorder sa confiance ?

Hugo avait d'abord eu des scrupules, mais il s'était résigné à faire un détour par la dépendance pour y emprunter un manteau de feu Eric. Cela faisait plusieurs jours qu'il se glaçait le sang à travers les bourrasques hivernales du climat breton. Porter la veste d'un mort ? Simple question de survie. Un tueur se cachait parmi eux et rodait, la nuit, sur l'île en toute impunité, tous les moyens étaient bons pour rester en vie.

Il pressa le pas jusqu'à la côte ouest avec pour destination, la petite cabane abandonnée. En cherchant de quoi braver le froid dans la petite maison, il en avait profité pour la fouiller de fond en comble. Aucune trace d'Eugénie.

Alors qu'il escaladait déjà le flanc de falaise affaissé, il entendit au loin des cris. Les silhouettes gesticulantes de Bertrand, Naima et Victor apparurent au bout du chemin. Ils lui faisaient manifestement de grands gestes dans sa direction. Hugo les ignora.

À près d'un mètre du sol, il sauta dans le sable mouillé et s'approcha de la cabane.

— À l'aide ! criait une voix féminine depuis l'intérieur.

Le sang d'Hugo ne fit qu'un tour, il faillit arracher la porte de bois branlante et se précipita à l'intérieur.

Prise de panique, Eugénie se débattait au sol contre une sorte de cadenas qu'on lui avait passé autour du cou et qu'on avait verrouillé autour de la barre de fer.

Compressée contre le cadavre en décomposition d'Harold, Eugénie tirait sans cesse sur l'entrave qu'elle avait autour du cou pour respirer plus facilement. Son visage était écarlate et son maquillage avait coulé. Elle avait dû pleurer jusqu'à en perdre espoir.

— Hugo ! Mon dieu, Hugo ! Détachez-moi ! La marée ! Je vais me noyer, Hugo !

Prise de panique, elle battait des jambes et tirait de toutes ses forces sur le cadenas.

Hugo s'approcha d'elle et s'agenouilla.

— Ça va aller, dit-il d'une voix calme et apaisante.

Il lui passa une main dans les cheveux.

— Je vais aller chercher de quoi couper le cadenas. C'est fini, c'est fini.

Il se releva et elle le retint fermement.

— Me laisse pas là ! La marée va monter, je vais finir comme Harold ! Me laisse pas, il va revenir, il va revenir.

Elle s'effondra en sanglots. Hugo se baissa de nouveau.

— Qui, *ils* ? C'est qui, bon sang ?

— Je… je sais pas. J'ai rien vu… Je dormais et puis le froid m'a réveillée une première fois, et puis la deuxième j'étais sur le dos du tueur, il me transportait ici.

Elle ferma les yeux et de nouvelles larmes perlèrent le long de ses joues rosies.

— C'est qui alors ? Bertrand ? Victor ? Quelqu'un d'autre ?

Des bruits de chutes de pierres interrompirent leur échange... Quelqu'un s'approchait ! Salve d'adrénaline et battements accélérés. Hugo devait prendre en main la situation et faire au plus vite.

— Restez là, je vais chercher de quoi vous libérer et ne vous inquiétez pas, la marée aura à peine gagné quelques centimètres que je serai déjà de retour.

Il prit une bouffée d'air revigorante et sortit de la cabane. Au-dessus de lui, trois personnes le regardaient. Trois coupables potentiels. Il n'excluait pas Naima de l'équation. Après tout, elle était très athlétique et avait fait preuve d'une bonne endurance lors de leurs sessions de recherches, elle aurait très bien pu transporter Eugénie sur son dos sur quelques centaines de mètres. De plus, la captive était complètement groggy quand elle s'est fait enlever et son analyse de la situation a pu être altérée.

— Personne ne descend ! cria-t-il. C'est moi qui monte !

Arrivé face aux trois autres, Hugo réalisa qu'il allait devoir concilier avec eux. S'il s'absentait pour aller chercher de quoi libérer Eugénie, il ne pourrait pas avoir la certitude que l'imposteur ne tenterait pas quelque chose. Il misa sur la nécessité pour le tueur de rester camouflé et tenta une négociation :

— Je ne fais confiance à aucun d'entre vous, mais je suis contraint de vous expliquer la situation. Dans cette cabane, attachée au même endroit que l'a été Harold, Eugénie est prisonnière. Elle est vivante, mais elle panique à l'idée de subir le même sort que lui. J'ai repéré une pince coupe-boulon dans la remise, mais je refuse d'y aller seul. Si on veut espérer libérer Eugénie avant que la marée ne monte, on doit tous y aller. Je ne laisserai personne seul avec elle ici.

Ils échangèrent des regards et, sans bruit, hochèrent tous la tête en signe d'acquiescement. Hugo mena le cortège jusqu'au monastère, regrettant à cet instant précis de ne pas avoir d'yeux derrière la tête.

Dans la remise, Hugo trouva rapidement la pince coupe-boulon. En se baissant pour la ramasser, il repéra un petit sachet caché sous un tuyau d'arrosage enroulé. Il ne comprit pas tout de suite ce que c'était, mais quand il remarqua le petit logo présentant une flamme rouge sur fond jaune, il lui vint une idée. Il attendit le moment où tous auraient le dos tourné pour se saisir de l'objet et le fourrer dans sa lourde veste.

— C'est bon ! j'ai trouvé ce qu'il faut, lança-t-il d'une voix faussement enjouée.

Bertrand, Victor et Naima se dirigèrent calmement vers la sortie. C'est à ce moment qu'il en profita pour plonger la main dans le bric-à-brac qui jonchait le sol et attraper ce qu'il convoitait.

Dehors, le vent s'était levé et tirait avec lui un front nuageux de mauvais augure. Hugo remonta le col de sa veste et se dirigea vers la plage.

— Tu vas où ? La cabane est par là, dit Naima en pointant un doigt dans la direction opposée.

Alors qu'une bourrasque le força à fermer les yeux, Hugo se retourna et lui répondit :

— J'ai besoin d'autre chose pour libérer Eugénie, c'est à quelques mètres sur la plage, attendez-moi !

Interloqués, Naima et les deux autres le regardèrent évoluer dans les embruns. Pince coupe-boulon à la main et manteau presque trop petit pour lui, Hugo évoluait tant bien que mal dans un sable meuble où ses pieds s'enfonçaient, le forçant à dodeliner dans une pantomime à la limite du grotesque.

Arrivé à hauteur d'un rocher noir qui émergeait du sol, il s'accroupit et creusa le sable de sa main libre. Bertrand et Naima froncèrent les sourcils, perplexes. Victor comprit trop tard.

Hugo déterra le pistolet de détresse et sortit le sachet qu'il avait enfoui dans la poche de sa veste quelques minutes auparavant. À l'intérieur, quatre fusées de détresse. Il en prit une et l'inséra dans l'arme. Il se releva lentement, se retourna et pointa son arme sur Naima tout en se rapprochant d'elle. Elle leva les bras par pur réflexe.

— Qu'est-ce que tu fous ?!

— J'assure ma survie, ma belle.

Tétanisé par la peur, personne ne bougea.

— Allez, avancez ! On va à la cabane, marchez devant moi. Si quelqu'un tente quoi que ce soit de farfelu, je le fume, dit-il en visant tour à tour chacun d'entre eux.

— Vous n'allez quand même pas vous servir de cette arme contre nous, vous n'êtes pas sérieux ? tenta Bertrand.

— C'est moi l'ingénieur, mais pas besoin d'être un génie pour comprendre que l'imposteur se trouve parmi vous trois !

— Et qui nous dit que ce n'est pas toi ? lança Naima.

— Moi ? Ha ha ! Je vous aurais déjà tous tués, réfléchis !

— Sauf si tu es là pour venir chercher une information que tu n'as pas encore trouvée…

Naima venait de relancer le jeu du doute. Tout repartait à zéro. Hugo en accepta les règles.

— OK. Tu as raison. Je pourrais être le tueur, ça se tient. En attendant, c'est moi qui ai le flingue et vous qui allez m'écouter. On avance !

À la cabane, Hugo avait ordonné à Bertrand et à Victor de rester en haut et à Naima de le suivre avec la pince coupe-boulon. Ils étaient descendus tous les deux et, quelques instants plus tard, la journaliste avait sectionné le cadenas à l'aide de la pince, Hugo pointant le pistolet de détresse sur elle.

Après avoir repris son souffle et ses esprits, Eugénie serra Naima dans ses bras.

— Merci, dit-elle d'une voix chevrotante.

Hugo laissa le moment passer puis reprit la direction des opérations. Il fit remonter Naima et ordonna à tout le monde de rentrer au monastère. Lui et Eugénie se tiendraient à bonne distance.

Durant tout le trajet, elle resta agrippée à son bras.

Grâce à son arme de fortune, Hugo restait maître de la situation. Il donnait des ordres que les autres exécutaient et lui et Eugénie se tenaient toujours à bonne distance, craignant une riposte furtive de l'imposteur. Ils se réunirent dans le salon et Hugo ordonna à Victor de faire du feu puis à tout le monde de s'asseoir côte à côte autour de la grande table. Eugénie et lui restèrent debout, à quelques mètres du reste du groupe. On aurait dit une curieuse mise en scène.

— Sur la route du retour, j'ai eu le temps de réfléchir, déclara Hugo, pointant toujours son arme sur les trois autres. Eugénie et moi, on va partir en radeau.

Celle-ci ne s'attendait pas à cette décision brusque et unilatérale, aussi se tourna-t-elle vers son sauveur et afficha un grand sourire.

— C'est pour moi ce qu'il y a de plus logique, et vous savez maintenant à quel point j'aime ça, la logique. Eugénie a été kidnappée par l'un d'entre vous et comme je sais que ce n'est pas moi, je pars avec elle. Vous vous démerderez avec les flics quand ils débarqueront sur l'île.

— Eugénie ! Ne faites pas cette connerie ! cria Naima.

— Et pourquoi donc ? demanda Hugo.

— Si c'est toi le tueur et que, pour une raison ou pour une autre, tu n'as pas pu finir le job, c'est le meilleur moyen de t'isoler avec elle et d'en finir. Ensuite, tu reviendras nous éliminer un par un !

Hugo plissa les yeux.

— Pas mal, j'avoue. Mais moi, je sais que je ne suis pas l'imposteur alors je me tire d'ici !

Il se tourna vers Eugénie.

— Vous êtes libre de me suivre ou pas.

— J'ai confiance en vous Hugo, dit-elle. Je veux quitter cette île.

— Allez chercher toutes vos affaires, on s'en va maintenant !

Eugénie, trop heureuse de pouvoir s'éloigner enfin du danger après ce qu'elle venait de vivre, se précipita à l'étage et redescendit avec un petit sac à main et sa veste.

— Je suis prête ! dit-elle triomphalement.

Hugo fit deux pas en arrière et pointa le pistolet sur une Eugénie.

— Déposez votre sac et votre veste à mes pieds. Et pas d'entourloupe, dit-il d'un ton soudain très grave.

Les trois autres écarquillèrent les yeux, leur étonnement était palpable.

La mine de la femme s'obscurcit et elle s'exécuta dans des gestes lents. Hugo s'accroupit alors, saisit le sac à main et la veste se releva d'un bond.

— Victor ! Rattrapez-moi tout ça, videz le contenu du sac sur la table et fouillez la veste.

Le sexagénaire, d'abord un peu déboussolé puis déterminé, se mit debout et tendit les bras.

Après réception, les effets personnels d'Eugénie, éparpillés au beau milieu de la grande table en chêne sur salon allaient donner un nouveau sens à toute l'histoire.

Dans le petit tas composé de maquillage, de paquets de mouchoirs, de stylos et d'un carnet, un objet plus massif se distinguait des autres.

— C'est un téléphone satellite ! s'exclama Bertrand.

La stupeur pouvait se lire sur tous les visages, excepté sur celui d'Eugénie qui se défendait déjà :

— Je ne sais pas ce que fait ce truc dans mon sac ! J'ai été enlevée, je vous le rappelle !

Elle pleurait presque.

Hugo fit un nouveau pas en arrière comme pour signifier sa détermination à accuser Eugénie.

— Quand on est allés dans votre chambre alors que vous aviez disparu, tout est devenu clair dans mon esprit. Je me suis rappelé que c'était vous qui nous aviez avertis de l'incendie du bateau, le jour où nous sommes arrivés ici.

— Et alors ?

— Je me rappelle que vous étiez au premier étage et que vous êtes descendue précipitamment pour nous alerter. Malheureusement, il n'y a aucune fenêtre qui donne sur la plage à ce niveau. Elles sont toutes côté verger. Il vous était donc impossible de savoir qu'un incendie s'était déclenché ! À moins d'en avoir été au courant avant. Comme l'aurait été la personne qui l'a déclenché...

— C'est n'importe quoi ! Qu'est-ce qui vous prouve que j'étais à l'étage, c'est vous qui le dites et on devrait vous croire sur parole ?

— Ce n'est pas tout ! continua-t-il d'un ton autoritaire. Quand on a réussi à entrer dans votre chambre, j'ai tout de suite compris qu'on avait délibérément tenté de brouiller les pistes. Le verrou fermé de l'intérieur et la fenêtre brisée nous ont aiguillés dans la mauvaise direction. Ces deux indices formaient un scénario simple : celui de votre enlèvement par le tueur. Mais il n'y avait aucun débris de verre à l'intérieur. Vous n'avez pas assez réfléchi et avez cassé la vitre depuis la chambre, alors qu'un kidnappeur qui serait venu vous enlever l'aurait fait depuis l'extérieur.

— Je n'avais pas verrouillé ma porte ! Il est sûrement entré, a fermé derrière lui, m'a enlevée et est passé par la fenêtre ! Il voulait que vous arriviez à cette conclusion, il voulait vous faire croire que j'avais commis des erreurs en déguisant mon kidnapping. Mais c'est faux !

— Vous avez l'air de bien le connaître ce kidnappeur ! Ne me la faites pas à l'envers, Eugénie !

— J'ai été emmenée dans la cabane, au même endroit que le pauvre Harold, et j'allais subir le même sort, vous ne croyez tout de même pas que...

— Parlons-en de la cabane ! coupa-t-il. J'ai tout de suite vu clair dans cette mascarade. Harold était pieds et poings liés alors que vous, vous aviez simplement un cadenas autour du cou. Bien pratique quand on veut le verrouiller soi-même et faire croire qu'on a été enlevé et séquestré.

— Pourquoi tout ce cinéma, Hugo ? trancha Naima. Pourquoi nous faire croire que tu nous soupçonnais et que tu allais t'enfuir avec elle avec le radeau ?

— Pour qu'elle baisse sa garde. Qu'elle me fasse confiance et qu'elle croie que tout son manège m'avait conquis jusqu'au dernier moment.

Il tourna le visage vers Victor.

— Fouillez sa veste à présent. On y trouvera peut-être quelques indices !

Victor commença par les poches latérales puis termina par la poche intérieure dont il extirpa une petite boîte en carton.

— C'est quoi ? demanda Hugo, pressé d'en finir.

— Du Zolpi…

— Du Zolpidem ! coupa-t-il. Un puissant somnifère. Celui qu'on a tous ingéré avec le thé qu'elle nous a servi !

Alors que la culpabilité d'Eugénie ne faisait pratiquement plus de doute dans l'esprit de chacun, le visage de celle-ci changea du tout au tout. D'agneau blessé, les traits de celui-ci passèrent à ceux d'un loup assoiffé de sang. Elle fronça les sourcils et attendit le meilleur moment pour accomplir son action.

Entre deux battements de cœur, elle s'accroupit furtivement et étendit sa jambe pour frapper du plat du pied la cheville d'Hugo. Celui-ci baissa son arme en direction de son assaillante, mais l'allumage d'une fusée de détresse n'est pas aussi rapide que celui d'une balle de revolver. Le projectile manqua Eugénie de quelques dizaines de centimètres et vint s'abattre dans un des canapés.

Une lumière aveuglante emplit immédiatement la pièce et un incendie se déclencha peu après. C'était bien plus qu'il n'en fallait pour qu'Eugénie, visiblement surentraînée, arrive à faire chuter Hugo d'une nouvelle balayette et prendre la fuite.

Paniqué par la vue des flammes, Bertrand se précipita dans la cuisine à la recherche de quoi maîtriser le début d'incendie tandis que Naima se mettait déjà aux trousses de la tueuse. Victor aida Hugo à se relever et celui-ci ne perdit pas une seule seconde pour se mettre dans le sillage de la journaliste.

CHAPITRE II

Dehors, la nuit était tombée comme un coup de massue et le froid transperçait les couches de vêtements de ses griffes glaciales. Plus hostile que jamais, l'île de Saint Riom cachait désormais une tueuse traquée qui n'avait potentiellement plus rien à perdre.

Hugo rattrapa vite Naima.

— Tu l'as vue partir dans quelle direction ? demanda-t-il le souffle court.

— Je crois qu'elle a fait le tour du monastère.

— Elle doit vouloir retourner dans la dépendance, elle y a sûrement caché une arme ou quelque chose dans le genre.

Les deux se dirigèrent vers le verger en petite foulée quand Naima s'arrêta :

— Tire une fusée vers la maisonnette ! Vite !

Hugo fouilla dans la poche de sa veste et sortit le paquet de fusées de détresse. Il arma le pistolet et fit feu.

Une lumière intense éclaira toute la scène comme en plein jour. Ils purent apercevoir une ombre escalader le mur qui donnait sur le jardin de l'autre côté. Ils reprirent la chasse dans l'instant, il fallait appréhender Eugénie avant que quelque chose de grave n'arrive de nouveau.

Aidé par Victor, Bertrand vint à bout des flammes en quelques minutes. Mis à part la destruction totale du canapé, il n'y avait pas d'autres dégâts à déplorer.

Victor se déplaça vers la grande table et empoigna le téléphone satellite. Il ouvrit le clapet et appuya sur le bouton de mise en marche. Après quelques secondes, une demande de code PIN s'affichait. Sans mot dire, il se tourna vers Bertrand qui l'avait rejoint et le questionna du regard. Celui-ci répondit par un haussement d'épaules. Victor tapa quatre zéros successifs et valida. Code erroné. Il tenta 1, 2, 3, 4 et valida de nouveau. La même réponse : code erroné. Un troisième essai infructueux bloquerait définitivement le téléphone et réduirait drastiquement leurs chances de survie. Il fallait mettre la main sur Eugénie, et vite.

Naima sprinta à l'intérieur de la petite demeure tandis qu'Hugo choisit de faire le tour pour rejoindre le jardin. Eugénie avait sauté par dessus le mur avec une aisance stupéfiante, mais il n'était pas aussi entraîné. Aucun doute, ils avaient bien à faire à une vraie tueuse professionnelle. Hugo se sentit tout à coup démuni avec pour seule protection, un pistolet de détresse aussi ridicule que lent. Il chargea une nouvelle fusée et tira en l'air, au-dessus du jardin afin d'éclairer un plus grand périmètre.

Naima ouvrit la baie vitrée et, lorsqu'elle aperçut Hugo, elle secoua la tête négativement. Eugénie s'était volatilisée.

Tout à coup, un vacarme de tous les diables venant de l'étage supérieur fit sursauter Naima et Hugo. Ils n'attendirent pas une seconde et se précipitèrent au premier, Hugo et son arme de fortune en tête de cortège.

Des cris, des coups de feu, une explosion.

Hugo prit une grande inspiration et ouvrit la porte de la pièce d'où semblait provenir le tapage.

À l'intérieur, la télévision diffusait un vieux film de gangsters, volume à fond. Ne trouvant pas immédiatement la télécommande, Hugo tira sur le cordon d'alimentation pour mettre fin à la cacophonie.

— Elle nous a bernés, la garce ! souffla Naima.

— C'est une diversion...

— T'as raison ! Le radeau ! Elle va s'enfuir avec le radeau, j'en suis certaine !

Sans même reprendre leurs esprits, Naima et Hugo se jetèrent dans les escaliers et filèrent en direction de la plage au sud de l'île. Au bout de quelques dizaines de mètres de sprint à allure maximale, Hugo regretta d'avoir fait l'impasse sur le sport ces derniers mois de chômage. Son cœur battait à tout rompre et il avait plus de mal que Naima à reprendre son souffle.

L'ancien monastère derrière eux, le sol se faisait déjà plus meuble et leur course fut ralentie. Hugo tira sa pénultième fusée vers la mer et ce qu'ils craignaient le plus se déroulait déjà sous leurs yeux depuis quelques minutes.

Eugénie, en équilibre instable sur le radeau, ramait de toutes ses forces à travers les vagues glacées de la baie. Elle avait déjà pris beaucoup d'avance et leurs chances de la rattraper s'amenuisaient au fur et à mesure que les minutes s'égrainaient.

Pour sa dernière cartouche, Hugo avança le plus possible vers le bord de l'eau, le ressac venant mordre ses chaussures par ondes et lui glacer les pieds. Il braqua son arme sur l'embarcation fuyante, ferma un œil — plus par mimétisme que par réelle expérience — et appuya sur la détente.

La fusée décrivit un léger arc de cercle avant d'exploser aux pieds d'Eugénie dont le pantalon prit instantanément feu. Elle poussa un cri et s'accroupit pour éclabousser les flammes d'eau de mer, mais, sur ses vêtements synthétiques, le feu se propageait comme une traînée de poudre. Lorsqu'il atteignit ses cheveux en à peine quelques secondes, elle se jeta à l'eau. La température de l'eau lui coupa la respiration et ses membres commençaient déjà à s'engourdir. Son instinct de survie ne lui laissa qu'une seule option, revenir sur la rive à la nage, tant pis si elle se jetait dans les bras de ses poursuivants, elle était pleine de ressources et pourrait réfléchir à une solution alternative plus tard.

À bout de forces et tremblant de tous ses membres, Eugénie s'écroula sur la plage tel un animal à l'agonie. Naima et Hugo la tirèrent sur le sable sec. Quand elle eut repris quelque peu ses esprits, elle tenta de prononcer quelques mots, mais ses mâchoires claquaient frénétiquement.

— On la ramène près du feu, elle va tomber en hypothermie si on ne se dépêche pas, et on a besoin de découvrir ce qu'elle sait.

Hugo hocha la tête et releva Eugénie. Chacun prit un de ses bras et ils avancèrent tant bien que mal, traînant son corps inanimé qui semblait se vider de sa vie à vue d'œil comme un fardeau.

Le foyer était encore actif quand Naima et Hugo ramenèrent la coupable tel un trophée de chasse. Ils déposèrent Eugénie au bord de l'âtre et apportèrent des couvertures et des serviettes éponges. Hugo fit un tour dans la cuisine et réapparut avec un rouleau de gros scotch marron.

— Qu'est-ce que tu fais ? lui demanda Naima.

— Je mets en place notre assurance-vie. C'est une tueuse professionnelle, quand elle aura repris un tant soit peu d'énergie, elle s'en servira contre nous.

— Il faut lui demander le code PIN du téléphone ! lança Victor de sa voix tonitruante.

Hugo s'approcha du sexagénaire et posa une main sur son épaule.

— Dès qu'elle pourra articuler, je m'en chargerai.

Il se déplaça vers la cheminée, pris le tisonnier métallique et le plaça au cœur des braises. Alors qu'Eugénie, encore privée d'énergie, levait des yeux vides vers lui, il soutint longuement son regard.

— 18... 58, fit-elle comme si l'effort était insurmontable.

Lorsqu'il comprit qu'elle venait de lui révéler le code à quatre chiffres, Victor se rua sur le téléphone et ouvrit le clapet.

— Attendez ! cria Naima à travers la pièce. C'est trop facile. Ne tapez rien du tout, c'est sûrement un piège.

— Comment ça ? demanda Victor, interloqué.

— C'est peut-être le code d'un signe de détresse à destination de ses employeurs.

— Ses employeurs ?

— Tout ceci est une mission, ça me paraît clair ! continua la journaliste. Vous ne pensez tout de même pas qu'elle est arrivée ici de son propre chef ? Tout est prémédité et à mon avis, un protocole de sortie est prévu. Ne tapez pas ce code.

— Mais… si on pouvait utiliser ce téléphone, on pourrait appeler les secours !

— Ou prévenir ses complices et signer notre arrêt de mort.

— Alors il faut lui demander le vrai code PIN, dit Hugo en remuant le tisonnier dans les braises rougeoyantes.

— Elle ne parlera pas, conclut Naima. Elle fera tout pour brouiller les pistes et ne révéler que ce qui pourrait la sauver elle. Quoi qu'elle dise, nous n'aurons aucun moyen de vérifier les informations sans nous mettre en danger. Elle le sait et elle jouera là dessus, même sous la torture.

— On dirait que vous la connaissez… balbutia Bertrand du fond de la pièce.

— Je connais les gens de son espèce, voilà tout. J'ai été reporter de guerre et j'ai traîné mes guêtres dans les bas fonds de l'âme humaine.

Elle secoua légèrement la tête, comme pour évacuer de vieux souvenirs encombrants, et prit place autour de la table en chêne.

— Avec un peu de chance, le radeau a été ramené sur la page par le ressac et nous pourrons nous en servir pour rentrer au port de Paimpol.

Bertrand se dirigea lentement vers la baie vitrée, semblant digérer l'information. Le regard dans le noir total de la nuit bretonne, il parla à l'intention de tout le monde :

— Pas ce soir alors, c'est bien trop dangereux. Restons encore une nuit, et si le temps le permet, nous partirons dès que possible demain. Il y a une paire de rames en guise de décoration dans la demeure où séjournait Eric, nous pourrons nous en servir.

Hugo laissa peser le silence quelques secondes puis poursuivit :

— C'est déjà fait, Bertrand. Eugénie a eu la même idée que vous tout à l'heure.

— On la met où ? répétait Hugo en désignant leur prisonnière ligotée.

— On va lui mettre un matelas dans la salle de bain du haut. Il y a une clef qui nous permettra de l'enfermer et la pièce a l'avantage d'être aveugle. Elle va sûrement se débattre toute la nuit pour défaire ses liens, mais même si elle y parvient, elle ne pourra pas faire grand-chose, dit Bertrand.

Naima avait quant à elle l'air plus dubitative.

— C'est une tueuse professionnelle, ça ne me rassure même pas de la savoir seule toute une nuit...

— J'ai une idée, dit Hugo. Il reste sa boîte de somnifères. Il suffit de lui administrer une bonne dose et on sera tranquilles cette nuit.

— Hugo, je ne pensais pas dire ça de mon vivant, mais tu es brillant ! avoua Naima suivit d'un clin d'œil complice.

Il apprécia le petit signe d'affection et toutes ses pensées se concentrèrent instantanément sur Sophie, sa petite amie. Elle devait être morte de peur à l'heure qu'il était, peut-être avait-elle déjà prévenu la police de son absence ? Il se rassura en pensant au fait que le lendemain, ils seraient tous au port de Paimpol, sains et saufs, préparant déjà leur retour chez eux.

Bertrand disposa un matelas sur le sol de la salle de bain et Naima arrivait déjà avec une couverture. La tueuse était presque mieux traitée qu'eux, se dit-elle. Ils lui firent boire leur cocktail soporifique et l'enfermèrent à double tour.

Sur le chemin vers les chambres, Naima s'adressa à Bertrand :

— On n'a pas oublié, vous savez ?

— Pardon ? dit-il, surpris.

— On n'a pas oublié que c'est vous qui nous avez fait venir ici. On a beau avoir démasqué Eugénie, vous nous devez quand même des explications.

— Demain, nous aurons tout le temps.

— Toujours réponse à tout…

Victor proposa à Hugo de dormir dans l'ancienne chambre d'Eugénie dont ils calfeutrèrent la fenêtre avec du scotch et du carton, tandis qu'il dormirait sur le dernier canapé encore utilisable de la pièce. Comme à son habitude, Naima s'enferma à double tour et déplaça une lourde commode contre la porte de sa chambre. Bertrand, mis au pied du mur par ceux qu'il avait attirés dans ce cauchemar avait dérobé à leur insu un petit bout de somnifère qu'il utilisa pour s'endormir. Le lendemain serait une journée décisive. C'est là que la véritable histoire commencerait.

À l'aube, Victor avait entendu du bruit et la porte d'entrée s'ouvrir et se fermer à plusieurs reprises, mais il était à bout de forces et n'avait pas eu le courage de se confronter à la situation. Il était toujours en vie, c'est ce qui comptait à ses yeux. Il entendit des pas dans les escaliers, Hugo descendait à lourdes enjambées.

— Salut, Victor, bien dormi ? Eugénie est toujours dans la salle de bain, je suis allé vérifier.

Quand il termina sa phrase, Hugo se surprit à penser au fait qu'ils ne connaissaient même pas le véritable prénom de leur captive. Le flot de ses pensées fut interrompu par Naima qui dévalait déjà les escaliers derrière lui.

L'air affolé, elle d'adressa à eux sans même un bonjour :

— Où est Bertrand ?

Hugo se retourna.

— Il est pas dans le bureau ? demanda-t-il en haussant les épaules.

— Non. Est-ce que…

— Oui, elle est toujours dans la salle de bain, et toujours ligotée, la coupa Hugo.

Pris de panique, ils crièrent le nom de Bertrand et fouillèrent promptement la demeure. Au bout de quelques minutes, il ne faisait plus de doutes de que le faux généalogiste manquait à l'appel.

De nouveau réunis dans le salon, les trois survivants se toisèrent.

— Tirons-nous d'ici, tout de suite ! lança Naima en allant chercher sa veste.

— On laisse Eugénie ? demanda Hugo.

— Fais ce que tu veux avec elle, moi je prends le radeau et je pars !

— Et Bertrand ? demanda Victor.

— Il est sûrement mort ou que sais-je encore ! Je ne resterai pas une seconde de plus sur cette île maudite !

Le tableau s'assombrissait de jour en jour et l'énigme dans laquelle ils étaient empêtrés se compliquait au même rythme. D'abord Eugénie qui s'était révélée comme suspecte et puis Bertrand qui disparaissait à son tour pendant la nuit. Quelles conclusions pouvaient-ils en tirer ? Eugénie avait-elle un complice ? L'étau se resserrait sur les trois restants.

Aidée par l'affolement soudain de Naima, la panique s'était propagée comme une traînée de poudre. Hugo et Victor s'étaient vêtus en hâte et projetaient de suivre la journaliste. Si elle comptait vraiment s'emparer du radeau, ils n'avaient plus d'autre choix.

Hugo s'était demandé un instant s'il était préférable de se lancer dans des recherches pour retourner Bertrand ou s'il valait mieux arrêter les frais et s'enfuir sur-le-champ. Il était persuadé d'avoir neutralisé la coupable et que les crimes allaient s'arrêter. Lorsqu'il cherchait à répondre à toutes ses questions et qu'il explorait le champ des possibles, il était pris de vertiges. Il se retourna vers Victor.

Victor, le plus vieux, le sage, le taciturne… Et si c'était lui qui agissait dans l'ombre depuis le début ? Naima et lui allaient droit au casse-pipe ! Après avoir éliminé Bertrand dans la nuit, il se chargerait d'eux sur le radeau. Il ferait sûrement disparaître les corps en les jetant par-dessus bord dans les eaux glacées de la baie de Saint-Brieuc. Les pensées d'Hugo tourbillonnaient dans sa tête à mesure que son angoisse augmentait.

Mais tout s'arrêta lorsque la porte principale s'ouvrit.

Encombré de gilets de sauvetage et autres cirés de marin, Bertrand se dirigeait lentement vers eux depuis l'extérieur.

Tous écarquillèrent les yeux.

— Vous étiez où, bon sang ?! lança Naima.

À son tour étonné de voir leurs mines perplexes, Bertrand s'expliqua :

— Je n'arrivais pas à dormir alors dès les premiers rayons du soleil, je suis allé chercher de quoi nous assurer une traversée en sécurité. J'ai aussi pris des cirés à mettre par dessus nos vestes, on sera contents de les avoir quand on sera au beau milieu de la baie.

Naima faillit se jeter dans ses bras, mais se ravisa, ils n'étaient pas au bout de leur peine. Les réjouissances viendraient quand ils seraient tous sains et saufs.

— On fait quoi d'Eugénie ? demanda Hugo.

— Et si Bertrand nous expliquait plutôt ce qu'on fait ici ? Ça nous aiderait sûrement à y voir plus clair et à prendre de meilleures décisions, vous ne croyez pas ?

En guise de réponse, il entra dans le salon, posa son matériel, tira une chaise et prit place en soupirant.

Tous sentirent que le moment était important et ils s'approchèrent de lui. Le silence s'installa confortablement alors qu'ils attendaient que Bertrand daigne parler.

— Antarès, ça vous dit quelque chose ? lâcha-t-il, déchirant la quiétude de la pièce.

Hugo, Victor et Naima se regardèrent, intrigués. Le doyen fit un pas en avant, comme pour donner plus de poids à son propos :

— Je… J'ai fait partie, fut un temps, du conseil d'administration de cette entreprise. Quel est le rapport avec tout ceci ?

Bertrand nettoya ses lunettes avant de continuer.

— Je travaille au sein de l'équipe de communication du groupe pharmaceutique Antarès, dit-il. Mon père en était le directeur financier avant qu'il ne…

Il se racla la gorge avant de poursuivre.

— Cette île lui appartient. C'était son havre de paix. Plus d'un an après son décès, ma mère et moi avons décidé de la mettre en vente et quand nous sommes venus ici pour préparer les lieux, je suis tombé sur tout un tas de dossiers et de documents que je cherche encore à déchiffrer aujourd'hui.

Médusé par le récit de Bertrand, Hugo s'était assis et très vite, les deux autres l'avaient imité.

— Parmi la paperasse, un dossier en particulier a attiré mon attention. Il y avait des articles de journaux, des rapports, et une liste de cinq noms. Naima Hadji, Eugénie Faure, Victor Karadjian, Hugo Girardi et Harold Vandenberg. Vos noms. J'ai passé des nuits entières à tout lire et, sans pour autant comprendre toute l'histoire, il m'a paru clair que mon père était sur le point de révéler au grand jour une affaire qui allait mettre Antarès en péril. D'après les conclusions que j'avais pu tirer à l'époque, vous cinq étiez la clef de toute l'affaire.

Il fit une pause et Naima en profita pour s'immiscer dans la brèche :

— Pourquoi ne pas simplement nous contacter avec ces informations plutôt que d'inventer cette histoire d'héritage ?

— Vous n'y pensez pas ! Antarès est une multinationale qui génère des bénéfices colossaux, on parle de plus de cinquante milliards d'euros ! Ces gens ne reculent devant rien. Je reste persuadé qu'ils sont responsables de la mort de mon père. Il a dû trouver une piste solide et déclencher des alarmes chez Antarès. Son suicide n'a jamais convaincu ma famille.

Hugo soupira, Victor resta pendu aux lèvres de Bertrand.

— Après la mort de mon père, j'ai compris que la société avait mis en place une surveillance pour scruter mes moindres faits et gestes. Au début, je n'y ai pas cru, puis quand j'ai commencé à en être persuadé, je me suis naturellement demandé pour quelles raisons Antarès ferait ça. C'est en tombant sur ces dossiers ici que j'ai réalisé que la multinationale avait peur de quelque chose. Peur que mon père ait réellement découvert des indices probants et me les ait révélés. Pendant un an, alors même qu'Antarès voyait que rien ne bougeait de mon côté, ils n'ont jamais lâché de leste, leurs yeux étaient braqués sur moi en permanence. C'est, je pense, ce qui m'a poussé à persévérer dans cette quête de vérité, j'avais compris que mon père était peut-être mort à cause de ce qu'il avait découvert et je ne pouvais pas m'arrêter avant d'être allé jusqu'au bout. Pour brouiller les pistes et éviter d'éveiller les soupçons, j'ai inventé le stratagème qui vous a tous conduits ici. J'ai un ami notaire a qui j'ai expliqué le scénario de vive voix et c'est de son cabinet que vous avez reçu les lettres de convocation. Ma seule chance de vous réunir était de vous attirer avec quelque chose d'assez intrigant, mais concret. Je me suis dit qu'une histoire de gros héritage géré par un véritable cabinet de notaire ayant pignon sur rue serait assez forte pour être acceptée de vous tous. Je n'avais pas la certitude que vous répondriez tous à l'appel, mais c'était ma seule carte à jouer. Vous amener ici était à la fois stratégique et symbolique. C'est sur cette île que mon père passait du temps isolé du monde et c'est ici qu'il a commencé son investigation. Sans réseau téléphonique et entouré par une frontière naturelle, l'île de Saint-Riom constituait l'endroit idéal pour passer sous le radar d'Antarès.

— Et pourtant, deux personnes sont mortes, conclut Naima.

— J'étais déjà sur l'île depuis quelques jours quand est survenu un incident qui m'a mis la puce à l'oreille.

Quelques heures avant que vous n'arriviez, je me suis rendu à Paimpol pour acheter de quoi tous vous nourrir et c'est là que j'ai eu par salves, toutes sortes de notifications dont plusieurs appels en absence de mon ami notaire et un message qu'il m'avait laissé sur mon répondeur. Celui-ci m'informait que son cabinet avait été cambriolé et qu'il avait trouvé ça assez louche pour me prévenir. Des papiers avaient disparu et dans le tas, la liste des personnes à qui il avait envoyé les courriers recommandés au sujet de l'héritage. Il était évidemment trop tard pour tout annuler et quand bien même, je ne savais pas quel coup allait jouer Antarès. Quand j'ai vu que vous répondiez tous à l'appel, j'ai immédiatement émis l'hypothèse qu'il y ait parmi vous un ou plusieurs agents infiltrés.

— Eugénie… souffla Victor.

Un silence ponctua la remarque du sexagénaire.

— Y a quelque chose que je ne comprends pas, intervint soudain Hugo. Eugénie a fait deux victimes, pourquoi ne pas nous avoir tous éliminés ?

— Parce qu'Antarès veut découvrir ce que nous savons, ce que je sais, ce qu'allait révéler mon père. Ils sont dans le contrôle le plus absolu, la société brasse un tel fric qu'ils ne peuvent pas se permettre de perdre la main. Je vous ai fait venir ici pour essayer de décrypter et continuer l'enquête faite par mon père, Eugénie était là pour faire la même chose. Mais elle ne peut pas nous faire avouer ce que nous ne savons pas...

Hugo fronça les sourcils et se gratta la tête, autant de signes que ses petites cellules grises tournaient à plein régime.

— Harold a effectivement été torturé, mais, le pauvre, ne sachant rien, il a été laissé pour mort.

Bertrand baissa la tête et s'effondra en larmes. Naima voulut poser la main sur son épaule en signe de compassion, mais elle ne pouvait s'ôter de l'esprit qu'il était la personne qui avait déclenché tout ça. Rien ne serait arrivé s'il n'avait pas eu cette lubie de poursuivre l'œuvre de son père.

Entre les sanglots, Bertrand poursuivit.

— Je suis… désolé. Je ne voulais pas que ça se termine comme ça. Imaginez la famille de ce pauvre Harold… Celle d'Eric…

— Ce n'est pas le moment de penser à ça, lança Naima. Ce n'est tout de même pas vous qui les avez tués. Si on ne veut pas finir comme eux, il faut agir vite. On aura tout le temps de découvrir ce qui nous lie tous par la suite.

— Qu'est-ce qu'on fait alors ? demanda Hugo. Le radeau est conçu pour deux personnes, une troisième à la limite, mais je ne suis pas sûr que ça tienne toute la traversée.

— Naima, Hugo, allez-y ! dit-il. Vous êtes les plus jeunes et les plus athlétiques. Moi je peux rester ici avec Victor pour surveiller Eugénie et attendre que vous reveniez avec les secours. De plus, je connais cette île par cœur, je serai plus utile ici que sur le radeau.

Il se tourna vers le sexagénaire.

— Si vous êtes d'accord, bien évidemment...

Victor hocha la tête positivement.

Hugo se leva, empoigna sa veste et s'adressa à Bertrand :

— Puisque vous connaissez cette île par cœur, dites-nous où il y a un bateau de secours pour rentrer !

— Je ne vous ai pas raconté d'histoires. Ici, pas de réseau, pas de ligne terrestre, un seul bateau pour aller et venir. Les premières années, il n'y avait même pas l'électricité.

— Et en cas de problème ?

— C'est un risque qu'aimait prendre mon père. Le prix de la paix et de la liberté.

— Un prix qu'on paye tous aujourd'hui, intervint Naima.

Hugo et Naima avaient passé les cirés par-dessus leurs manteaux et s'étaient équipés avec les gilets de sauvetage. Vêtus de la sorte, leurs mouvements étaient limités, mais une fois au beau milieu de la baie, à cette heure matinale et en plein mois de décembre, ils ne regretteraient pas leur décision.

Dehors, le vent soufflait doucement et les vagues étaient encore modérées. Comme ils l'avaient tous prédit, le radeau s'était échoué sur la plage, poussé par le ressac. Les rames étaient éparpillées à une bonne distance l'une de l'autre et Hugo les ramena à l'embarcation. Déjà, leur contact froid lui glaça les mains. La traversée n'allait pas être une partie de plaisir.

Ils poussèrent le radeau jusqu'à l'eau, laissant un sillon mouillé gravé dans le sable. Hugo se demanda s'ils laissaient là la dernière trace de leur présence ici.

Naima s'appuya sur l'épaule d'Hugo et se hissa à bord. Le jeune ingénieur glissa à plusieurs reprises, mais parvint tout de même à grimper sur le radeau en s'aidant des longues rames. Le froid imprimait sa morsure sur leurs pieds déjà trempés, tous deux grelotaient et tremblaient comme des feuilles mortes.

— Faut qu'on rame, ça va nous réchauffer, dit Naima en claquant des dents.

Hugo souffla dans ses mains et commença à pagayer. Au bout de quelques minutes d'adaptation, leurs mouvements se synchronisèrent et ils réussir à maintenir leur cap vers leur destination.

Leurs muscles se réchauffèrent au fur et à mesure qu'ils avançaient à la seule force de leurs bras, mais leurs membres inférieurs, tout particulièrement leurs pieds restaient endoloris et glacés.

Quand la douleur se faisait trop forte, le mental reprenait le dessus, se nourrissant de l'espoir unique de trouver du secours à leur arrivée au port de Paimpol.

CHAPITRE III

Sur une impulsion de Bertrand, les deux hommes restés sur l'île s'étaient rendus auprès d'Eugénie et lui avait confectionné un petit-déjeuner. Elle n'avait pas dit un mot, même pas un merci. Il avait été question de lui détacher les mains pour qu'elle puisse manger par elle-même, mais Victor s'était fermement opposé à l'idée. Bertrand s'était alors dévoué pour lui administrer la nourriture et l'eau.

De retour dans le grand salon, Victor, pour qui l'imposante cheminée n'avait plus de secrets, relança le feu. Bertrand prit place autour de la table, semblant attendre que quelqu'un daigne se joindre à lui.

— Dites-moi, Victor, commença-t-il, que faisiez-vous exactement chez Antarès ?

Le sexagénaire lâcha une bûchette dans l'âtre et marcha vers Bertrand.

— Je siégeais au conseil d'administration. C'était il y a longtemps.

— Dans les dossiers de mon père, votre nom revenait souvent, il était parfois souligné de plusieurs traits rouges. J'en ai déduit que vous étiez un élément clef de son investigation. Vous avez une idée de ce qu'il pouvait chercher ?

Victor se racla la gorge et sembla fouiller dans une mémoire encombrée d'un pêle-mêle de souvenirs.

— J'ai été évincé du conseil d'administration assez vite, ce fut une courte période dans ma vie d'homme d'affaires.

— Pourquoi avez-vous été remercié ?

— Je ne me souviens plus très bien des détails, dit-il en grattant sa barbe poivre et sel. Je me rappelle qu'Antarès avait fait une grande vague d'investissements, c'était du grand n'importe quoi.

— Quel genre d'investissements ?

— Je ne sais plus trop… Ils rachetaient des entreprises à tour de bras dans des secteurs si éloignés du domaine pharmaceutique que c'en était presque risible.

— Vous vous rappelez de quelles entreprises il s'agissait ?

— Oh la la ! dit-il en levant les yeux au ciel. Il y en avait tellement ! Du grand n'importe quoi je vous dis. Des centaines de millions d'euros jetés par les fenêtres. Lors des sessions de vote, on m'a fait plusieurs propositions, des offres alléchantes, vous voyez ce que je veux dire ?

— Des pots-de-vin ?

— Quelque chose comme ça. Ils avaient l'air inquiets que ces investissements ne se fassent pas alors ils voulaient s'assurer que tout le monde vote dans le bon sens. On m'a offert des voyages tous frais payés dans des destinations de rêve, mais quand j'ai voulu en savoir plus sur les sociétés en question, les choses se sont gâtées.

— Vous aviez des soupçons ?

— Non. Pas à l'époque, en tout cas. Vous savez, je suis un homme d'affaires dans le bon sens du terme. Je ne vois pas le mal à gagner de l'argent, beaucoup s'il le faut, mais uniquement si tout le monde en profite. Je n'aime pas trop quand on tombe dans des délires qui vont à l'encontre du bon sens.

— Je ne vous suis pas…

— Par exemple, virer trois mille salariés d'une entreprise dans le seul but de tailler dans les dépenses, d'assurer mathématiquement un meilleur résultat et donc de faire grimper le prix de l'action, ça, c'est antiéconomique pour moi.

— Je vois.

— Les fusions-acquisitions, les rachats de sociétés qui battent de l'aile et *tutti quanti,* quand c'est uniquement pour faire des montages financiers et s'enrichir sur le malheur des autres, c'est non ! Si Antarès avait lancé cette vague d'investissements pour donner une nouvelle chance à toutes ces entreprises et les aider à prospérer, je n'y aurais vu aucun inconvénient, mais on sait tous les deux que ce n'était pas le cas.

— Et ils vous ont donc viré, comme ça, sans préavis ?

— *Ad nutum* comme on dit, oui. Sur un coup de tête. C'est le jeu quand on fait partie d'un conseil d'administration, on peut être révoqué sur-le-champ à la suite d'un simple vote. Quand j'ai voulu qu'on me transmette, au minimum, les bilans des sociétés à acquérir pour savoir où on allait mettre les pieds, les choses ont mal tourné. On m'a bien fait comprendre qu'il fallait que je vote en faveur des rachats.

— De quelle façon ?

— Des menaces, du chantage, ce genre de choses. Dans les voyages qu'Antarès me payait, j'étais toujours accueilli par des sortes d'assistantes, des guides comme ils les appelaient. En gros, des nanas à qui peu d'hommes auraient pu résister. Au bout de la deuxième ou troisième fois, j'ai bien compris où ils voulaient en venir. Je me suis dit que c'était la manière qu'Antarès avait de faire des « cadeaux » à ses administrés. J'imagine que pas mal de mes collègues y ont succombé, mais pas moi. Avant de me faire évincer, j'ai reçu chez moi quelques lettres avec des photos où on me voyait en compagnie de ces filles pendant mes vacances.

— Je ne comprends pas, coupa Bertrand, vous me dites que vous n'avez pas mangé de ce pain-là. Qu'est-ce qui pouvait vous compromettre ?

— Je ne sais pas si vous êtes marié Bertrand, mais si on montrait à votre femme des photos de vous lors de vacances à l'autre bout du monde avec des nanas sexy qui vous font tantôt un massage, tantôt vous apportent un cocktail au bord de la piscine, que croyez-vous qu'il vous arriverait ? Même s'il n'y a rien d'explicite, je vous assure que ça serait devenu un gros problème et que vous auriez du mal à vous justifier.

Il passa la main dans sa barbe et continua :

— Bref, je n'ai pas cédé à leur chantage et j'ai été viré sur-le-champ.

— Vous vous rappelez des noms des sociétés qu'Antarès voulait racheter ? demanda Bertrand.

— Honnêtement, il y avait un dossier épais comme un bottin. Si vous cherchez une société en particulier, il faudrait que vous me disiez son nom et ça me reviendrait peut-être, mais là…

Bertrand haussa les épaules.

— Non, je… je ne sais pas vraiment ce que cherche. J'imagine que mon père savait que les informations que vous détenez pouvaient être mises en commun avec d'autres afin de démêler les fils de cette histoire. C'est justement ce que je cherche à faire.

La conversation avait laissé place au silence et aux crépitements du feu. Bertrand et Victor se demandaient où Naima et Hugo en étaient, s'ils étaient sains et saufs, s'ils allaient bientôt arriver à bon port.

Soudain, ils entendirent une mélodie électronique provenant du centre de la table. Bertrand écarquilla les yeux et se précipita sur l'objet d'où provenait le son. Le téléphone d'Eugénie.

— Ça sonne ! Qu'est-ce qu'on fait ? dit-il, paniqué.

***

Le vent s'était levé et le courant s'était fait plus fort dans la baie de Saint-Brieuc. L'embarcation de fortune avait déjà perdu un flotteur, mais grâce à l'ingénierie d'Hugo, le tout tenait encore solidement. Il avait confiance dans le fait que le radeau resterait solide toute la traversée. Naima était la plus affectée par le froid et Hugo devait sans cesse adapter la vitesse à laquelle il pagayait pour maintenir la direction. Ils n'avaient rien dit durant la première demi-heure, mais, pour oublier le vent glacial qui transperçait leurs habits, Hugo se lança :

— Tu connais Antarès, toi ?

— De nom, comme tout le monde, je suppose, répondit la jeune femme. Grosse entreprise pharmaceutique, des milliards de bénéfice, cotée au CAC 40, la routine quoi.

— Tu n'as pas enquêté sur eux lors d'un reportage par hasard ?

— Non. Quand Bertrand a enfin craché le morceau, j'ai fouillé ma mémoire, mais rien de concret ne m'est revenu. Mis à part le fait que la moitié de mes médicaments doivent être estampillés Antarès, je ne me vois pas de lien avec cette boîte. Et toi ?

— Pas que je sache.

— Tu fais quoi dans la vie ?

— Je vous l'ai dit à tous le premier jour, soupira-t-il. Je suis ingénieur et en ce moment je cherche du boulot.

— Je te souhaite d'en trouver. Si on arrive vivants…

— Je pourrais me reconvertir dans la marine, c'est beau la Bretagne ! ironisa-t-il.

— Et avant, tu faisais quoi ?

— Parcours classique : études d'ingénieur, stage puis un job dans la boîte où j'étais stagiaire.

— Pourquoi tu es parti ?

La journaliste d'investigation prenait le dessus sur la rameuse.

— Je ne suis pas parti, il y a eu un plan social. Je crois que la boîte dans laquelle je bossais a eu un redressement fiscal dont elle n'arrivait pas à se sortir financièrement. Pour la maintenir à flot, ils ont licencié en masse, ça arrive.

— En général, c'est pas vraiment les ingénieurs qu'on vire en premier…

— Non, c'est vrai, mais là, il y a eu une grosse vague de départs et puis quand on tape dans les hauts postes, ça fait quand même des économies ! dit-il en souriant.

— C'était quoi le nom de l'entreprise ?

— Agritec, le siège social est à Toulouse.

Naima fronça les sourcils.

— Ça ne me dit rien. C'était quoi l'activité ?

— Pas mal de choses, essentiellement des produits destinés à l'industrie agroalimentaire. Je suis ingénieur en biochimie, j'étais dans la partie recherche et développement.

— Le nom ne m'évoque rien, mais je me souviens d'un gros scandale écologique que j'avais révélé à l'époque dans le Sud-Ouest. Des usines déversaient des tonnes de déchets toxiques et chimiques dans l'océan pour faire des économies sur leur traitement très coûteux.

Hugo se tut et continua de ramer. À le voir cogiter ainsi, Naima sut sur l'instant qu'elle avait touché quelque chose.

— Je suis arrivé un peu après tous ces problèmes de redressement fiscal et compagnie, reprit-il, mais ce ne serait pas impossible qu'il y ait eu aussi dans le lot des histoires de fraude environnementale.

Naima ouvrit grand les yeux malgré le vent glacial.

— C'est peut-être de ce côté qu'il faut creuser ! Je me rappelle avoir subi énormément de pression et j'ai même eu droit à des menaces après la sortie du reportage.

Comme s'il avait ignoré cette dernière phrase, Hugo arrêta de pagayer et pointa du doigt une masse noire au loin.

— Là bas, regarde ! c'est le port de Paimpol !

Leur objectif enfin en vue, les deux ramèrent de plus belle, puisant dans leurs dernières forces et oubliant le froid pour un temps.

***

Deuxième sonnerie.

— Je décroche ? Je laisse sonner ? demanda Bertrand à Victor d'une voix paniquée.

— Je n'en sais rien ! À l'autre bout de la ligne, il y a les commanditaires de tous ces meurtres ! Ils s'attendent à entendre la voix d'une femme, non ?

— Oui, on ne peut pas décrocher… Il faut aller voir Eugénie !

Bertrand se précipitait déjà vers l'escalier menant à l'étage.

Quatrième sonnerie.

— Attendez ! cria Victor. Si on la laisse parler, elle va forcément leur dire qu'elle est faite prisonnière ou quelque chose dans le genre ! Elle peut même utiliser un code qu'on ne comprendra pas et on se sera livrés nous-même à nos bourreaux !

Bertrand avait cessé de courir, mais pas d'avancer. Il était déjà sur les premières marches quand il fit signe à Victor.

— Prenez le tisonnier et rejoignez-moi, on va tenter quelque chose. Si ça se trouve, le fait qu'elle ne décroche pas constitue peut-être aussi un signal de détresse. Allez, vite !

Sixième sonnerie.

Les deux hommes entrèrent en trombe dans la salle de bain. Ils allumèrent la petite pièce et tombèrent sur Eugénie qui n'avait pas bougé. Elle gisait là, sur son matelas, fermement ligotée.

Ils arrachèrent son bâillon et lui montrèrent le téléphone.

Bertrand se fit plus menaçant que jamais, la situation était grave. Victor ne l'aurait jamais cru capable d'afficher une telle mine.

— Je vais décrocher le téléphone et vous allez répondre. Employez seulement des mots simples ! Rien qu'on pourrait ne pas comprendre. Vous allez dire que tout est OK, sinon…

Il pointa le tisonnier de l'index puis ouvrit le clapet du téléphone.

—…

— Oui ? dit Eugénie en s'éclaircissant la gorge.

—…

— Sous contrôle.

Bertrand colla son oreille contre le combiné, mais ne put entendre que quelques bribes parmi les grésillements.

—*... rapport... quand ?*

— Comme d'habitude.

—*... urgent... laisser...*

— Non.

Bertrand fronça les sourcils. La conversation s'éternisait beaucoup trop à son goût.

Une nouvelle phrase inaudible de l'interlocuteur et Eugénie continua :

— Je n'en ai pas la possibi...

Victor sauta sur le téléphone et ferma le clapet d'un coup sec.

— Ça suffit ! hurla-t-il jusqu'à en effrayer Bertrand. On vous avait dit de rester simple et claire ! Qui vous a appelée ? Qui vous paye pour tout ça ?

Ses yeux étaient injectés de sang. Il brandit le tisonnier au-dessus d'Eugénie. Bertrand se leva et lui bloqua le bras. Il approcha son visage du sien et lui murmura à l'oreille :

— Ne devenons pas comme elle. Nous ne sommes pas des barbares. Calmez-vous Victor, elle ne parlera pas, c'est certain.

Il prit une grande inspiration et baissa son arme de fortune. Il fit demi-tour et quitta la pièce exiguë sans un mot. Bertrand replaça le bâillon sur la bouche d'Eugénie et vérifia que ses liens étaient toujours solidement attachés.

Alors que, pour se calmer, Victor s'occupait du feu, Bertrand le rejoignit.

— Vous pensez qu'on est de nouveau en danger ? demanda-t-il.

— A-t-on jamais été hors de danger, Bertrand ? Je ne sais pas ce qu'elle a pu dire à la personne à l'autre bout du fil, je ne sais pas si elle a pu utiliser un quelconque code, je ne sais rien…

— J'espère simplement que Naima et Hugo sont sains et saufs et qu'à l'heure qu'il est, ils sont sur le chemin pour aller trouver du secours.

***

Le courant était beaucoup plus fort à proximité du port. Les vagues secouaient leur frêle radeau et Hugo craignit à un moment qu'il ne se disloque sous l'action de la houle. Naima pointa du doigt la digue en béton et tous deux pagayèrent dans sa direction. À l'approche de la rive, ils constatèrent avec amertume que le bloc de ciment qui émergeait de la mer tel un récif froid et gris était bien trop haut pour qu'ils puissent accoster.

Hugo chercha du regard une solution. Il voulait à tout prix éviter de finir à la nage et de risquer l'hypothermie.

— Naima ! Il faut aller vers la gauche, on va s'accrocher à un petit voilier, là-bas !

La jeune femme tourna la tête et aperçut le bateau à voile. Sa ligne de flottaison était plus basse que les autres et elle comprit immédiatement qu'ils pourraient grimper dessus et rejoindre enfin le ponton d'arrimage.

Alors qu'ils n'étaient plus qu'à quelques mètres, une bourrasque faillit faire perdre l'équilibre à Hugo. La vague qui suivit projeta le radeau contre la coque du voilier et une des armatures céda, ouvrant une brèche dans leur embarcation. Naima s'élança et s'agrippa fermement à une drisse qui pendait vers l'étrave. Elle réussit ainsi à limiter les secousses créées par la nouvelle lame qui vint frapper le radeau. Tentant d'encaisser le choc, Hugo glissa et sa jambe droite s'engouffra dans le trou béant. La morsure glaciale de l'eau lui fit échapper un cri.

Toujours accrochée à la fine corde qui commençait à lui lacérer la paume de la main, Naima tendit le bras pour qu'Hugo l'attrape. Le jeune homme fit une première tentative infructueuse et sa jambe s'enfonça un peu plus dans les eaux noires de la baie. S'il n'arrivait pas immédiatement à s'agripper à Naima, il était bon pour boire la tasse.

Deuxième tentative. Hugo saisit le poignet de la journaliste, mais une vague de côté le secoua et vint à bout de l'étreinte. Sa main glissa, le radeau se disloqua une bonne fois pour toutes et il se retrouva immergé dans les eaux du port. À cette température, il ne tiendrait pas longtemps avant de sombrer.

Hugo étant hors d'atteinte, Naima lança une jambe puis l'autre et se retrouva sur le pont du voilier. Elle se releva, chercha son équilibre quelques instants puis se précipita vers l'autre bord, là où le ponton se trouvait. Elle jeta un dernier coup d'œil au jeune homme qui nageait parmi les vagues avant de sauter du voilier et rejoindre la terre ferme.

Il existait un dernier espoir pour Hugo, nager vers le quai et se hisser dessus. Il aurait besoin que Naima puise dans ses dernières forces pour le tirer hors de danger. Peut-être même qu'il existait une échelle qui reliait l'eau à la terre.

Les habits épais d'Hugo avaient joué leur rôle quelques minutes, mais l'eau s'était infiltrée partout et il luttait pour ne pas hurler de douleur. Son corps ne se mouvait que grâce à l'énergie du désespoir. Ses membres allaient bientôt s'engourdir et il serait très vite happé par la houle.

Les membres ankylosés par le froid et le souffle court, Hugo parvint néanmoins à effectuer les derniers mètres qui le séparaient du quai. Au-dessus de lui, Naima lui tendait la main. Cette fois-ci, il l'attrapa fermement. Il lança son bras gauche vers l'arête du bloc de béton, mais il fut quelques centimètres trop court. Naima compris dans la manœuvre qu'elle devait le soulever du mieux qu'elle le pouvait pour le rapprocher de son but. Elle serra les dents et tira de toutes ses forces vers elle. Hugo fit un nouvel essai. Encore trop court. Les jambes flageolantes, la jeune femme n'eut d'autre choix que de mettre ses muscles au repos.

— Ne me lâche pas ! cria-t-elle pour couvrir le son de la houle. J'en peux plus, il faut juste que je fasse une pause. Quelques minutes… et après, on refait un essai.

Hugo ne put sortir un son, mais elle comprit dans l'expression de son visage qu'il acquiesçait. Il concentra toutes ses forces pour maintenir son étreinte autour de la main de Naima. Il ne sentait déjà plus la plupart de ses membres.

Le prochain essai serait le dernier.

Naima respira lentement pour reprendre ses forces et, au bout de quelques courtes minutes, elle lança à Hugo :

— Allez ! C'est reparti ! Je vais essayer de tirer un coup sec, prépare-toi à t'agripper au quai.

C'est ce que je me tue à faire, pensa Hugo en serrant les dents.

Naima compta jusqu'à trois et, dans l'espoir de décupler ses forces, elle poussa un grand cri qui se perdit dans les embruns.

Hugo tendit son bras le plus loin possible et sa main saisit enfin quelque chose.

Pas le bord froid et mouillé du quai, mais autre chose, comme une pression chaude et salvatrice.

Une silhouette était apparue derrière Naima et s'était précipitée pour venir en aide au naufragé.

Le jeune ingénieur n'allait pas mourir ce soir.

***

Attendre. Il n'y avait plus que ça à faire. Bertrand et Victor, assis côte à côte sur le seul canapé du salon encore utilisable, étaient plongés dans leur lecture. Une revue économique pour l'un et un vieux recueil de poésie pour l'autre. La scène aurait pu paraître incongrue au vu de la situation critique dans laquelle ils se trouvaient, mais leurs options étaient depuis longtemps épuisées. Il ne leur restait plus qu'à tuer le temps du mieux qu'ils le pouvaient.

Victor leva la tête, fit le tour de la pièce du regard et se tourna vers Bertrand.

— Cette île était vraiment à votre père ?

Bertrand marqua un temps de pause, comme s'il terminait de lire une phrase avant de quitter sa revue des yeux.

— Oui, je suis triste de devoir m'en séparer. J'ai énormément de souvenirs ici.

— Vous avez des frères et sœurs ?

— Non, répondit-il avec un léger changement dans le ton de sa voix.

— Moi, j'ai une grande famille et je me disais que si j'avais passé mon enfance ici, j'aurais été au paradis.

— C'est vrai que ça y ressemble.

— Quelqu'un vous attend chez vous ? relança Victor.

— Non, je vis seul. Tout à l'heure, j'étais justement en train de me demander ce que pouvaient penser vos proches, s'ils s'inquiétaient de votre absence.

— Ma femme est bien trop contente de ne pas m'avoir sur le dos toute la journée ! Je lui ai expliqué ce que je venais faire ici et comme tout était teinté de mystère, je lui ai conseillé de ne pas trop s'inquiéter et que je lui donnerais des nouvelles quand je pourrais.

Bertrand avait le regard plongé dans le vide. Victor aperçut une larme perler sur sa joue gauche et sa lèvre inférieure trembler. Le retraité lui laissa quelques secondes de répit avec l'intention de reprendre la conversation, mais Bertrand éclata en sanglots.

Touché par la détresse du jeune homme, Victor posa une main amicale sur son épaule. Il le laissa pleurer jusqu'à ce qu'il se sente prêt à parler.

— Je suis désolé, dit Bertrand entre deux larmes. Tout est ma faute ! Deux hommes sont morts… nous sommes tous en danger…

Il plongea son visage entre ses mains et sanglota de nouveau.

— Ressaisissez-vous, Bertrand. Ne pensez plus à ça, l'heure est à autre chose. On doit sortir d'ici vivants et livrer Eugénie à la police pour qu'elle soit jugée pour ses crimes. Pour le reste, nous verrons bien plus tard, nous aurons certainement un deuil à faire de toute cette histoire.

Bertrand essuya ses larmes d'un revers de manche.

— Je pense que les hommes d'Antarès sont après nous et qu'ils ont des moyens colossaux. Rendre Eugénie à la justice ne nous aidera pas… il va falloir découvrir ce qu'Antarès tente de cacher et c'est seulement à ce moment qu'on aura de quoi négocier.

Victor se gratta la barbe.

— Si je suis votre raisonnement, je ne peux m'empêcher de penser à une chose : où est la vraie Eugénie ? Si cette femme — quel que soit son nom — a usurpé son identité, cela signifie que la véritable

Eugénie est là quelque part et qu'elle sait aussi des choses.

— Ou alors elle a été réduite au silence...

Les mots de Bertrand avaient mis un terme à leur échange. Victor resta coi, les yeux perdus dans le vide tandis que son voisin essuyait machinalement ses lunettes embuées.

— Chaque chose en son temps, Bertrand. Attendons le retour de Naima et Hugo, j'ai bon espoir.

— J'espère que vous avez raison, mais je ne peux m'empêcher de retourner cette histoire des centaines de fois dans ma tête.

— Ne vous fatiguez pas avec ça, la situation est sous un relatif contrôle. Nous avons neutralisé la fausse Eugénie et nous avons lancé une mission pour nous porter secours, on ne peut pas faire grand-chose de plus.

— On peut réfléchir…

— Oui, alors réfléchissons, dit Victor en esquissant un sourire presque condescendant.

— Vous ne vous posez aucune question, Victor ?

Il leva les yeux au ciel et haussa les épaules.

— Quelle question, bien sûr que si !

— Dans ce cas, discutons-en ensemble, lança Bertrand qui reprenait déjà du poil de la bête.

— Et à quoi ça servirait ?

— À y voir un peu plus clair. Tenez, grâce à vous, je sais qu'il va falloir fouiller du côté des raisons de votre éviction d'Antarès. Il doit y avoir un rapport avec cette vague d'investissement dont vous m'avez parlé.

— Oui, vous avez sûrement raison, Bertrand, mais pour l'instant, je m'attèle à rester vivant. Le reste viendra. Chaque chose en son temps, chaque chose en son temps.

— Vous l'avez dit, nous avons neutralisé la tueuse, c'est déjà un gros soulagement.

Victor fit la moue puis relança :

— Nous avons neutralisé *une* tueuse. Tant que Naima et Hugo ne sont pas revenus de leur expédition, toutes les théories sont permises. Eugénie avait peut-être un complice.

— Ça ne collerait pas, mais soit, dit Bertrand, déterminé.

— Vous savez, beaucoup de choses ne collent pas, comme vous dites.

— Ah oui ?

— Par exemple, vous dites que vous nous avez fait venir ici pour des raisons de confidentialité et que vous avez pris toutes les précautions nécessaires pour que personne ne soit au courant de votre petit stratagème, n'est-ce pas ?

— Oui, je vous l'ai dit, je me pensais surveillé par Antarès.

— Dans ce cas, comment se fait-il que la fausse Eugénie ait pu être au courant de tout ça et usurper l'identité de la vraie ?

Bertrand prit une longue inspiration et répondit :

— Je vais devoir répéter ce que je vous ai déjà dit. Le cabinet de mon ami notaire a été cambriolé, des papiers ont été dérobés et parmi eux, les détails de mon plan et la liste des vos noms à tous.

— Un cambriolage, ça arrive. Chez un notaire, un peu moins j'imagine. C'est comme ça que vous avez fait le lien ?

— Il y avait un petit coffre fort dans le bureau, mais d'après ce que m'a dit mon ami, celui-ci ne présentait que des traces superficielles de crochetage et comme ça lui a semblé étrange, il a immédiatement cherché à savoir si des papiers importants avaient été dérobés. Ne trouvant pas les documents en rapport avec mon stratagème de l'héritage, il en a conclu très vite qu'il y avait anguille sous roche et il m'a immédiatement contacté.

— Et vous avez néanmoins continué l'opération ? C'est bizarre de votre part...

— Il n'y a ni connexion internet ni réseau téléphonique ici et quand j'ai eu son message d'avertissement, il datait déjà de deux jours. C'était trop tard, vous alliez arriver quelques heures plus tard.

— Vous avez pris un énorme risque, Bertrand.

— Je n'avais pas le choix, il fallait que j'aille jusqu'au bout. Quand j'ai vu que vous étiez tous présents, mon sang s'est glacé. Soit les agents d'Antarès vous avaient suivis et ils allaient débarquer sur l'île d'une minute à l'autre, soit ils avaient placé l'un des leurs parmi vous. Dans tous les cas, Antarès cherche à savoir quelque chose que nous ne savons pas encore nous-mêmes. Je pense que c'est ce qui a… hum (il se racla la gorge)… coûté la vie à ce pauvre Harold.

— Ils sont allés trop loin désormais. Deux hommes sont morts, ils ne pourront plus reculer.

— On doit sortir d'ici et mettre nos savoirs en commun, c'est la seule façon de découvrir ce que veut cacher Antarès au point de prendre le risque d'éliminer des hommes.

***

Une pluie fine s'était abattue sur Paimpol et à cette heure avancée du matin, le port était désert à l'exception d'un homme à l'allure élégante qui avait bravé le froid pour venir en aide à Hugo et Naima. Il était venu récupérer des affaires dans son yacht de luxe et, alors qu'il s'apprêtait à repartir, il avait entendu les cris de Naima et le tumulte provoqué par les deux naufragés. Comprenant la scène qui se jouait devant lui, il s'était précipité vers le bord du quai pour venir en aide à Hugo. Il l'avait fermement maintenu par l'avant-bras et avec l'aide de Naima, il l'avait hissé sur la terre ferme.

— Venez à l'abri dans ma voiture ! dit-il en se déplaçant à petites foulées vers un gros 4x4 noir.

Hugo ne sentait plus ses pieds, pas plus que Naima d'ailleurs, mais tous deux puisèrent dans leurs dernières réserves d'énergie pour courir se mettre au chaud.

Au niveau du véhicule, un grand homme tout vêtu de noir sortit du côté conducteur et se hâta pour ouvrir une des portes arrière à Naima.

Elle hésita et adressa un coup d'œil perplexe à l'homme.

— Allez-y, entrez vite ! lui dit-il.

— Mais… euh… on est trempés, répondit la jeune femme.

L'homme rit.

— Cette voiture en a vu d'autres, croyez-moi ! Vous parlez à un marin ! dit-il en lui adressant un clin d'œil.

La journaliste et l'ingénieur entrèrent dans le 4x4 et s'installèrent sur la banquette arrière, soufflant dans leurs mains pour les réchauffer.

— Hamid, mets donc le chauffage à fond, veux-tu ? demanda l'homme au chauffeur.

Il prit place du côté passager, ôta ses gants de cuir bordeaux et tendit sa main à Naima.

— Je m'appelle Georges, dit-il assez fort pour couvrir le bruit de la ventilation.

— Naima, répondit-elle en serrant sa main chaude et accueillante.

Hugo se présenta à son tour et tous les deux restèrent sans rien dire, attendant que la chaleur les soulage un peu des heurts de leur traversée.

L'homme aux cheveux grisonnants et aux dents parfaitement blanches leur laissa quelques minutes de répit avant de les interroger :

— Que vous est-il arrivé ? Vous avez fait naufrage dans la baie ?

Hugo se tourna vers Naima, cherchant manifestement une réponse appropriée dans son regard.

— C'est ça, dit-elle. Nous venons de l'île de Saint Riom et... nous sommes venus demander de l'aide.

— Eh bien, vous avez de la chance que je sois aussi matinal ! Je n'ai pas pour habitude de venir à cette heure-ci voir le *Nymphéa*.

— Le *Nymphéa* ? questionna Hugo.

— C'est le nom de mon bateau. J'y suis six mois sur douze ! Mais dites-moi, vous avez besoin de quel genre d'aide ?

Naima repensa à Eugénie puis à leur venue sur l'île et aux jours qu'ils avaient vécus jusque là.

— C'est une longue histoire, mais pour l'heure, il faut aller chercher nos amis coincés sur l'île.

Elle fit une pause.

— Et aussi d'alerter la police...

— La police ? fit Georges, étonné. Mais qu'a-t-il bien pu se passer sur cette si petite île ?

— Si ça ne vous dérange pas, je préférerais l'expliquer à un agent… répondit Naima.

— Soit. Voulez-vous attendre les autorités ou vos amis ont-ils besoin d'être secourus rapidement, eux aussi ? Vous savez, je peux préparer le *Nymphéa* en un rien de temps et nous pourrions être sur l'île en quelques minutes à peine.

— Alors, faisons ça ! s'exclama-t-elle enjouée. Et j'aurais besoin de votre téléphone portable pour appeler la police.

— Mais très certainement, ma chère.

Georges ouvrit un pan de son imperméable et fouilla sa poche intérieure. Il en sortit un objet noir et métallique qui ne ressemblait en rien à un téléphone portable.

L'homme, si avenant quelques minutes auparavant, avait totalement changé d'expression faciale. Les sourcils froncés et les yeux glaciaux, il était désormais inquiétant.

Le Glock semi-automatique qu'il pointait sur Naima y était pour beaucoup.

— Vous allez rester bien sages et nous conduire à mon agent, celle que vous connaissez sous le nom d'Eugénie.

À suivre...

ÉPISODE 3 : EXILS

CHAPITRE I

Dans le canapé, Bertrand, que le silence laissé à la fin de sa conversation avec Victor avait rendu pensif, commençait à piquer du nez. Le feu crépitait dans l'âtre et projetait des ombres chaudes et dansantes sur les murs du grand salon. Victor sentait que ses muscles se relâchaient et qu'il glissait lentement et inexorablement entre les bras de Morphée, aussi releva-t-il la tête d'un coup sec et asséna-t-il un léger coup de coude à son voisin assoupi. Celui-ci sursauta et remonta instinctivement ses lunettes sur son nez.

— Vous m'avez fait peur ! souffla Bertrand. J'étais en plein rêve.

— Et ici on est en plein cauchemar !

— Que voulez-vous dire ? Il s'est passé quelque chose ? Eugénie ?

Le visage de Bertrand affichait soudain un air affolé.

— C'était pour faire un bon mot... mais avouez que la situation a tout du mauvais rêve !

— Soit.

De nouveau actif et éveillé, Victor se laissait gagner par l'impatience. Il se redressa sur son canapé et se leva d'un bond.

— Vous avez des jumelles, par hasard ? demanda-t-il.

Comme pour revenir plus vite à la réalité, Bertrand secoua la tête et pointa un index en direction du secrétaire situé sous une des grandes fenêtres donnant sur le front de mer.

— Là bas, dans le tiroir du meuble devant vous, il doit y avoir une paire.

Victor fit quelques pas dans la direction indiquée et suivant les instructions de son hôte, trouva ce qu'il cherchait. Il appuya ses coudes sur l'abattant de bois, colla les jumelles contre la vitre et approcha ses yeux.

— Vous voyez quelque chose ? demanda Bertrand.

— De l'eau. De l'eau à perte de vue !

Le jeune homme se demanda comment, en de pareilles circonstances, un homme aussi sage que Victor pouvait trouver à plaisanter. Certes, il avait tout du bon vivant, d'une personnalité à croquer la vie à pleines dents, mais les circonstances n'avaient, selon lui, jamais été aussi graves. À moins que le sexagénaire n'ait vécu plus difficile encore, et que dans ce cas, il prenait la situation avec plus de légèreté que quiconque.

Victor fouillait l'horizon de ses yeux améliorés et artificiels et, à chaque mouvement brusque, faisait crisser les carreaux dans un bruit strident.

La couleur noire du ciel se confondait avec celle des eaux et rendait l'exercice de recherche difficile, à la limite de la nausée. Rien dans cet ensemble d'éléments naturels ne pouvait augurer du sort de Naima et Hugo. Étaient-ils arrivés jusqu'au port de Paimpol sains et saufs et, à l'heure qu'il était, déjà en train de trouver du secours ? Ou, au contraire, avaient-ils chaviré et s'étaient battus contres les eaux glacées quelques minutes avant de sombrer dans les abîmes de la baie de Saint-Brieuc ? Et s'ils ne revenaient pas dans deux heures, dans six même ? Et demain matin, que faire si personne ne venait à leur rescousse ? Dans le tumulte de ses pensées, les mains de Victor se contractèrent sur les deux tubes métalliques des jumelles et il reprit sa tâche avec plus d'ardeur. Au terme de dix bonnes minutes de recherche intensive, il renonça et lâcha lourdement l'objet.

Dépité, il se tourna vers Bertrand qui semblait éteint, presque absent de son corps.

— Et si personne ne vient ? dit Victor lentement.

— J'ai bon espoir, fit son interlocuteur en se relevant. Naima et Hugo son athlétiques et déterminés, ils vont réussir, j'ai foi en eux.

Bertrand marcha vers la cuisine et proposa de faire du thé, ce que Victor accueillit avec enthousiasme. Ils continuèrent à se parler d'une pièce à l'autre.

— On ne pourra pas rester ici à attendre sans rien faire. Il faudra bien se fixer une échéance.

Bertrand revint avec la théière et deux tasses que chacun de ses pas faisait tinter de façon cristalline. Il posa le tout sur la table basse, se rassit et répondit enfin à Victor :

— Quelles sont les options selon vous ?

— S'ils ne reviennent pas ?

— Oui. Si, mettons, demain matin, il n'y a toujours personne, que fait-on ?

— Vous avez l'art de répondre à mes questions par d'autres questions, mais puisque vous me demandez mon avis, je pense que la meilleure solution, bien que la plus risquée, serait d'attendre un nouvel appel sur le téléphone satellite d'Eugénie et de répondre.

— Et pour dire quoi ?

— Qu'on détient leur agent en otage ! dit-il en levant les bras en l'air.

Bertrand considéra ce que venait de dire Victor pendant quelques secondes et renchérit :

— Une sorte de chantage en somme...

— Considérez ça comme une monnaie d'échange plutôt, contre nos vies.

Perdu dans ses pensées, il remonta ses lunettes et s'enfonça dans le fauteuil. Il bascula sa tête en arrière et perdit son regard dans les détails et les imperfections du plafond. Il laissa le silence emplir la pièce quelques instants et s'adressa de nouveau à son hôte :

— Votre thé est prêt.

Quand on pointait une arme sur vous, l'équilibre des forces changeait du tout au tout et vous vous faisiez docile et discret, n'espérant qu'une chose : que votre comportement obéissant vous laisse la vie sauve. Quand Georges avait mis Naima et Hugo en joue a avec son Glock, ceux-ci avaient suivi ses ordres à la lettre. Ils avaient laissé Hamid les ligoter à l'aide de colliers de serrage en plastique, les mains dans le dos, et étaient montés à bord du *Nymphéa* sans opposer une quelconque résistance.

Le puissant yacht voguait à présent dans les eaux noires en direction de l'île maudite de Saint Riom. Georges pousserait les moteurs jusqu'à leur pleine puissance et le trajet ne durerait ainsi que quelques minutes.

Assis sur une luxueuse banquette derrière le poste de pilotage, Naima et Hugo faisaient face à Hamid qui les surveillait avec des yeux sombres. Il n'avait pas hésité à gifler Naima lorsqu'elle avait tenté de chuchoter quelque chose à l'oreille d'Hugo. La joie que les deux naufragés avaient ressentie lorsqu'ils étaient enfin arrivés au port de Paimpol n'avait pas duré longtemps.

Fatigué, Hugo fermait les yeux et semblait lentement s'abandonner à son sort. Il pensait à Sophie et à sa famille qu'il était désormais certain de ne jamais revoir. Quant à Naima, déterminée à les sortir de cette mauvaise passe, elle scrutait l'intérieur de la cabine à la recherche du moindre élément qui pourrait leur venir en aide.

La coque du bateau fendait les vagues depuis une bonne dizaine de minutes déjà quand le moteur ralentit et l'allure se fit plus modérée. Ils approchaient de l'île.

À droite de la plage, un petit port de béton avait été prévu pour accueillir les bateaux. La taille ridicule du yacht par rapport au dock de ciment aurait presque rendu la situation comique si des vies humaines n'avaient pas été en jeu. Hamid remit son long manteau noir et sortit sur le pont pour nouer les amarres aux gros bollards d'acier qui hérissaient le quai.

Quand le bateau accosta, Georges revint vers Naima et Hugo et empoigna fermement la journaliste pour la forcer à se lever. Hamid les rejoignit peu après et agrippa le jeune homme. Ils montèrent dans la cabine de pilotage et, à travers les vitres obliques, Hugo observa Georges et sa captive qui progressaient lentement sur le sable en direction de l'ancien monastère.

Le désespoir donnait un goût fade à toutes les choses de la vie et le thé de Bertrand, aussi délicat fût-il, n'échappa pas à la règle. Victor releva l'ironie qui résidait dans le fait qu'il vivait certainement l'un de ses pires cauchemars dans un lieu magique — une île secrète et privée — où n'importe qui aurait rêvé de savourer une infusion chaude et réconfortante face au spectacle magnétisant d'une mer éclairée par la lune.

Le sexagénaire souffla sur sa boisson pour la refroidir et se dirigea de nouveau vers la baie vitrée à pas lents. Dans la noirceur de l'horizon et le tumulte des vagues iodées au loin, Victor avait aperçu quelque chose. Il posa sa tasse sur le secrétaire et empoigna les jumelles, toujours dans des gestes lents comme s'il craignait de faire disparaître la scène qui se déroulait devant ses yeux. Secoué par la houle de la baie de Saint-Brieuc, un yacht rutilant voguait à vive allure vers leur île maudite. La petite lampe de proue, verte d'un côté et rouge de l'autre, dansait au-dessus des embruns comme une luciole affolée.

Les yeux écarquillés, Victor se retourna vers Bertrand et balbutia :

— Un... bateau ! Il y a un bateau !

Bertrand fit un bond en avant, renversant son thé sur l'épais tapis et arracha presque les jumelles de Victor. Il se colla contre le carreau, observa quelques secondes et afficha un grand sourire.

— Ils l'ont fait, Victor ! Ils ont réussi ! Nous sommes sauvés !

Il eut un petit rire nerveux à la limite de l'hystérie et, comme pour se persuader qu'il ne rêvait pas, il étudia de nouveau la mer. Il y avait bel et bien un bateau qui fonçait vers leur plage. Ce n'était ni les garde-côtes ni les pompiers, mais Bertrand se figura que Naima et Hugo avaient fait au plus vite et alerté les premières personnes qu'ils avaient rencontrées. À cette heure-ci de la nuit, ils avaient été plus que chanceux.

Une pensée traversa l'esprit de Victor et il s'adressa à son voisin d'une voix nerveuse :

— On fait quoi pour Eugénie ?

Bertrand détourna le regard des jumelles et répondit, interloqué :

— Qu'est-ce que vous voulez dire ?

— Imaginez qu'on vienne à notre secours et qu'on découvre une femme ligotée et bâillonnée, enfermée à double tour dans une salle de bain comme un vulgaire animal en cage ? Nous aurions l'air de quoi ?

L'intervention de Victor semblait avoir touché quelque chose chez Bertrand, car celui-ci marqua une légère pause.

— J'imagine que Naima et Hugo ont expliqué notre situation aux personnes qu'ils ont sollicitées. Du moins, en livrant assez de détails pour qu'elles comprennent que nous sommes en danger et qu'Eugénie en est la source. Vous ne croyez pas ?

Victor se gratta la barbe nerveusement.

— Vous avez sans doute raison... Je... C'est tellement hors-norme comme situation...

— On ne va tout de même pas la sortir d'où elle est, la détacher et lui demander de s'asseoir bien gentiment sur le canapé en attendant la police ?

Bertrand n'avait pas tort, il valait mieux ne rien changer et ne pas tenter de camoufler leurs actes, il s'agissait de légitime défense, n'importe qui pourrait comprendre. Malgré ça, Victor avait de plus en plus de mal à se persuader que leur comportement était normal. Mais que pouvaient-ils faire d'autre ? Eugénie était une tueuse professionnelle et il avait bien fallu trouver un moyen de la neutraliser. L'ex-homme d'affaires n'avait plus qu'une hâte : qu'on vienne les sortir de ce mauvais pas.

Bertrand retourna à son observation, il parlait en souriant :

— À cette allure, les secours seront là dans une minute à peine.

Le yacht grossissait à vue d'œil et perçait les ténèbres comme une flèche blanche et salvatrice. Les yeux rivés sur le bateau, les deux observateurs assistèrent à son accostage puis à l'amarrage de celui-ci par un homme massif aux gestes déterminés.

Sa besogne terminée, la silhouette sombre s'enfonça dans l'embarcation et quelques secondes plus tard, Naima — suivie par un grand homme aux cheveux aux reflets d'argent — faisait déjà route vers l'ancien monastère.

Bertrand, les yeux illuminés de bonheur, se rapprocha de Victor pour lui donner une accolade.

— On est sauvés, Victor ! On est sauvés ! Regardez, dit-il en lui tendant les jumelles, Naima arrive avec quelqu'un ! C'est fini, le calvaire est fini !

J'espère que vous dites vrai, pensa Victor.

***

Lorsque Hamid revint à l'intérieur de la cabine, Georges donna ses instructions à Naima :

— Écoute-moi bien ma jolie, tu vas me conduire à tes amis et à Eugénie bien sagement. Je te suivrais de près avec un flingue continuellement pointé sur toi et à la moindre tentative de ta part, je n'hésiterais pas, compris ?

Il n'attendit pas sa réponse et continua :

— Tu vas donner le change et on va tous les deux faire comme si on n'apportait que des bonnes nouvelles. Ils sont combien là dedans ?

Ses pieds s'enfonçaient dans le sable meuble et froid. Elle s'autorisa à faire quelques mètres avant de répondre :

— Ils sont deux. Trois avec Eugénie.

— Très bien. Allez, avance un peu plus vite.

Il se colla à elle et lui fit sentir son arme à travers ses habits. Naima se raidit puis accéléra la cadence.

L'ancien monastère, funeste théâtre où se jouait le tragique destin de la journaliste et de ses compagnons d'infortune, se dressait devant eux comme une sombre figure d'autorité qui les regardait de haut. Avant d'entrer, elle avança une main tremblante vers la poignée de la grande porte et l'actionna. Elle priait mentalement le ciel de l'épargner. Au fond de ses entrailles, Naima savait qu'ils vivaient tous là leurs dernières heures.

Avant de pénétrer à l'intérieur de la demeure, Georges souffla furtivement à l'oreille de la jeune femme :

— Tiens-toi à carreau, OK ?

Elle hocha la tête en signe d'acquiescement.

Dès lors, les choses s'accélérèrent. Le grand homme fit rapidement le tour de la première pièce du regard. Au fond à droite, le feu crépitait dans l'âtre. En dehors de revues et de deux tasses éparpillées entre la table basse et le secrétaire : rien. Le grand salon était vide.

Naima réprima un premier soulagement.

Georges avait placé une main ferme sur l'épaule de la journaliste pour la diriger plus facilement à mesure qu'il fouillait les pièces du monastère.

Le rez-de-chaussée avait été passé au peigne fin : personne.

— Y a quelqu'un ? cria Georges une première fois avant d'approcher sa bouche de l'oreille droite de Naima.

Il chuchota :

— Aidez-moi, appelez vos amis.

Elle fit tous les efforts du monde pour ne pas trahir la peur dans sa voix.

— Bertrand ? Victor ? On est de retour avec du secours !

Georges n'en attendait pas tant. La petite jouait le jeu, ça lui éviterait un bain de sang avant l'heure.

Ils empruntèrent les escaliers et accédèrent enfin à l'étage. Il était plongé dans l'obscurité et à la vue de sa structure plus complexe, Georges se fit plus méfiant. D'un geste brusque, il raccourcit drastiquement la distance qui le séparait de sa prisonnière.

— Pas de connerie ou je tire, dit-il péremptoire.

Puis il reprit ses appels à Bertrand et Victor.

Soudain, de grands bruits sourds et répétitifs attirèrent l'attention de Georges. On frappait frénétiquement sur une porte. Naima fut parcourue d'un frisson. Elle connaissait l'origine de ce martèlement désespéré.

C'est la fin...

Abandonnant Naima quelques instants dans le couloir, Georges s'approcha lentement de la source du bruit. Il sortit son pistolet et fit un pas en avant vers une porte étroite qui vibrait et claquait sous l'effet du tapage. Il la déverrouilla à l'aide de la clef restée dans la serrure puis actionna la poignée.

Lorsqu'il tira violemment la porte vers lui, Eugénie s'effondra à ses pieds. Il la reconnut enfin et détourna l'arme qu'il avait pointée sur elle pour viser Naima de nouveau.

— Détache-la !

Le regard embué des larmes de ceux qui vivent leurs derniers instants, la journaliste s'approcha lentement et se pencha vers Eugénie. Elle défit ses liens pour libérer ses membres puis ôta son bâillon.

Eugénie se massa les poignets et se releva pour faire face à Georges.

— Je sais où ils sont.

***

La joie de Bertrand était communicative et Victor se surprit à sourire à son tour en empoignant les jumelles. Il se hâta pour observer la scène. Naima et un grand type sortaient du yacht et se dirigeaient vers eux, la journaliste en tête du cortège. Victor se mit alors à rêver, à anticiper la suite des évènements. On viendrait les sauver, ils feraient une dernière traversée de la baie de Saint-Brieuc et diraient adieu à cette île de malheur. Peut-être qu'ils devraient faire des dépositions à un poste de police ? Mais ils auraient pu appeler leurs proches et leur donner signe de vie. Victor serait bientôt auprès de sa femme, ce n'était plus qu'une question d'heures. À cette pensée, son cœur s'emballa et ses joues rosirent.

Tout enjoué par la perspective d'être sauvé, Bertrand alla chercher sa veste suspendue sur une patère de l'entrée et revint vers Victor qui regardait béatement à travers la vitre.

— Allez, venez, accueillons nos nouveaux hôtes comme il se doit ! dit Bertrand Lesage.

Victor suspendit ses rêveries en secouant la tête et reposa les jumelles sur le plateau du secrétaire. Alors qu'il s'apprêtait à suivre Bertrand, il accorda un dernier coup d'œil au yacht accosté qui ballottait dans la houle glaciale. À travers les vitres du bateau, il pouvait apercevoir la cabine de pilotage. Deux taches sombres et immobiles lui semblaient comme deux poissons morts dans un aquarium laissé à l'abandon. Sa curiosité fut piquée et quand il se rendit compte qu'Hugo ne faisait pas partie du cortège qui marchait sur la plage dans leur direction, le doute s'empara de lui.

Il se mit à faire des conjectures et imagina que le jeune ingénieur avait pu succomber à la traversée ou bien que le froid l'avait affecté à tel point qu'il avait dû rester à Paimpol, au chaud, en attendant un secours médical.

Bertrand était bientôt dehors et les jumelles se trouvaient là, devant lui, comme un appel à une dernière vérification. Si ce malheureux séjour sur cette île lui avait bien appris une chose, c'était de ne pas trop se fier aux apparences et de tout vérifier plusieurs fois.

Il tendit de nouveau le bras pour se saisir des jumelles et observa le yacht. Il fit le point sur l'intérieur de la cabine, puis cria :

— Attendez ! Bertrand ! Ne sortez pas !

Son ton affolé avait piqué Lesage au vif. Il s'arrêta net dans son élan et rebroussa chemin pour rejoindre Victor à pas pressés.

— Qu'est-ce qu'il se passe ?

Victor se retourna vers son interlocuteur, sa mine était grave. Il lui tendit les jumelles et dit d'un air dépité :

— Nos problèmes ne sont pas terminés... voyez par vous-même.

Bertrand s'exécuta et, voyant qu'il ne regardait pas au bon endroit, Victor ajouta :

— Observez la cabine, à l'intérieur. Vite, le temps nous est compté !

La scène était sans équivoque. Un molosse à la mine patibulaire tenait sous son contrôle un Hugo ligoté et livide. Les secours ne pointent pas des armes sur les victimes, quelque chose clochait. Mais pas le temps d'analyser la situation en profondeur, mais depuis leur arrivée sur l'île, ils avaient tous compris qu'il fallait toujours présumer du pire.

Bertrand lâcha les jumelles qui tombèrent lourdement sur le sol et remonta ses lunettes nerveusement sur son nez. Ses yeux écarquillés trahissaient son inquiétude.

— Il faut partir, tout de suite !

Victor vit son interlocuteur détaler comme un lapin et grimper les marches de l'escalier quatre à quatre.

Figé par la stupeur, il lui lança :

— Vous allez où, bon sang ?!

— Il faut s'occuper d'Eugénie ! Vite, venez m'aider !

Le sexagénaire laissa cette pensée le traverser et rejoignit machinalement Bertrand à l'étage. Lorsqu'ils furent arrivés à hauteur de la salle de bains où la tueuse était tenue prisonnière, le cliquetis de la serrure de la porte d'entrée pétrifia les deux hommes.

— Y a quelqu'un ? avait crié une voix qu'ils ne connaissaient pas.

C'était certainement celle de l'homme qui accompagnait Naima. L'homme du yacht. Leur sang se glaça et, par un réflexe qu'ils trouvèrent stupide, ils s'accroupirent.

Bertrand tendit les bras et empoigna fermement les épaules de Victor, comme pour donner plus de solennité à ce qu'il allait dire. Il fronça les sourcils et, le plus sérieusement du monde, il lui fit une révélation qui le bouleversa :

— Écoutez-moi bien, Victor. Nous allons quitter l'île immédiatement.

— Mais comm...

Bertrand fit son étreinte plus forte.

— Victor... Il y a un canot de sauvetage sur l'île. On va pouvoir l'utiliser pour fuir, car je sais où il est.

— Mais... je... où ? balbutia-t-il sous le choc de ce qu'il venait d'entendre.

— C'est de l'autre côté de l'île, dans le petit phare que vous avez dû entrapercevoir en arrivant le premier jour. Plus de temps à perdre, Victor, il faut s'y rendre et quitter Saint-Riom.

***

Tout a un début et tout a une fin. Une phrase si banale et répétée tant de fois dans une vie qu'on en oublierait le poids véritable de sa signification. Face contre terre au beau milieu du grand salon, Naima en mesura pourtant toute la portée. Elle se sentait même écrasée par la lourdeur du constat qu'elle faisait de sa propre situation. Elle ne voulait pas mourir sur cette île, pas comme ça, sans que l'ombre d'un espoir lui eût été laissée. Elle voulut sortir de son corps et se réfugier dans ses meilleurs souvenirs. Ceux faits de l'odeur des pâtisseries de sa grand-mère, du sable des plages de Thaïlande en compagnie de Romain, l'amour de sa vie, ou de la voix de son père qui, tous les dimanches, passait sa matinée à jouer de la guitare en chantant les paroles approximatives des trois mêmes morceaux des Rolling Stones avec son accent chantant.

La pression de la chaussure d'Eugénie sur son visage la ramena à la froide réalité.

— La roue tourne, ma jolie, avait dit la tueuse d'une voix glaciale.

La porte d'entrée claqua et Hamid apparut en compagnie d'Hugo qu'il jeta au sol à côté de Naima. Il étouffa un cri lorsque son torse frappa violemment le sol. Il tourna immédiatement le visage vers celui de la journaliste, les yeux pleins de larmes. Lui aussi devait sentir son heure proche et avait dû vouloir se réfugier dans ses souvenirs. Ils n'avaient désormais plus le choix, il fallait qu'ils trouvent une solution, une énième réponse au problème, pour ne pas crever là, comme deux vulgaires morceaux de gibier sur le tapis bourgeois d'une demeure de millionnaire en manque de recueillement. Chacun plongeait son regard dans celui de l'autre et tentait de lui communiquer quelque chose, sans mots.

L'agitation autour d'eux s'accrut. Georges tendit un pistolet à Eugénie et lui et Hamid vérifièrent les leurs. Ils semblaient déterminés et prêts à partir en expédition.

— C'est où exactement ? tonna le grand homme.

— De l'autre côté de l'île, à l'est. Je les ai entendus parler d'un canot de sauvetage dans un petit phare, répondit la tueuse.

— OK. Tu me gardes ces deux-là au chaud. Hamid et moi on part à la chasse. Ils sont combien ?

— Juste deux. Ils ne sont pas armés. Dépêchez-vous, ils ont cinq bonnes minutes d'avance sur vous !

Hugo se repassa la phrase plusieurs fois dans sa tête. Eugénie avait parlé d'un canot de sauvetage. Comment était-ce possible ? Comment Bertrand pouvait-il les avoir envoyés au casse-pipe sur un radeau de fortune alors qu'il savait depuis le début qu'il existait une autre solution ? Et pourquoi n'en avoir jamais parlé ? Pourquoi avoir attendu tout ce temps ? Décidément, cette histoire devenait de plus plus étrange à mesure que les jours s'écoulaient.

L'ingénieur vit Naima serrer les mâchoires de rage. Elle était certainement arrivée aux mêmes conclusions que lui.

Au fond de la noirceur de la nuit, une lueur ambrée et diffuse commençait à apparaître sous l'horizon. Sur le sol rocailleux, les lourdes chaussures de Georges martelaient un rythme presque militaire. Son arme en avant, Hamid évoluait à quelques mètres de distance derrière son patron, fermant les yeux à chaque bourrasque. Pour assurer leur progression et contrôler les alentours, il tournait la tête de gauche à droite frénétiquement. Seuls les crissements de leurs pas dénotaient avec les bruits de la nature environnante.

Après quelques minutes de marche, une protubérance de béton émergea des rochers dont les facettes mouillées reflétaient les rayons dorés du jour dans toutes les directions. Le phare était en vue et signifiait la fin de la cavale des deux fugitifs.

***

Bertrand agrippa la chemise de Victor qui était resté hébété par l'information qu'il venait d'ingurgiter et l'intima de le suivre. Les deux hommes coururent à travers le couloir de l'étage jusqu'à une petite fenêtre qui donnait sur le verger. Ils profitèrent des appels répétés de l'homme du yacht pour couvrir le bruit de leur fuite.

L'adrénaline aidant, Bertrand se cramponna à la vigne vierge qui couvrait la façade de la bâtisse et descendit quelques mètres avant de s'arrêter pour fixer son compagnon d'infortune :

— Victor ! chuchota-t-il assez fort. Qu'est-ce que vous fichez ? Venez !

Toujours sous le choc, les yeux écarquillés par l'effarement, le sexagénaire obéit machinalement à l'ordre et imita Bertrand. Quelques égratignures plus tard, ils foulaient l'herbe du verger.

Bertrand pointa du doigt une sorte de carré potager fait de bois, assez massif pour les dissimuler tous les deux, et ils se postèrent derrière, accroupis.

Par les baies vitrées donnant sur le grand salon, ils purent observer toute la scène.

Le grand homme et Eugénie apparurent, malmenant Naima. Quelques minutes plus tard, un molosse basané apportait Hugo, les mains ligotées dans le dos. Lorsqu'ils virent qu'on tendit une arme à Eugénie, plus aucun doute ne subsista dans leur esprit : les complices de la tueuse avaient capturé leurs deux compagnons, certainement à leur arrivée au port de Paimpol. Les deux hommes sortirent enfin et laissèrent Eugénie surveiller leurs amis, allongés face contre terre au beau milieu de la pièce.

Bertrand se retourna et s'adossa contre la jardinière, la tête en arrière, et expira longuement, comme soulagé.

— Parfait... murmura-t-il.

Victor ne comptait pas en rester là et, les yeux injectés de sang, il approcha son visage de celui du jeune homme.

— Vous m'expliquez ? souffla-t-il plein d'amertume.

— Nous avons une chance de nous sortir de là, de tous sortir de là.

— Avec le canot de sauvetage que vous nous avez caché, j'imagine ! grogna-t-il les dents serrées.

— Victor, dit Bertrand posément, je vous dois des explications.

— C'est le moins qu'on puisse dire, et faites vite, mon sang est en train de bouillir !

— Calmez-vous, répondit-il en ricanant, ce qui attisa la flamme dans les yeux de Victor. Il n'y a pas plus de canot de sauvetage sur cette île qu'il n'existe de sirènes dans la baie de Saint-Brieuc !

Victor pouffa de stupéfaction puis eut un rire nerveux et sonore.

— Baissez d'un ton, vous allez nous faire repérer !

— C'est pour les envoyer sur une fausse piste que vous m'avez fait gober cette histoire de canot de sauvetage au bout de l'île ? ajouta le sexagénaire plus doucement.

— Je voulais qu'Eugénie nous entende, j'étais à peu près sûr qu'elle se jetterait sur cette information comme la faim sur la misère du monde ! Attendons encore quelques minutes, le temps que les deux complices soient à mi-chemin et intervenons.

— Vous avez un plan ?

— Mettre Eugénie hors d'état de nuire et filer vers Paimpol avec le yacht.

Comme pour marquer le fait que Victor trouvait l'entreprise trop ambitieuse, il fit une pause et soupira.

— On n'a pas bien le choix, Victor. C'est ça ou la mort.

Jamais de sa vie il n'aurait cru qu'on prononcerait un jour cette phrase à son attention. La folie de la situation le grisa. S'il devait vivre ses derniers instants, qu'il les vive en ayant tenté le tout pour le tout. Victor se leva d'un bond et annonça triomphalement :

— Tirons-nous d'ici !

***

— Petit con, tu croyais vraiment que ton plan allait marcher ? cracha Eugénie à l'intention d'Hugo.

Elle était courbée au-dessus de lui, le talon de sa chaussure droite enfoncé entre les deux omoplates de l'ingénieur. Elle ponctuait chacune de ses phrases par une violente pression du pied qui obligeait Hugo à expirer brutalement et à tousser. Des larmes coulèrent sur ses joues et, par pudeur, il détourna le visage de Naima. Elle aurait voulu lui insuffler du courage et lui dire que tout irait bien, mais elle n'en était pas vraiment sûre elle-même. La seule vision d'avenir qu'elle parvenait à avoir était celle d'une mort dans la souffrance.

Eugénie prenait un plaisir malsain à insulter ses deux prisonniers et à les brutaliser. Elle semblait régurgiter toute la haine et le ressentiment qu'elle avait accumulés durant sa captivité. Pourtant, chacun était resté digne et personne n'avait cédé à la colère. Naima estimait qu'on avait bien traité la tueuse, trop bien peut-être, et à cet instant, ils subissaient le retour de flammes de leur clémence envers elle.

Par défi, Naima et Hugo ne lâchèrent rien. Pas un cri, pas un mot.

Certainement lassée de s'épuiser sur ces deux-là, qu'elle considérait comme déjà morts, Eugénie s'approcha de la table, tira une chaise et s'y installa pour nettoyer son pistolet. Des gestes maîtrisés, accomplis machinalement des centaines de fois.

Au bout de quelques minutes, la grosse porte en bois de l'entrée claqua. Hugo et Naima sursautèrent intérieurement tandis qu'Eugénie leva le visage en direction du bruit.

— On les a ! tonna-t-on triomphalement.

Là où la tueuse s'attendait à voir son supérieur accompagné de son homme de main, elle aperçut Victor qui avançait lentement vers le salon. Il y eut un petit temps de latence avant que son cerveau pourtant vif ne traite les informations puis elle bondit de sa chaise et pointa son arme sur l'intrus. Il leva les bras en l'air et l'expression que venait de prendre son visage ne laissait aucun doute sur ce qu'il éprouvait : il avait peur.

Dans la précipitation, Eugénie avait commis une erreur de débutante, mais à voir la mine blême de Victor, elle supposa qu'il ne l'avait pas remarqué. Quand il avait fait irruption dans la demeure, elle était occupée à remonter son arme et n'avait pas eu le temps d'insérer son chargeur qui traînait encore sur la table.

Elle fit immédiatement un pas de côté pour lui cacher ce détail.

Alors que Victor semblait avancer un pied pour faire un premier pas et se rapprocher, elle hurla :

— Bouge pas !

Il tressaillit.

— Pose tes mains sur ta tête et mets-toi à genoux, lentement !

Victor s'exécuta et, alors qu'Eugénie avançait vers lui le pistolet en avant, il poussa un cri tonitruant qui surprit tout le monde. Il eut pour but de couvrir l'ouverture bruyante de la baie vitrée et quand elle vit un rictus se dessiner sur le visage ridé du sexagénaire, il était déjà trop tard.

Une chaise heurta violemment le crâne d'Eugénie et le reste ne fut que ténèbres et silence.

CHAPITRE II

Victor se précipita sur elle, toujours inconsciente. Il la traîna dans la cuisine, l'allongea derrière l'îlot central et ferma la porte. Bertrand s'affairait déjà à défaire les liens d'Hugo et Naima quand il revint dans le salon pour ramasser le pistolet.

Les quatre étaient enfin réunis. Ils se toisèrent sans mot dire, laissant respirer cet instant de retrouvailles dans un soulagement éphémère. Alors qu'Hugo restait encore hébété, Naima reprit très vite ses esprits et son âme de battante.

— Il n'y a pas une seconde à perdre ici ! Prenons le yacht et filons au port ! lança-t-elle.

En tête de cortège, la journaliste fonça vers la sortie. Victor et Bertrand suivirent tandis qu'Hugo revenait sur ses pas et empoignait un objet sur la table du salon. Il le brandit et interpela Bertrand :

— Vous allez sûrement avoir besoin de ça ! dit-il triomphalement, le chargeur dans la main droite.

Les battements de cœur de Bertrand et de Victor pompaient l'adrénaline et la diffusaient dans tout leur corps, alimentant l'espoir de quitter cette île maudite. Pour Naima et Hugo, l'enthousiasme de la première traversée avait laissé place à une sorte de désenchantement latent qui les empêchait de s'exalter sur l'instant. Ils avaient l'impression d'avoir déjà vécu tout ça et, après avoir vaincu les éléments et vu la mort en face, le cœur n'y était presque plus. Ils refusaient cependant de s'abandonner à ces pensées sordides et accompagnaient l'élan d'espoir des deux autres avec le plus de ferveur possible.

Le sable accueillit de nouvelles traces de pas parmi les centaines que le vent ou la marée n'avaient pas encore effacées. Les occasionnelles bourrasques offraient des haleines iodées et galvanisantes que le groupe des quatre ne se priva pas de respirer à pleins poumons. Les lumières dansantes du yacht qui tanguait sous l'effet de la houle leur servirent de guide.

Bertrand avait eu cette idée de génie de créer une diversion, une fausse route dans laquelle Eugénie, Georges et Hamid s'étaient jetés corps et âme. Au bout de la pointe est, le petit phare était situé suffisamment loin pour leur laisser le temps nécessaire de fuir.

Naima fut la première à bondir à l'intérieur du bateau, suivie de près par Hugo et Victor qui restèrent de marbre devant les commandes incompréhensibles de la cabine. Leur salut dépendait désormais de Bertrand qui tardait à faire son apparition.

Lorsque ce dernier pénétra dans la cabine de pilotage, leurs mines déconfites le suppliaient silencieusement de trouver une solution pour faire avancer le yacht. Il les soulagea rapidement :

— Pas d'inquiétude, j'ai mon permis bateau !

— Nous ne sommes pas de la police maritime, ironisa Naima, faites seulement avancer ce truc, c'est tout ce qu'on veut !

Le capitaine autoproclamé s'exécuta. Il ordonna aux deux autres hommes de se rendre sur le pont pour décrocher les amarres, tourna la barre à tribord et abaissa la manette des gaz.

Le moteur rugit et l'embarcation fut propulsée à travers les vagues de la baie. D'un geste sec, Bertrand entama une puissante accélération et la proue du yacht se souleva brusquement, faisant perdre l'équilibre à Victor qui rentrait seulement dans la cabine.

Bertrand se tourna vers ses trois comparses assis sur les banquettes de skaï blanc et déclara :

— Avec un engin pareil, on ferait sûrement mieux d'aller directement au port de Saint-Brieuc. Il y a bien assez de carburant pour faire la traversée.

— Bonne idée ! lança Victor. Personne ne nous cherchera là-bas... du moins pas tout de suite. Ils penseront qu'on est logiquement allés à Paimpol.

Naima se leva et s'agrippa à l'épaule de Bertrand lors d'une secousse.

— Maintenez le cap sur Paimpol, c'est là que nous devons aller. C'est très important !

Lorsque le yacht accosta, un soleil voilé par un rideau de nuages illuminait la baie de ses rayons d'or gris. Les dernières heures avaient mis le corps de tous à rude épreuve et les premiers signes de fatigue faisaient leur apparition. Naima et Hugo étaient les plus touchés. Ils n'avaient rien avalé depuis la veille au soir et la traversée sur leur radeau de fortune dans les eaux glaciales de la mer de Bretagne avait eu raison de leurs dernières forces.

Bien qu'il eût sonné comme un ordre, Bertrand avait suivi le conseil de la journaliste et avait navigué jusqu'au port de Paimpol. Désormais à quai, il s'en remit à Naima qui peinait à s'extirper du bateau.

— On est arrivés. On fait quoi maintenant ?

Elle cligna des paupières lentement, comme si elle allait s'endormir sur place puis répondit :

— Il y a un Range Rover noir sur le parking. On va s'en servir pour ficher le camp d'ici !

— Vous êtes experte en vol de voiture ? ironisa-t-il, interloqué.

— C'est celui des complices d'Eugénie.

Bertrand se retourna, cherchant du regard un quelconque soutien. Il leva les bras en l'air.

— Et donc ? Qu'est-ce que ça change ?

Naima se frotta les yeux, souffla puis invita Bertrand à la suivre d'un geste mou de la main. En spectateurs dociles et silencieux, Hugo et Victor leur emboîtèrent le pas.

Arrivée à hauteur du 4x4 noir, Naima s'approcha de la roue avant gauche, se baissa et plongea la main sous le garde-boue. Quelques secondes plus tard, elle brandit un jeu de clefs, l'air triomphant.

— Je les ai vus planquer le trousseau avant qu'ils ne nous séquestrent dans le yacht.

Elle actionna la télécommande et le véhicule fut déverrouillé dans un petit bruit feutré et caractéristique.

— À qui l'honneur ? dit-elle en ouvrant la portière du conducteur.

Victor s'approcha rapidement et empoigna les clefs.

— J'adore ce modèle ! Je peux ?

Le silence qui suivit témoigna de l'acquiescement de l'assemblée.

Bertrand fit le tour du véhicule et s'installa à l'avant, tandis que Naima et Hugo, épuisés, s'affalèrent sur la banquette arrière. Mais avant qu'ils puissent se reposer, de nouvelles interrogations furent soulevées.

— On va où ? demanda Victor en démarrant le moteur.

La question resta en suspens quelques secondes puis Bertrand se lança :

— On roule vers le premier commissariat, non ?

Naima puisa dans ses dernières ressources pour argumenter.

— Et puis quoi ? On porte plainte, on rentre chez nous et on se fait recevoir par un comité d'accueil ? L'alerte maximale vient sûrement d'être déclenchée à l'heure qu'il est et plus on reste ici à se poser des questions, plus on joue nos vies à la roulette.

— Vous suggérez quoi dans ce cas ? lança Bertrand.

— Il faut tirer cette affaire au clair, dans un lieu sûr.

— On n'est pas dans une de vos enquêtes, Naima, nos vies sont en danger ! tonna-t-il.

— C'est vous qui nous avez embrigadés là-dedans, Monsieur Lesage ! C'est à vous de nous sortir de là ! Mais puisque nous ne faites visiblement rien pour ça, je prends les devants ! Vous ne voulez pas savoir ce qui a poussé votre père à vouloir nous réunir ? Vous ne voulez pas connaître les raisons de la présence d'une tueuse parmi nous ? Pourquoi tant de moyens mis en place pour nous torturer, nous tuer ou nous poursuivre ? Qu'ont-ils à cacher qui vaille la peine qu'on sacrifie la vie d'innocents ?

Les larmes embuaient ses yeux, mais elle-même n'aurait su dire si c'était les nerfs ou l'émotion.

Tout le monde se tut. Elle se frotta les paupières et continua :

— Procédons par élimination. Il est presque certain que nos logements ont été mis sous surveillance. Qui a quelqu'un qui l'attend chez lui ?

Après quelques secondes, Hugo leva la main.

— Il y a ma petite amie, chez moi, à Toulouse.

— Désolé mon cher Hugo, mais d'une part, c'est trop loin, et de l'autre, on ne pourra pas la contacter sans les alerter. Il va falloir attendre d'en savoir plus. Qui d'autre ? Bertrand ?

— Personne de mon côté, répondit-il. Ma mère sait que je suis parti sur l'île pour me recueillir, mais ça s'arrête là. Moins elle en savait, mieux c'était.

— C'est une bonne chose, dit Naima.

Elle s'avança entre les deux sièges pour fixer Victor.

— Et vous ?

— Ma femme doit être chez moi, et morte d'inquiétude en prime.

La journaliste se gratta la joue droite, comme pour s'aider à réfléchir.

— Personne n'a connaissance d'un lieu où nous pourrions être à l'abri et réfléchir à tout ça calmement ?

— Ma femme et moi avons acheté une petite maison secondaire en Normandie. Ce n'est pas très loin d'ici au final, mais nous y avons installé des locataires depuis quelques mois.

— Alors on oublie, trancha Naima. Les autres ? Rien ?

Bertrand et Hugo haussèrent les épaules.

Naima ferma les paupières longuement.

— J'ai peut-être bien une idée... mais...

Un silence pesant puis la voix d'Hugo qui déchira le calme de l'habitacle :

— Mais quoi ?!

Il était visiblement sur les nerfs et n'avait plus la force d'être diplomate.

— Mon ex possède une péniche en région parisienne, sur la Seine. Il n'y est que l'été quand il veut fuir la canicule de la ville.

— Je ne vous demande pas pourquoi vous avez toujours ses clefs, lâcha Victor.

— Je ne les ai pas, je sais juste où il les cache. Cette bagnole doit bien avoir un GPS, non ?

Bertrand sembla avoir un éclair de lucidité :

— Il n'y a que moi qui trouve ça risqué de voyager dans le véhicule même de nos bourreaux ?

— De quoi avez-vous peur, Bertrand ? demanda Naima.

— D'être repérés, enfin ! Et de me jeter dans la gueule du loup !

— Vous pensez sincèrement que cette voiture est pistée électroniquement ?

— J'en sais rien ! C'est vous qui voulez utiliser le GPS !

Bertrand perdait visiblement son calme. Hugo choisit ce moment pour intervenir :

— Techniquement, le GPS communique avec des satellites pour connaître la position du véhicule, mais à moins d'avoir accès à eux, ce dont je doute fortement, personne ne peut savoir où nous nous dirigeons.

Il remonta ses lunettes, prit une grande inspiration et enchaîna plus posément :

— Et s'ils ont mis, je ne sais pas moi, un mouchard dans ce 4x4 ?

— Vous croyez sincèrement qu'ils ont prévu de suivre les déplacements de leur propre véhicule ?

Le ton était légèrement condescendant, mais Bertrand n'en fit pas cas. Il leur accorda le bénéfice du doute. Peut-être avait-il cédé à une sorte de paranoïa après tout.

Comme si Naima avait lu dans ses pensées, elle s'enfonça dans le cuir de la banquette et lança à Victor :

— Direction Athis-Mons ! Réveillez-moi quand on entre dans la ville, je vous guiderai à partir de là.

Sur une aire de route nationale, quelque part à une heure de Saint Malo, Victor passa le volant à Bertrand. Naima resta totalement endormie, la tête reposant sur l'épaule d'Hugo qui, lui aussi, restait plongé dans un sommeil sans rêves.

Au niveau de Dreux, en Eure-et-Loir, Bertrand voulut faire une plus longue pause pour se dégourdir les jambes. Tout le monde était désormais réveillé et, à mesure que la journée s'approchait de midi, les estomacs se creusaient.

La journaliste avait fait un sondage parmi les rescapés de l'île et seul Bertrand avait encore sa carte de crédit. Quant à Victor, en fouillant le fond de ses poches, il pouvait réunir plus de cent euros en espèces.

Le téléphone portable de Bertrand ayant été malmené, celui-ci s'avéra complètement hors d'usage, aussi Naima proposa-t-elle d'acheter un portable avec communications prépayées. Ne sachant pas l'étendue de la surveillance dont ils faisaient l'objet, elle convainquit Victor d'utiliser son liquide plutôt que de payer par carte et de risquer de livrer leur position.

De retour dans l'habitacle du Range Rover, tous se retrouvèrent démunis face à l'objet technologique, pareils à des hommes préhistoriques devant un ordinateur. Personne n'était en mesure de se rappeler un seul numéro de téléphone. Bertrand se fit la réflexion qu'avant l'apparition des mobiles, tout un chacun pouvait se rappeler une dizaine de numéros sans aucun problème. La mémoire des smartphones avait remplacé celle des humains. Un gain d'espace dans le cerveau contre une servitude toujours plus grande à ces objets connectés, tout le contraire de la liberté.

Seul Victor était resté silencieux quand Bertrand, Hugo et Naima se trouvèrent aux frontières d'un rire nerveux en constatant leurs limites. Il semblait vouloir leur faire à tous une révélation.

— Moi, je me rappelle d'un numéro, dit-il presque penaud. Celui de ma femme. Le hasard a voulu qu'il soit pratiquement inoubliable. C'est 06 63 64 65 66 !

Naima écarquilla les yeux, fit une pause et éclata de rire.

— On dirait le numéro d'une pub pour une astrologue ou un truc dans le genre !

Victor se fendit d'un grand sourire et rit à son tour à gorge déployée, ce qui ne tarda pas à être contagieux.

Après ce moment suspendu dans le temps, le sérieux de leur situation se rappela vite à eux et les mines fatiguées reprirent leurs allures graves.

— Je propose qu'on ne touche pas ce téléphone tant qu'on ne s'est pas tous concertés. Il nous reste quelques heures avant d'arriver sur la péniche, nous verrons ça à tête reposée, déclara Naima.

Revigoré par les quelques heures de sommeil sur la banquette arrière du 4x4, Hugo se proposa de conduire jusqu'à leur destination. Déclaration qui fut accueillie avec engouement par le reste du groupe.

Sur les conseils de Victor, l'ingénieur fit un léger écart dans leur itinéraire pour rouler vers le village le plus proche afin d'y trouver une boulangerie et de quoi soulager leurs ventres endoloris par la faim.

Une fois rassasiés, le véhicule fila vers Athis-Mons, là où Naima pensait pouvoir utiliser la péniche de son ex-petit ami pour les mettre tous en sécurité.

— Ce qui est pratique avec un homme aussi banal que mon ex, c'est qu'il est prévisible et constant, dit Naima avec sarcasme.

Dès leur arrivée dans la commune d'Athis-Mons, en Essonne, Hugo fut prié d'emprunter le Quai de l'industrie qui longeait la Seine, pour se rendre à destination. La péniche de celui qui avait partagé un temps la vie de la journaliste se situait à quelques mètres à peine du panneau de l'entrée de la ville. Naima avait déplacé quelques pots de fleurs qui arboraient le pont principal jouxtant la porte l'entrée et avait enfin trouvé le sésame : une clef argentée qui allait leur ouvrir l'accès à l'embarcation.

L'odeur de renfermé témoignait de l'utilisation exclusivement estivale du bateau, mais la décoration et l'agencement de l'intérieur rendaient l'endroit plutôt cosy et agréable. En ce mois hivernal, l'humidité due à la proximité du fleuve rendait la froideur ambiante difficilement supportable. Hugo pensa furtivement à feu Eric et à la veste qu'il portait. Bien qu'étant un athée convaincu, il leva les yeux au ciel, comme pour le remercier et lui rendre un hommage discret.

Naima abandonna ses comparses dans la pièce de vie et s'absenta quelques instants.

Soudain, les spots du plafonnier s'allumèrent et tous comprirent qu'il n'était plus question que de quelques minutes avant que le chauffage ne permette aux pièces de la péniche de retrouver une température plus clémente.

— Qui veut du café ? demanda Naima, refaisant surface dans le salon.

Tous levèrent la main en silence et elle se dirigea vers le fond de la pièce qui se terminait en une cuisine ouverte, petite en taille, mais néanmoins équipée de tout le nécessaire. Elle lança du café et très vite, les effluves rassurants des grains torréfiés emplirent le salon.

— Ça fait drôle de se retrouver hors de cette île, mais toujours autour d'une table... dit Naima.

— Je ne sais pas si « drôle » est le bon mot, lança Hugo.

— Tu m'as comprise...

Elle but une gorgée, grimaça parce qu'il était toujours trop chaud et brisa de nouveau le silence.

— Que nous le voulions ou non, nous sommes pieds et poings liés, empêtrés dans cette histoire. Il y a nous quatre et la vraie Eugénie qui est quelque part dans la nature. Ensemble, je suis persuadée qu'on peut rassembler les pièces du puzzle et nous sortir de là. Si Antarès a lâché les chiens sur nous, je ne donne pas cher de notre peau. D'autant plus qu'ils ne lésinent visiblement pas sur les moyens. En revanche, si on découvre ce qui les met en rogne à ce point, on a une chance. À la réflexion, c'est la seule. Hugo et moi avons déjà un peu discuté pendant notre traversée, mais nous ne sommes pas arrivés à grand-chose de concluant. Bertrand, si votre père a pensé pouvoir découvrir quelque chose grâce à nous cinq, ça veut dire que nous aussi, on peut le faire. Il suffit de recoller les bons morceaux.

Alors que Bertrand et Hugo étaient suspendus aux lèvres de la journaliste, Victor affichait un air absent et distrait. Quelque chose semblait le démanger alors même qu'une sorte de tristesse pouvait se lire au fond de son regard.

— Il y a quelque chose qui ne va pas, Victor ? lâcha Naima brutalement.

Le sexagénaire se gratta la barbe puis remit en place quelques mèches de sa chevelure poivre et sel avant de parler :

— C'est que... je pensais qu'on aurait pu commencer par appeler ma femme...

— Pardon Victor, fit-elle, j'avais complètement oublié !

Comme pour ponctuer sa phrase, elle extirpa le téléphone portable acheté quelques heures plus tôt et le posa lourdement au milieu de la table.

Alors que Victor avançait son bras pour s'en saisir, elle le stoppa d'un geste de la main. Il sursauta intérieurement et fixa longuement la journaliste.

— Attendez, Victor ! lança-t-elle. Vous allez me trouver parano, mais si vous appelez votre femme, il faut absolument qu'on y réfléchisse ensemble. Il se peut qu'elle soit sur écoute.

— Mais... qu'est-ce...

— J'ai peut-être une idée pour ça, coupa Hugo triomphalement.

Le jeune ingénieur avait exposé son idée et tous l'avaient accueillie avec enthousiasme. Désireuse de détendre un peu l'atmosphère, Naima s'était même félicitée de s'être retrouvée coincée avec « un petit génie » de la sorte et que, dans leur malheur, elle était heureuse de le savoir parmi eux. Hugo avait rougi et timidement baissé les yeux. Il avait repensé à Sophie, son amour, et essayait de se persuader que son attirance fugace pour la belle et fougueuse Naima relevait plus d'une sorte de syndrome de Stockholm que de sentiments avérés. Pourtant, il ne pouvait s'empêcher de la désirer secrètement.

Victor, sur les conseils de Bertrand, avait masqué le numéro du téléphone avant d'appeler sa femme et mis l'appareil en mode haut-parleur.

Au bout de trois sonneries, on décrocha :

— Allô ? dit une voix douce et féminine.

Victor faillit échapper une larme. Il se ressaisit et continua :

— Chérie ? C'est moi !

— Victor ! Mais tu...

— Écoute mon amour, je n'ai pas vraiment le temps de parler. Ne t'inquiète pas, tout va bien. Je dois tout t'expliquer, mais pas comme ça, au téléphone. J'ai peur qu'on nous surveille...

— Mais qu'est-ce que tu racontes ? Tu es où ?

— Je suis en route pour la maison, ne t'inquiète pas. Il faut qu'on se voie pour que je puisse tout te raconter.

— Tu me diras tout ça à la maison, tu rentres quand ?

— Chérie, son ton s'était fait plus grave, on ne peut pas se voir chez nous. C'est trop risqué...

— Mais qu'est-ce que...

— Rejoins-moi ce soir, à 20 h précises, dans le parc en face de chez nous. Je serai obligé d'être très discret, mais tu me reconnaîtras facilement, je serai assis sur un des bancs avec un grand ciré jaune et une casquette rouge qui masquera mon visage.

— Mon dieu, mais qu'est-ce que tu racontes ? C'est quoi ces histoires ?!

— Ma chérie, rejoins-moi au parc à 20 h, c'est une question de vie ou de mort.

Elle sanglotait au bout fil.

— Je t'aime.

Il raccrocha.

Une larme perla sur sa joue gauche. Naima se fit tendre, presque maternelle, et l'essuya d'un revers de main.

— Ne vous inquiétez pas, Victor, tout va bien se passer.

***

— Oui ?

— C'est Wang, du groupe Delta. Une des alarmes a été déclenchée.

— Laquelle ?

— L'écoute du téléphone de TGT3.

Wang ne pouvait pas connaître cette information, mais Georges savait que le code TGT3 correspondait à la femme de Victor Karadjian.

— Vous avez le *transcript* ?

— TGT3 a rendez-vous avec une des cibles dans ce qui semblerait être le Square des lacs, situé avenue de l'Est à Saint-Maur-des-Fossés dans le département du Val de Marne à 20 h ce soir.

— Ce soir ? Je suis encore en transit, ce sera trop juste pour moi. Prenez la tête du groupe Delta et allez sur place. Soyez vigilants, plusieurs cibles pourraient être présentes, je vous envoie les photos. Restreignez l'équipe d'action à quatre hommes et distribuez les clichés des cibles à raison d'une identité par agent. Vous seul connaîtrez les quatre, c'est compris.

— Cinq sur cinq.

— Faites-moi un rapport toutes les demi-heures.

— Bien reçu.

Clic.

*

Square des lacs, 20 h.

Wang avait choisi ses trois meilleurs éléments. Quand il avait reçu par liaison cryptée les différents portraits des cibles, il les avait distribués selon les ordres de son supérieur. L'agent Soukarou avait eu celui de Naima, l'agent Bompard celui de Bertrand et son dernier homme, celui d'Hugo. Il avait gardé pour lui celui de Victor Karadjian, mais avait tout de même donné son signalement : homme d'une cinquantaine d'années, ciré jaune et casquette rouge.

Le Square des lacs portait mal son nom. En lieu et place des lacs qui étaient vantés dans son appellation, ce parc boisé et joliment entretenu n'avait à offrir que deux étendues d'eau ressemblant plus à des étangs qu'autre chose. Wang ne se formalisa pas pour autant, car seule comptait la réussite de sa mission.

À 19 h 30, toute son équipe était déjà en place. Des neuf bancs que comportait le parc, trois étaient occupés par ses agents, répartis stratégiquement pour avoir à eux tous, une vue d'ensemble. Personne ne pourrait s'asseoir sans qu'un d'eux l'ait dans son champ de vision.

Comme il s'y attendait, Wang aperçut au loin l'homme au ciré jaune qui approchait du petit portail d'entrée du square quelques minutes avant l'heure fatidique. Il tapota deux fois sur le cadran de sa montre et Soukarou ressentit instantanément deux vibrations successives sur son poignet. L'agent regarda vers son chef qui lui indiqua une direction d'un bref coup de menton. Soukarou comprit où il devait porter son regard et aperçut à son tour, le ciré jaune et la casquette rouge comme décrits dans le briefing.

Il était assis à quelques mètres de sa cible, sur le banc situé à sa droite. Il prit une grande inspiration et se leva. Il enfonça ses mains sans les poches de sa veste et rentra le menton dans son col tandis qu'il marchait lentement vers la sortie. Il passa devant la cible qui, à sa vue, baissa la tête et enfonça plus encore la casquette rouge qui lui cachait le visage.

Soudain, l'agent Soukarou fit un pas de côté et se jeta sur l'homme au ciré jaune qui hurlait déjà.

Un peu plus loin, dans le Range Rover garé en bordure du parc, le cœur de Naima se serra et elle adressa un regard inquiet à Hugo. Les choses semblaient bien pires qu'elle ne les avait imaginées.

CHAPITRE III

— Démarre, démarre ! hurla Naima à l'intention d'Hugo.

Il colla son pied au plancher et fila tout droit sur l'avenue de Plaisance, en direction du carrefour le plus proche.

Il grilla un feu orange et bifurqua sur la droite avenue du Rocher. Devant le numéro huit, il stoppa le véhicule et regarda l'horloge du tableau de bord : 19 h 56.

Annita Karadjian, la femme de Victor, sortait à ce moment-là d'un pavillon cossu et joliment fleuri. Lorsqu'elle atteignit le trottoir, Bertrand sortit en trombe du 4x4 et elle échappa un petit cri de stupeur. Il ouvrit grand la portière de façon à ce qu'elle puisse comprendre ce qu'il se jouait à l'intérieur de l'habitacle.

Victor était assis sur la banquette arrière, les bras tendus et ouverts, un grand sourire lui barrait le visage. Ses yeux brillaient.

— Monte ma chérie, monte !

Toujours sous le coup de la surprise et comme elle restait figée, Bertrand l'agrippa gentiment, mais fermement, par le bras et l'approcha du Range Rover.

Les yeux écarquillés et la stupéfaction se lisant sur son visage, elle se résigna à monter dans le véhicule. En pleurs, elle se jeta finalement dans les bras de son mari qui la serra fort et lui caressa le dos pour la rassurer.

Bertrand jeta un coup d'œil circulaire alentour puis les rejoignit sur la banquette arrière. À peine avait-il claqué la portière qu'Hugo continua sa route sur l'avenue.

— Calme-toi ma chérie, je suis là, c'est bon.

Elle n'eut pas la force de trouver les mots pour lui répondre tant elle sanglotait.

— Écoute-moi, on n'a pas beaucoup de temps. On va te conduire à la gare et il va falloir que tu prennes le premier train pour aller chez ta mère. Tu seras en sécurité là-bas et personne ne viendra t'embêter, je te le promets.

Victor savait qu'il n'était pas en mesure de promettre ce genre de choses et il se sentit coupable, mais il fallait faire vite et rassurer sa femme du mieux qu'il le pût, même si ça devait passer par de petits mensonges.

— Dis-moi au moins ce qu'il se passe, finit-elle par demander.

— Je n'en sais rien moi-même, mais ça a sûrement un rapport avec Antarès. Il y a en jeu des forces dont nous ne mesurons pas encore la dimension. Ne t'en fais pas, achète une carte prépayée et écris-moi à ce numéro dès que tu l'auras.

Il lui glissa un bout de bristol plié où elle pourrait y lire, plus tard, de jolis mots d'amour ainsi que le numéro de leur téléphone portable.

— Je te donnerai souvent des nouvelles, je te le promets, continua-t-il. Quand j'en saurai plus, tu seras la première au courant.

Un nouveau mensonge.

Elle plongea à nouveau dans ses bras et enfouit son visage triste dans les plis de sa veste. Personne ne parla durant le trajet jusqu'à la gare RER de Champigny.

La mine grave et les yeux humides, Annita descendit du Range Rover, un dernier regard amoureux à l'attention de son mari. À cet instant même, elle ne savait pas si elle le reverrait un jour.

Le plan d'Hugo avait fonctionné à merveille et ils en étaient désormais certains : leurs proches étaient surveillés de près. Pour s'en convaincre, l'ingénieur avait imaginé un stratagème des plus efficaces. Attirer l'attention des agents d'Antarès sur des détails : le ciré jaune, la casquette rouge. À la demande d'Hugo, Victor s'était débarrassé de son argent liquide en soudoyant un sans-abri qui faisait la manche dans la station de RER la plus proche. Il avait suffi de lui fournir un « costume de Victor » et le tour était joué. Le pauvre homme n'avait pas rechigné à la vue des quelque quatre-vingts euros qu'on lui offrait pour enfiler une simple casquette et un imperméable qui lui serait, tôt ou tard, d'un grand service. Il avait pesté contre le froid quand on lui avait dit que pour finalement empocher son argent, il devait se rendre au Square des lacs et prendre place sur un des bancs, mais il avait ravalé ses protestations. C'était pas tous les jours qu'on vous filait quatre-vingts balles pour faire le clown quelques minutes.

Lorsque les agents d'Antarès s'étaient jetés sur le clochard, Hugo avait démarré en trombe pour rejoindre Annita, mais Bertrand avait pu voler mentalement quelques images de la scène. À travers la vitre arrière du Range Rover, il put distinguer quelques secondes le SDF se faire malmener par un homme habillé tout en noir, puis trois autres individus les rejoindre. Avant que le 4x4 ne bifurque sur la droite et que le parc disparaisse de son champ de vision, il réussit à apercevoir un des agents soulever la casquette du faux Victor et la jeter au sol de rage. Bertrand en conclut qu'il venait de s'apercevoir de la supercherie. Qu'était-il advenu de ce sans-abri à qui ils n'avaient même pas pris le temps de demander le nom ? Bertrand voulait se persuader qu'il serait laissé tranquille et que l'argent qu'on lui avait donné pourrait lui permettre de quoi manger, ne serait-ce que quelques jours.

Les hommes d'Antarès étaient prêts à tout pour protéger leur secret, mais laisser un SDF pour mort dans un parc en plein hiver par pur dépit sonnait faux. C'était en tout cas ce que Bertrand s'était répété pour se convaincre qu'il n'arriverait rien au pauvre homme.

Une fine brume s'élevait au-dessus de la Seine et les arbres qui sourdaient le long des berges semblaient la retenir de leurs branches glabres. La grisaille alentour rendait l'intérieur exigu et chaleureux de la péniche aussi accueillant qu'un lit douillet un matin d'hiver. Par sécurité, les rescapés de l'île avaient garé le Range Rover dans une rue éloignée du bateau puis s'étaient de nouveau retrouvés dans le living-room dont les parois semblaient osciller doucement au gré de la faible houle.

— Nous venons d'avoir la preuve que toute cette histoire est bien plus grosse qu'elle n'y paraît, dit Naima. Si la surveillance d'Antarès s'est étendue aux écoutes téléphoniques de nos proches, c'est qu'ils ont un lourd secret à cacher !

— C'est ce que mon père cherchait à prouver... et qui lui a coûté la vie, ajouta Bertrand.

— Vous n'avez pas la moindre idée de ce que ça puisse être ? C'est vous qui nous avez convoqués, vous devez bien avoir un peu de grain à moudre ?

— J'ai simplement suivi la piste laissée par mon père, la liste avec vos noms, quelques feuilles griffonnées, rien de probant, mais le potentiel était là. Tout ça n'aurait jamais dû se terminer ainsi, nous aurions dû être à l'abri sur l'île, c'est pour ça que je vous ai donné rendez-vous là-bas.

— Ce n'est pas terminé, Bertrand. On peut encore inverser le cours des choses, il suffit de trouver ce qu'avait découvert votre père.

Bertrand se leva et fit quelques pas, mains jointes dans le dos et tête baissée. Au bout de quelques secondes, il s'arrêta, essuya ses lunettes avec une manche de sa chemise et fit face à l'assemblée.

— Quels sont les éléments en notre possession ? Tout part d'Antarès, je pense qu'on est tous d'accord là dessus.

Tous hochèrent calmement la tête.

— Mon père était un haut cadre du département des finances de la société, moi-même j'y suis entré, par piston dirait-on aujourd'hui, dans leur service communication et Victor a également fait une brève apparition au conseil d'administration...

— Quoi ?! coupa Naima.

Stupéfait, Hugo avait lui aussi exprimé sa surprise silencieusement en écarquillant les yeux et en haussant les sourcils.

— C'est vrai que nous n'avons pas eu le temps d'en parler, continua Bertrand.

— Attendez, mais c'est capital ! Vous faisiez quoi chez Antarès ? demanda-t-elle directement à Victor. Pourquoi Bertrand parle-t-il d'une brève apparition, ça veut dire quoi ?

Victor tourna le regard vers son comparse puis fixa Naima.

— Du pur business. J'ai été un peu parachuté au conseil d'administration d'Antarès moyennant un gros salaire, mais j'ai quand même une éthique de travail et je n'ai pas accepté de voter leurs décisions farfelues sans creuser un peu.

— Et en plus clair, ça donne quoi ? relança la journaliste.

— Comme je l'ai expliqué à Bertrand, les dirigeants de la société s'étaient lancés dans une vague de rachats d'entreprises en difficulté, mais ça tournait au ridicule. Ils voulaient racheter tout et n'importe quoi. La vie n'est pas faite que de chiffres, il y a souvent des hommes derrière, des familles ! Bref, mes réticences ne leur ont pas plu et je me suis fait évincer du jour au lendemain.

— Intéressant... Vous ne savez donc pas ce qu'il s'est passé après cette vague de rachats ? Quelles étaient les entreprises visées ?

— Honnêtement, c'était il y a quelques années déjà et la pile de dossiers devait avoisiner le mètre de hauteur ! Quand j'ai voulu jeter un œil dedans, je l'ai payé au prix fort : j'ai été viré dès le lendemain.

— On est bien avancés... Je vous en prie, essayez de creuser dans vos souvenirs ! implora Naima.

Victor se racla la gorge.

— Je répète ce que j'ai déjà dit à Bertrand, si quelque chose me vient, vous en serez les premiers informés.

Le silence se fit, les clapotis de l'eau sur la coque de la péniche pour seuls compagnons sonores.

Naima leva les yeux au ciel et soupira.

— Bon, en attendant que la mémoire de Victor lui revienne...

— Je ne suis pas sénile non plus ! coupa-t-il en fronçant les sourcils.

— Ce n'est pas ce que j'ai voulu dire, se reprit Naima. Si on ne veut pas passer notre vie en cavale avec des tueurs sanguinaires à nos trousses, il va falloir se remuer un peu et faire marcher nos méninges !

— Par où commencer ? demanda Bertrand.

— Quelles sont les pistes que l'on n'a pas encore explorées ?

— Eugénie ! lança Bertrand après quelques secondes de réflexion. La vraie, je veux dire.

— J'y ai pensé aussi, mais vu l'expérience qu'on vient de vivre, je mettrais une croix sur cette piste. En tout cas, pour l'instant.

— Vous pensez qu'elle est... ?

— Je n'en sais rien, trancha Naima. Je n'espère pas, mais si l'épouse de Victor a été mise sur écoute, je mettrais ma main à couper que la vraie Eugénie est plus surveillée que Fort Knox.

— Il y a bien quelque chose, mais...

— Mais quoi, Bertrand ? Allez-y, on doit tout tenter, même si ça paraît ridicule !

— Je pensais à Harold... dit-il tout penaud.

— C'est à dire que ça risque d'être compliqué, vous ne croyez pas ?

Naima avait haussé les sourcils, perplexe.

— Non, pas lui, évidemment ! Mais peut-être qu'on peut essayer d'en savoir plus sur lui, son passé, ses connaissances ? Il doit bien avoir une femme, des enfants, que sais-je encore ?

Naima se pencha en arrière sur le dossier de sa chaise et passa la main dans ses cheveux.

— Pas bête... vous aviez quoi sur lui dans le dossier de votre père ?

— Pas grand-chose. Harold Vandenberg, médecin à Bordeaux, son adresse. Ça s'arrête là.

— C'est déjà pas mal, on en a assez pour commencer des recherches.

— Pour ce qui est de l'adresse, continua-t-il d'un air confus, je peux d'ores et déjà vous dire qu'aucune ne me revient en mémoire... Je suis un peu comme Victor, en revanche, si je la vois, il y a des chances pour que je puisse la confirmer.

— Bon, souffla-t-elle, ce n'est pas grave, lançons-nous quand même dans des recherches.

Naima se leva d'un bon et se dirigea vers une porte de bois verni au fond du salon. Bertrand se leva à son tour et écarta les bras d'un air dubitatif.

— Et comment vous comptez trouver tout ça ? demanda-t-il.

— Je vais interroger internet, vous savez, un truc super pratique lancé à la fin des années 90 ? dit-elle d'un ton sarcastique. Suivez-moi, tout est dans le bureau.

— Il fait quoi votre ex, au juste ? s'interrogea Victor.

— Il est écrivain, cette péniche est son petit havre de paix quand il a besoin de décompresser pour finir un roman. C'est pour ça qu'il y a toujours un ordinateur et une connexion internet qui fonctionne toute l'année, dit-elle en tirant la porte qui donnait sur le bureau.

La pièce était, comme tout espace dans une péniche, exiguë, mais fonctionnelle. Quatre murs, un hublot cerclé d'un métal doré, une chaise et un plateau de bois rabattable constituaient les éléments de l'espace de travail. Le tout était dans des tons acajou, en accord avec le reste de la décoration intérieure du bateau.

Naima s'installa devant un ordinateur portable gris métallisé, l'ouvrit et l'alluma. Après quelques grincements feutrés caractéristiques, l'écran d'accueil apparut. Un mot de passe était demandé, mais elle se contenta d'appuyer sur la touche « entrée ». L'écran changea instantanément pour afficher le bureau de l'ordinateur.

— Comme d'hab, pas de mot de passe ! dit fièrement Naima. C'est ce qui l'a perdu, le pauvre.

Bertrand — le premier à l'avoir suivie — affichait une mine perplexe, aussi développa-t-elle sa pensée.

— Comme il était de plus en plus souvent en déplacement — alors qu'il n'avait pas plus à faire que d'habitude — et qu'il était aussi aux abonnés absents côté câlins, si vous voyez ce que je veux dire, je suis allée faire un petit tour dans son ordinateur. Et à l'époque non plus, il n'avait pas de mot de passe. Trop feignant pour en paramétrer un ! Du coup, j'ai découvert le pot aux roses et je suis tombée de haut quand j'ai compris qu'il fricotait dans mon dos avec une de ses lectrices depuis des mois !

— Pourquoi dites-vous « le pauvre » dans ce cas ? C'est vous qui avez été trahie !

— Oui, c'est vrai. Mais je dis ça parce qu'il était franchement devenu pathétique et inintéressant, j'avais de la peine pour lui. Une vraie loque rivée à son ordinateur, trop occupée à regarder des conneries toute la journée ou à parler de lui et de ses problèmes, plutôt qu'à pondre un nouveau best-seller. Je ne sais même pas ce que cette nana de l'époque a pu lui trouver... le pauvre.

Elle n'attendit même pas les réactions de son auditoire et lança le navigateur internet. Elle entra les nom et prénom de celui qu'ils avaient brièvement connu sur l'île, accompagnés des termes *« médecin »* et *« Bordeaux »*.

Des milliers de résultats. Elle évita les premiers qui n'étaient que des annonces achetées par des publicitaires et plus bas, apparurent plusieurs choses intéressantes.

Sa page Facebook d'abord, puis des résultats aux noms pompeusement scientifiques. Naima cliqua sur le lien dirigeant vers le profil d'Harold sur le réseau social.

— Son profil est privé...

Seules une photo du médecin et quelques informations déjà connues étaient accessibles.

Naima retourna sur la page des résultats de recherches, bien décidée à tous les éplucher.

Deuxième lien : un site qui répertoriait et archivait toutes les thèses des étudiants en médecine depuis les années quatre-vingt. Celle d'Harold avait pour titre : *« Étude épidémiologique des helminthiases intestinales dans la région du futur lac de retenue de la Bini à Warak (Adamaoua) Cameroun ».* Rien que ça. Le document était consultable à l'université de Bordeaux, dans la bibliothèque des Sciences du Vivant et de la Santé, et également au Centre Technique du Livre de l'Enseignement supérieur à Marne-la-Vallée en Seine-et-Marne.

— Je crois qu'on va aller faire un petit tour dans le 77[2] !

— Vous voulez lire sa thèse ? dit Bertrand étonné.

— Et pourquoi pas ? C'est la seule chose qu'on ait à se mettre sous la dent.

---

[2] département de la Seine-et-Marne

— Pas besoin de faire autant d'efforts, lança Hugo du fond de la pièce, tu peux cliquer sur le lien PDF. À mon avis, tu vas pouvoir télécharger la thèse directement.

Un court silence puis Naima bougea la souris et cliqua.

— Pas bête le matheux ! Je pense que je te la confierais, tiens, si c'est moi qui la lis, je vais comprendre un mot sur deux.

Tel un spectre revenu à la vie, Hugo s'approcha de l'écran et pointa du doigt un lien.

— Clique là dessus pour voir.

— Quoi, la page Facebook de Vera Vandenberg ?

— Oui, je crois que c'est sa femme.

L'écran changea et afficha le profil. Pas de doute, il s'agissait de la femme d'Harold. Sur la photo principale, on la voyait aux bras de son homme, tous deux riant aux éclats. Un furtif moment de bonheur capturé par l'objectif.

En voyant le cliché, Naima eut un pincement au cœur. Comment allait réagir sa femme quand elle apprendrait la mort de son mari ? Le savait-elle déjà ? Avait-elle eu des doutes en ne voyant pas revenir son mari et en ne recevant aucune nouvelles de sa part ? La journaliste se demanda si elle et ses compagnons avaient le devoir moral de tout lui dire.

— Sa page est en accès libre, dit Hugo en rompant le silence. On va pouvoir en apprendre un peu plus.

Ils survolèrent les quelques photos que Vera Vandenberg avait ajoutées à son profil. Sur deux d'entre elles, Harold apparaissait. Pas d'enfants. Naima ne pouvait pas être sûre et certaine que le couple n'avait pas enfanté, mais elle se dit logiquement que si cela avait été le cas, Vera aurait pris soin de les montrer sur les clichés. De ce qu'on pouvait en percevoir d'après quelques photographies, la femme d'Harold semblait aimante, attentionnée et proche de son mari.

Les publications sur son mur se constituaient presque exclusivement d'annonces et d'articles pour une association qui avait pour nom : Cœur de Solidarité.

La journaliste cliqua sur un des liens et tomba sur le site de l'association. Cœur de Solidarité semblait venir en aide aux plus démunis, notamment aux sans-abri, en leur proposant des repas chauds une fois par semaine, un centre d'accueil et même une aide psychologique. À en croire toutes les publications, Vera Vandenberg devait se consacrer à cette activité caritative à plein temps.

Naima nota mentalement, dût-elle sortir vivante de cette sinistre affaire, de veiller à faire plus pour ceux qui en ont besoin. Cette pensée fugace fut interrompue par Hugo qui avançait de nouveau son bras pour pointer l'écran de son index.

— Clique sur conseil d'administration.

Elle s'exécuta. Le site affichait désormais une page présentant le conseil d'administration de l'association. La présidente n'était autre que Vera Vandenberg.

— OK, va sur contact maintenant.

Hugo arborait son air sérieux, celui qu'il avait quand il était sur le point de trouver quelque chose de probant. On aurait presque pu voir tous les petits mécanismes de son cerveau se mettre en branle pour traiter et analyser les différentes informations qui s'affichaient devant lui.

— Là, regardez ! L'adresse de l'association : 121, rue de la Course, 33 000 Bordeaux.

— Et alors ? dit Naima en se retournant.

— Il y a neuf chances sur dix pour que ce soit l'adresse personnelle d'Harold !

— Toi et tes proba...

— J'en ai monté deux des associations, et à chaque fois, je peux te dire que tu déposes les statuts en mettant ton adresse, ça coule de source.

Bertrand laissa planer un silence puis intervint :

— Je n'en suis pas sûr à cent pour cent, mais il me semble que c'est effectivement l'adresse à laquelle le courrier a été envoyé.

— Et on fait quoi avec ça ? trancha Naima.

— Il faut se rendre chez Harold au plus vite ! tonna Hugo.

Ils avaient décidé de passer la nuit sur la péniche et de partir au petit matin. Ils avaient longuement débattu des risques de ce qu'avait proposé Hugo, mais très vite, ils étaient arrivés à la conclusion que c'était la meilleure chose à faire. Peut-être était-ce tout simplement la seule...

Pour les rescapés de l'île de Saint-Riom, le fait qu'Harold soit mort diminuait drastiquement les probabilités que sa femme soit surveillée. Même si Antarès semblait jouir de moyens illimités, il restait néanmoins très compliqué de mettre en place un réseau de surveillance aussi étendu. Les écoutes téléphoniques et les maraudes autour des domiciles mobilisaient un nombre important de personnes qui devaient se relayer vingt-quatre heures sur vingt-quatre. En plus d'avoir un coût conséquent, le recrutement ne pouvait décemment pas se faire avec le niveau élevé de secret que requérait une telle opération. Une petite dizaine de personnes tout au plus devait travailler sur ce projet malsain. Au-delà de ce chiffre, les risques de fuites augmentaient de façon exponentielle.

Le petit groupe en cavale avait estimé qu'avec la mort d'Harold, sa femme n'était plus dans le collimateur d'Antarès.

Hugo avait rejoint sa cabine depuis quelques minutes déjà quand Naima frappa à la porte.

— Oui ?

— C'est Naima.

— Entre, dit-il mollement en se recouchant sur le lit.

— Y a quelque chose qui ne va pas ? demanda la journaliste calmement.

— Pourquoi tu me demandes ça ?

— Je sais pas, t'as l'air absent depuis qu'on est arrivés ici.

Il se racla la gorge.

— Tu trouves ? Ce soir c'est pratiquement moi qui ai fait les questions et les réponses quand on débattait le fait d'aller à Bordeaux ou non ! dit-il presque étonné.

— Oui, d'accord, tu t'es réveillé quand on a fait des recherches sur Harold, mais avant ça, je t'ai trouvé... morose.

Un court silence. Le son d'une corne de brume à l'extérieur, au loin.

— Je suis un peu triste... Après l'euphorie d'avoir pu nous échapper, je pensais juste que tout allait rentrer dans l'ordre et que j'allais rentrer chez moi.

— Et revoir ta copine ?

— Oui... Elle doit être morte d'inquiétude... J'ai l'impression que vous trois, vous êtes chez vous ici, en région parisienne, et que moi je suis loin des miens.

— Chez nous ? T'appelles cette péniche être chez nous ?

— C'est pas ce que je veux dire ! Victor a revu sa femme, même si c'était à peine quelques minutes, et toi, tu es chez ton ex (Naima leva les yeux au ciel). Fais pas cette tête, tu vois ce que je veux dire, vous avez pu toucher du doigt quelque chose qui vous était familier.

— La péniche de mon ex ? Tu parles de quelque chose de familier !

— Franchement, même si ce ne sont pour toi que des mauvais souvenirs, au moins tu as de quoi te raccrocher à la réalité. Moi, je n'ai rien. Je ne suis même pas dans ma région, je ne connais rien, je ne reconnais rien... et Sophie qui est peut-être en danger par ma faute !

Les yeux d'Hugo s'étaient embués. Naima avait avancé sa main et l'avait placée sur l'avant-bras de l'ingénieur. Elle avait ressenti une petite décharge intérieure quand la paume de sa main avait touché la peau d'Hugo. Elle s'était demandé si son geste était déplacé. Là, dans une chambre minuscule où elle avait probablement fait l'amour avec son écrivain d'ex, elle n'offrait à Hugo que réconfort et soutien. Même si elle n'aurait pas refusé qu'il la prenne dans ses bras, elle ne voulait pas que son message soit mal perçu. Ils étaient tous dans la même galère et ils devaient se soutenir les uns les autres. Elle n'allait pas commencer à jouer les séductrices avec un homme qui était pris et visiblement très amoureux de sa copine. Son caractère fougueux devait pour l'heure être consacré à démêler les fils de cette histoire.

— Demain on fera route vers Bordeaux, un peu plus près de ta Sophie.

Sur cette dernière phrase quelque peu sibylline, elle s'était levée puis était partie se coucher à son tour.

Au petit matin, le givre avait recouvert toute la surface des carreaux des voitures sur le parking. Le Range Rover les attendait là et la fine couche glacée sur la carrosserie le faisait paraître fragile. On eût dit qu'il allait exploser en milliers d'échardes métalliques au moindre frôlement.

Bertrand s'installa au volant, Naima et Victor à l'arrière, tandis qu'Hugo raclait le pare-brise avec la manche de sa veste. La nuit avait eu l'air de lui faire du bien, songea Naima, et lorsqu'il pénétra dans l'habitacle, son air jovial n'aurait pu présumer de la tristesse de la veille.

— Une chose est sûre, ce 4x4 n'est pas surveillé ! lança-t-il.

Bertrand se tourna vers son passager, un léger filet de vapeur s'échappait de sa bouche quand il parlait.

— C'est vrai, c'est ce que je me suis dit également. Ou alors Antarès nous suit à la trace pour savoir où on les amène.

À l'arrière, Naima soufflait dans ses mains pour les réchauffer. Elle interrompit son geste.

— Ne nous portez pas la poisse, Bertrand ! Hugo a raison, on peut se servir de ce véhicule sans crainte.

— Et s'ils le déclarent volé ?

C'était Victor.

— Pour que la police s'en mêle et qu'ils risquent de perdre la main ? Je ne pense pas, non, répondit Bertrand du tac au tac.

— Continuons à éviter l'autoroute et tout ira bien, relança Naima.

— Ça va être long... dit Hugo tout bas.

— Comme ça, on aura tout le temps de rester en vie, conclut-elle.

Le trajet jusqu'à Bordeaux dura plus de sept heures. Sept heures où ils se relayèrent derrière le volant. Au niveau d'Orléans, ils quittèrent l'autoroute et s'engagèrent sur une départementale jusqu'à Vierzon où ils purent reprendre une portion d'autoroute gratuite. À une cinquantaine de kilomètres après Châteauroux, ils abandonnèrent l'A20 pour s'engager sur une route nationale qui devait les conduire jusqu'à l'adresse de l'association caritative bordelaise qui, selon Bertrand, correspondait aussi à celle du domicile des Vandenberg.

À peine quelques heures avant d'arriver à destination, la jauge d'essence indiquait que le véhicule roulait sur la réserve.

— Il va falloir faire le plein, lança Victor qui conduisait depuis une centaine de kilomètres. J'ai donné toutes mes espèces au sans-abri à St Maur, je suis à sec.

— J'ai toujours ma carte de crédit, dit Bertrand.

— On ne risque pas de se faire repérer avec ça ? demanda Naima.

— Je pense qu'on peut tenter le coup, mon compte courant est sur une banque en ligne. En plus, elle est basée en Allemagne. Je ne pense pas qu'Antarès ait pu lancer des requêtes à ce niveau, c'est déjà presque compliqué pour la police...

— Alors on fonce à la prochaine station ! dit Naima en souriant.

En arrière-plan, dans le creux d'une descente, elle repéra un îlot fait de bâtiments de taule et de béton et d'enseignes multicolores autour duquel s'étiraient des parkings à perte de vue. Une véritable oasis dédiée à la consommation au beau milieu du Limousin, comme une pause obligatoire avant de reprendre la monotonie de la départementale.

Tandis que Victor faisait le plein du Range Rover, Naima demanda la carte de crédit de Bertrand et quitta l'aire de la station-service pour se diriger vers un grand magasin. Elle se retourna vers ses trois compagnons et leur adressa un « je reviens ! » énigmatique. Les hommes échangèrent des regards interloqués alors qu'elle disparaissait dans le hall d'entrée de King Jouets, une enseigne bien connue des enfants.

CHAPITRE IV

Istanbul, deux jours après son départ de l'île.

Quand un taxi déposa celle qu'ils connurent tous sous le nom d'Eugénie dans le quartier de Galata, la mercenaire se sentit comme au carrefour de l'histoire. Les senteurs poivrées et orientales, les couleurs ocre et chaleureuses, le tumulte des passants et des touristes qui foulaient les pavés des vieilles rues, éveillèrent tous ses sens.

À quelques encablures d'elle, un immeuble à la façade art déco décrépite abritait son hôtel. Comme durant toutes les exfiltrations qu'elle avait effectuées, sa mission était simple : se rendre au point de chute indiqué et attendre.

À la réception, on lui donna les clefs de sa chambre contre son passeport et une signature sur un registre.

Quelle était son identité cette fois-ci ? Orianna Carlotti, une Luxembourgeoise de trente-six ans.

Enfin arrivée, elle se rendit immédiatement dans la salle de bain et ne put réprimer un grand sourire à la vue d'une grande baignoire aux robinets dorés. Elle rêvait de se prélasser dans un bon bain chaud jusqu'à ce que l'eau devienne froide et que ses mains soient toutes fripées.

Elle posa sa petite valise sur le lit, l'ouvrit et projeta de pendre ses chemisiers et ses vestes légères dans l'imposant placard de l'entrée.

Une légère brise fit virevolter les rideaux de la baie vitrée qui donnait sur un minuscule balcon, et elle se rendit compte qu'elle était ouverte.

Quand elle se dirigea pour la troisième fois en direction du placard, un débardeur passé sur un cintre, elle ne remarqua pas l'ombre qui venait juste de se déployer, comme un ange de la mort, derrière le lit.

Elle n'eut pas le temps non plus de prendre une dernière inspiration que l'homme, dans son dos, passait déjà un filin métallique autour de sa gorge. Il serra de toutes ses forces. Celle que tous, sur l'île de Saint-Riom, connurent sous le nom d'Eugénie, sombra dans l'abîme noir et glacial de la mort.

CHAPITRE V

Le silence régnait en maître dans l'habitacle de leur véhicule et seul le rugissement sourd du moteur accompagnait les pensées du groupe. Hugo s'était assoupi quelques minutes sur le siège passager tandis que Bertrand conduisait, la tête légèrement penchée vers l'avant, comme si ses lunettes ne corrigeaient plus assez sa vue pour lire les panneaux de signalisation.

Ils quittèrent l'autoroute et firent leur entrée dans Bordeaux par le boulevard Aliénior d'Aquitaine. Ils passèrent une zone commerciale qui grouillait déjà de monde puis roulèrent quelques minutes avant de sortir de la large chaussée pour s'engager dans la rue de Rivière. À mesure que leur destination approchait, leurs mines se faisaient plus graves. Étaient-ils sur le point de plonger tête la première dans un piège tendu par les hommes d'Antarès ? Vera Vandenberg était-elle au courant de la mort de son mari ? Était-elle surveillée de près par les agents de la multinationale ?

La rue de la Course longeait un jardin public bordé de marronniers défraichis en cette période de l'année. De petits immeubles d'allure Haussmanienne à peine plus hauts que quatre étages défilaient derrière les carreaux de leur véhicule. On eut dit un petit Paris, aux toits plus bas, mais au climat plus doux. Ici, l'hiver mordait moins les chairs à travers les habits et les senteurs iodées de l'océan pouvaient se deviner par petites touches discrètes quand le vent d'ouest soufflait dans les rues.

Ils révisèrent le plan imaginé par Naima et se garèrent dans une rue perpendiculaire, à l'abri des regards. La journaliste n'avait toujours pas révélé le contenu du paquet qu'elle avait rapporté du magasin de jouets.

— Tu comptes offrir une poupée à la femme d'Harold ou quoi ? avait dit Hugo, sarcastique.

Naima ouvrit le coffre et se saisit de la boîte encore carton qu'elle défit devant les yeux ébahis des trois hommes avec un léger sourire. Elle l'ouvrit lentement et tous comprirent ce qu'elle avait acheté. Des talkies-walkies !

— Il y en avait des *Bob l'Éponge*, mais ceux-là étaient plus discrets, dit-elle en adressant un clin d'œil à l'attention d'Hugo.

Elle tendit un des appareils à Bertrand et continua :

— On les utilisera en mode alarme. Il suffit d'appuyer là (il y eut un bip strident) pour se prévenir d'un quelconque danger. Hugo et moi on va à la rencontre de la femme d'Harold. Victor et Bertrand, vous vous posterez dans le parc juste en face de l'immeuble pour guetter les entrées et les sorties. S'il y a le moindre doute, le moindre mouvement louche, vous nous alertez grâce au talkie. OK ?

Hochements de têtes puis silence.

— On vous laisse partir devant et vous mettre en place. Bipez-moi quand vous êtes prêts, ça nous permettra de voir si ces engins fonctionnent.

Cinq minutes, qui leur parurent une éternité, passèrent avant que le talkie-walkie enfoncé dans la poche de la veste de Naima ne sonne.

— C'est parti, dit-elle à l'attention d'Hugo.

Ils tournèrent au coin de la rue et se postèrent enfin devant le 121 de la rue de la Course. Une belle entrée cossue barrée par une double porte en verre de style art nouveau leur faisait face. Ils s'approchèrent de l'interphone et Naima parcourut les étiquettes du regard.

— Là, Vandenberg ! dit-elle en pointant une petite plaque noire gravée de lettres blanches. C'est confirmé, on est chez eux !

Une salve d'adrénaline se diffusa dans le corps d'Hugo, les battements de son cœur s'accélérèrent et ses pupilles se dilatèrent.

Alors que Naima tendait un doigt fébrile vers le bouton d'appel, un agent de la Poste encombré d'un gros colis passa un badge magnétique devant la journaliste et la porte se déverrouilla dans un bourdonnement. Elle saisit immédiatement l'occasion et se proposa d'accommoder le postier, ce qu'il accepta bien volontiers, accompagnant son sourire d'un « merci » franc.

Naima invita Hugo à entrer d'un bref coup de tête vers l'intérieur du hall. Il suivit, nerveux, comme s'il se jetait dans la gueule du loup.

Les boîtes aux lettres leur livrèrent l'étage où résidait le couple Vandenberg. Ils prirent l'ascenseur et se retrouvèrent rapidement devant la porte de celle dont ils avaient connu brièvement le mari.

Naima prit une grande inspiration et sonna.

Quelques secondes plus tard, on vint à la porte qui s'ouvrit sur une belle femme dont on n'aurait su dire l'âge sans se tromper et dont les grands yeux en amande rehaussés par des sourcils impeccablement dessinés lui donnaient des faux airs de Michelle Obama.

— Oui ? dit-elle d'un ton neutre.

Tétanisé, Hugo avait contraint Naima à prendre les devants.

— Madame Vandenberg ?

— Oui.

— Bonjour, je... nous sommes des amis d'Harold, bafouilla-t-elle prise par l'émotion, ce que nous avons à vous dire n'est pas très facile. Est-ce qu'on peut entrer ?

Vera resta impassible, mais consentit à les recevoir. Hugo et Naima échangèrent un petit regard qui en disait long. Il y avait quelque chose d'étrange dans la réaction de la veuve Vandenberg.

L'appartement était cossu et le vieux parquet qui craquait sous chaque pas en accentuait le charme. Ils furent invités à prendre place sur l'un des canapés du salon, non loin d'une cheminée de marbre noir qui ne servait, à l'évidence, que de décoration. Hugo repensa au monastère de l'île et à Harold qui, dans ses souvenirs, lisait un roman d'Agatha Christie. Un Harold souriant et plein de vie dont il ne connaissait manifestement rien. Sa mémoire ne possédait que de rares bribes de souvenirs diffus et, alors qu'il allait devoir annoncer à sa femme qu'il n'était plus, il regretta de ne pas avoir discuté un peu plus avec lui à Saint-Riom.

— Vous êtes venus m'annoncer qu'il est mort, n'est-ce pas ?

Elle avait lancé ça comme ça, comme un coup de hache qui achève sa victime. La simplicité et la froideur des mots en accentuaient la violence. Naima tourna la tête vers Hugo, totalement démunie et choquée. Vera n'avait pas la moindre tristesse dans le regard, on y sentait même plutôt une forme de colère latente que le désespoir avait calmée avec le temps.

— Vous êtes... comment êtes-vous au courant ? osa la journaliste.

Elle leur adressa un regard noir puis tourna les talons, s'apprêtant à quitter la pièce.

— Simple intuition, dit-elle calmement, le dos tourné. J'ai besoin d'un remontant, pas vous ?

Cette femme avait un aplomb que Naima commençait à envier. Elle regarda Hugo et haussa les épaules. Lui, jugeant qu'il était un peu tôt, secoua la tête négativement.

— Je prendrais comme vous, madame. Je crois que j'en ai besoin aussi, dit Naima.

Vera Vandenberg s'affairait dans la cuisine. Bruits de tiroirs qu'on ouvre, tintements de bouteilles, puis elle sortit rapidement, repassa par le salon et s'engagea dans le couloir de l'entrée pour disparaître dans le fond de son appartement. Elle marcha le long d'un mur sur lequel des photos encadrées étaient disposées sans souci de symétrie. Hugo s'attarda sur l'une d'elles. On y distinguait Harold, vêtu d'un élégant costume trois-pièces, qui serrait la main d'un homme chauve visiblement plus âgé que lui. Il reconnut l'ancien maire de Bordeaux et se dit qu'Harold devait être plus qu'un simple médecin de province.

— Tu trouves pas ça étrange ? chuchota Naima à l'attention d'Hugo, interrompant le courant de ses pensées.

— Quoi ?

— Une femme n'a pas de nouvelles de son mari depuis des jours, on vient faire les oiseaux de mauvais augure et lui annoncer la pire des nouvelles et elle, elle bronche à peine et nous parle d'intuition... Je trouve ça étrange.

— Oui... mais franchement, je crois qu'on a quitté la réalité dès l'instant où on a mis le pied sur l'île. Je ne sais plus trop quoi penser à vrai dire.

— Tu y crois à cette histoire d'intuition ? Comment elle pourrait savoir pour Harold ?

— J'en sais rien. Peut-être que lorsque Eugénie l'a interrogé, elle lui a fait contacter sa femme. Tu te rappelles qu'elle avait un téléphone satellite ?

Naima ouvrit la bouche de stupeur, comme si elle venait de réaliser quelque chose qui allait bouleverser sa vie entière. Elle s'interdit de répondre dans l'instant, car Vera entrait déjà dans la pièce avec un plateau d'acajou laqué entre les mains, sur lequel tenaient une jolie bouteille de liquide ambré et deux verres.

— De l'eau peut-être pour vous, monsieur ? demanda-t-elle à Hugo en posant le tout sur la table basse qui leur faisait face.

— Non, merci, ça ira.

Elle déboucha la bouteille, remplit deux verres et en tendit un à Naima. Elle s'enfonça ensuite dans son fauteuil, but une gorgée et ferma les yeux longuement dans un silence pesant.

— Que savez-vous depuis le départ de votre mari ?

— Pas grand-chose, soupira Vera. Une histoire d'héritage. C'était curieux, étrange même, on a cru à une plaisanterie et puis, comme Harold avait travaillé d'arrache-pied pour transformer un appartement que nous louions en bureau, il s'était dit qu'une petite virée en Bretagne lui ferait le plus grand bien. Les billets de train étaient dans l'enveloppe.

Naima but une gorgée qui lui brûla l'œsophage. Elle se retint de tousser, ce qui fit apparaître une minuscule larme dans le coin de son œil droit.

— Nous aussi, il nous est arrivé la même chose. Nous étions avec Harold.

Vera prit une profonde inspiration. L'émotion, bien que dissimulée à grands efforts, semblait la gagner peu à peu.

— Racontez-moi, souffla-t-elle.

D'après les quelques mots qu'avait prononcés la femme d'Harold, Hugo s'était reconnu dans le comportement de son mari. Lui aussi avait d'abord cru à une mauvaise blague et, à force de tourner en rond chez lui, avait accepté l'appel du voyage en terre bretonne. Tandis que Naima portait de nouveau son verre à ses lèvres, il prit le relai.

— Vous le savez déjà, nous avons tous été convoqués pour la même raison, un héritage un peu mystérieux. Nous nous sommes donc tous retrouvés en Bretagne, dans le petit port de Paimpol et quelqu'un est venu nous chercher en bateau pour nous amener sur une petite île privée, l'île de Saint-Riom. À partir de là, le cauchemar a commencé...

Il sentit sa voix trembler et une boule dans sa gorge grossir. Il attrapa le verre de Naima et but une grosse lampée. Du whisky. Du bon whisky certainement, mais dont le taux d'alcool était visiblement trop élevé pour le jeune homme qui toussa à s'en vider les poumons.

Cette situation aurait pu prêter à rire, elle aurait *dû* prêter à rire, mais l'heure était grave et Hugo ne perdit pas une minute dans son désir de livrer des explications à la veuve. Il se ressaisit et continua :

— D'abord, le bateau avec lequel nous étions arrivés, notre seul moyen de transport pour quitter l'île, a été saboté et nous l'avons perdu dans les flammes. Nous avons retrouvé peu après le corps de l'homme qui nous avait conduits à Saint-Riom. À ce moment-là, nous avons tous compris que nous étions en danger. C'est... hum... Harold qui fut la seconde victime... Je suis désolé.

Vera ne paraissait pas atteinte par la tristesse, une rage sourde semblait plutôt bouillonner à l'intérieur de tout son être. Naima trouva les réactions de la veuve inadéquates, voire paradoxales, mais qui pouvait se vanter de savoir à l'avance comment il réagirait à l'écoute d'une histoire si singulière ? La journaliste se garda de la juger et ajouta :

— Au départ, nous étions sept sur l'île et une personne parmi nous, nous faisait disparaître un par un de sang-froid. Nous avons pu identifier l'assassin et le mettre hors d'état de nuire. Malheureusement, un peu trop tard pour votre mari. Mais après ça, il n'y a plus eu aucune victime. Ce qui nous amène ici aujourd'hui est simple et à la fois compliqué. Nous avions la lourde charge de vous annoncer cette triste nouvelle et aussi de vous poser quelques...

Un bip strident déchira l'atmosphère pesante qui régnait dans la pièce. Puis un deuxième.

Le talkie-walkie enfoncé dans la poche de la veste de Naima les alertait.

Ils étaient en danger.

À suivre...

Épisode 4 : Révélations

CHAPITRE I

Un SUV noir avait fait un premier passage dans la rue de la Course et avait ralenti devant le 121. Lorsqu'il avait réapparu dpuis s'était garé dans une rue perpendiculaire, Victor et Bertrand s'étaient mis sur leurs gardes.

Quatre hommes sortirent du véhicule en hâte, jetant des regards alentour de façon répétée. Deux d'entre eux se dirigèrent vers la porte d'entrée de l'immeuble et les deux autres partirent dans la direction opposée au pas de course. Leur attitude, leur posture et leurs gestes manifestement répétés des milliers de fois les faisaient ressembler à des militaires.

— On a des emmerdes, lâcha Victor. Je fais quoi ? j'actionne le signal ?

— Oui, ne prenons aucun risque.

Le sexagénaire appuya deux fois sur le bouton puis les deux hommes se dissimulèrent derrière un buisson feuillu planté là, entre deux marronniers.

Hugo bondit hors du canapé et ne put retenir une grossièreté. Alors que son sang se ruait dans ses veines, il courut vers la sortie sous le regard médusé de Vera Vandenberg. À hauteur de la porte d'entrée, il se retourna vers Naima.

— Dépêche-toi ! Qu'est-ce que tu fous ?

— Ne m'attends pas ! Va rejoindre les autres, vite !

Son instinct de survie prit la décision avant sa raison. Il sauvait sa peau avant celle de Naima, cela ne lui ressemblait pas, mais il était si près de revoir Sophie qu'il ne pensa qu'à sa propre personne à ce moment-là. Et puis, elle lui avait clairement dit de ne pas l'attendre...

Victor et Bertrand avaient activé le signal de détresse, il devait bien y avoir une raison.

Le voyant lumineux au-dessus de la porte de l'ascenseur indiquait qu'il descendait. On venait sûrement à eux.

Le cerveau de l'ingénieur calculait des probabilités à toute vitesse et il ne céda pas à la panique malgré les salves d'adrénaline qu'il recevait en grande quantité.

Au lieu de se précipiter dehors, Hugo emprunta les escaliers et grimpa les marches par paire jusqu'au dernier étage. S'il agissait contre toute logique, il aurait plus de chance de ne pas se faire cueillir comme un débutant. Personne ne l'imaginerait aussi stupide pour aller se coincer en haut de l'immeuble, au lieu de se ruer au rez-de-chaussée.

Les battements de son cœur lui martelaient les tempes et sa respiration se faisait par saccades. Seul, dans l'obscurité de ce couloir du quatrième, il attendit quelques minutes et appela l'ascenseur. Il vit les chiffres défiler jusqu'à afficher le numéro de son étage.

Avant que les portes automatiques ne s'ouvrent, il se plaqua contre le mur et tendit tous ses muscles dans l'éventualité de devoir effectuer une riposte rapide à une quelconque agression.

Rien.

Il s'avança doucement et constata que l'ascenseur était vide. Il inspecta le panneau de contrôle et vit ce qu'il espérait y trouver.

Il se rua à l'intérieur et appuya sur un bouton carré qui indiquait « -1 ».

Avec un peu de chance, personne ne l'attendrait au sous-sol et il pourrait rejoindre ses compagnons.

Soudain, une pensée traversa son esprit. Que faisait Naima ? Où était-elle ? Et surtout, pourquoi était-elle restée derrière ? Pourquoi ne l'avait-elle pas suivi ?

Les portes coulissantes métalliques s'ouvrirent sur un parking mal éclairé et presque désert. Quelques berlines étaient dispersées sur la cinquantaine de places que constituait toute la surface. Un mélange d'odeurs d'essence et de gomme chauffée conférait au lieu un aspect sordide, et l'éclairage froid des néons y ajoutait une touche lugubre.

Hugo s'élança à travers le parking en direction de la sortie indiquée par un petit panneau lumineux qui diffusait une lueur parcimonieuse. Ses pas claquèrent dans tout l'espace avec un écho peu discret. Trop content de ne trouver personne pour stopper sa progression, il fit peu de cas du tapage qu'il provoquait dans sa fuite et atteignit enfin la porte métallique. Elle donnait sur un escalier en béton gris anthracite qui, de toute évidence, le mènerait dans une rue adjacente de l'immeuble.

Son vœu le plus cher : retrouver les autres.

— *Vous êtes avec Hugo ?!* cracha la petite enceinte du talkie-walkie.

C'était Naima.

Victor approcha le boîtier de sa bouche.

— Non, pourquoi ? Vous n'êtes pas ensemble ?

Les légers tremblements de sa voix trahissaient son inquiétude.

— *Ne bougez pas d'où vous êtes, j'arrive !*

Bertrand s'affola.

— Je vais chercher la voiture, je ne sais pas ce qu'il se passe, mais il faut qu'on soit prêts à décoller rapidement !

— OK. J'attends les autres ici. Garez-vous devant la grille du parc.

Bertrand détala et ses pas crissèrent sur les gravillons de l'allée. Lorsqu'il atteignit la sortie, il ne le vit pas, mais Hugo avait jailli hors du parking de l'immeuble dans la rue Vergniaud.

Le jeune homme continua sa course effrénée vers la lisière du parc, où Victor l'attendait, nerveux.

— Où est Naima ? dit-il essoufflé. Et Bertrand ?

— Naima m'a signalé avec le talkie qu'elle arrivait. Bertrand est allé chercher la voiture.

— Qu'est-ce qu'il se passe ?

— On n'en est pas sûrs, mais je crois que les agents d'Antarès sont entrés dans l'immeuble...

Les yeux de Victor se firent plus grands et il esquissa un discret sourire. Naima jaillissait hors du bâtiment en courant.

Alors qu'elle sprintait vers le parc, Bertrand, au volant du Range Rover, surgit au coin de la rue et fit crisser les pneus pour s'arrêter devant elle. La vitre côté conducteur se baissa lentement.

— Montez ! Vite ! hurla-t-il en accompagnant ses mots de grands gestes de la main.

La porte côté passager s'ouvrit. Naima sauta à l'intérieur.

Le sang d'Hugo et de Victor ne fit qu'un tour et ils se précipitèrent vers le 4x4. Le sexagénaire se hâta vers la sortie la plus proche tandis qu'Hugo escaladait les grilles qui limitaient le parc pour raccourcir la distance qui le séparait de son salut.

Un puissant SUV déboucha sur la rue de la Course en un dérapage qui ne laissa pas de doutes au groupe. Ils étaient à leurs trousses.

Hugo grimpa à bord de leur Range Rover et encourageait Victor à se presser alors qu'il arrivait péniblement à quelques mètres du véhicule.

Le moteur de leurs poursuivants rugissait. La distance se faisait de plus en plus courte.

Victor eut à peine le temps de s'asseoir sur la banquette arrière que Bertrand avait déjà enclenché la première et démarrait en trombe.

Il fit un virage sec à droite sur la rue le Chapelier et fonça. Arrivé au bout de celle-ci, le feu tricolore qui régulait l'accès à la rue Lagrange passa au rouge et il accéléra pour franchir le croisement. Derrière eux, le SUV fit de même. S'ils avaient eu le moindre doute, ils étaient désormais fixés : ces hommes les suivaient.

— Je ne sais pas où aller ! cria Bertrand paniqué.

— Il faut les semer ! répondit Naima sur le même ton survolté.

— Vous êtes marrante ! Je ne fais que ça !

Le Range Rover roulait à vive allure et zigzaguait entre les voitures, mais Bertrand prenait soin de ne pas trop se faire remarquer.

— Je ne sais toujours pas où aller !

— Il faut qu'on se dirige vers là où il y a le plus de monde, dit Naima qui cherchait visiblement une solution. Je sais pas, moi, un centre commercial ou un truc dans le genre !

Victor avança soudainement la tête entre les deux sièges avant.

— Place des Grands-Hommes ! Il y a une grande galerie marchande !

— Parfait ! lança Naima. *Let's go* place des Grands-Hommes !

Hugo tendit le bras en avant et pointa un panneau de son index.

— Là ! Centre commercial, à droite, Bertrand !

Les pneus crissèrent et le véhicule s'engagea sur le cours de Verdun, les hommes d'Antarès toujours derrière, à quelques voitures de distance.

— On va devoir abandonner le 4x4, lâcha Naima.

— Vous plaisantez ? dit Bertrand. On n'aurait plus rien, plus rien du tout ! Même pas de quoi se mettre à l'abri du froid !

— On le laissera sur le parking du centre commercial. Il faut d'abord semer nos poursuivants en se fondant dans la masse, pour le reste, on avisera.

Bien conscients que c'était là la leur meilleure solution, aucun d'entre eux n'objecta.

Durant tout le trajet, le SUV s'était rapproché d'eux, mais les aléas de la circulation l'avaient forcé à s'éloigner. Puis il était revenu, comme dans un ballet chorégraphié à l'avance.

Arrivé à proximité de la place des Grands-Hommes, le Range Rover s'engouffra dans les sous-sols de la ville par une entrée de parking, comme happée par une bête géante à la bouche noire et caverneuse.

Bertrand trouva une place la plus éloignée de l'entrée puis les quatre se précipitèrent hors du véhicule. Alors qu'ils coururent vers un des ascenseurs pour monter vers la galerie marchande, ils aperçurent au loin la barrière se lever. Le SUV les suivait toujours...

Le grand hall de la galerie marchande grouillait de monde, ce qui leur donnait un avantage. Une vraie petite fourmilière où se croisaient chariots de supermarché et sacs en papier cartonné à l'effigie de grandes marques. Le flot des chalands était erratique et imprévisible, pareil à celui des vagues d'un océan.

Bertrand, Victor et Naima se pressaient dans les allées dallées de marbre tandis qu'Hugo, un peu à la traîne, jetait sans cesse des coups d'œil derrière son épaule. Il avait aperçu ceux qu'il pensait être des agents d'Antarès peu après qu'ils eurent franchi la grande arche de l'entrée, mais les avait très vite perdus de vue. Il y avait bien trop de monde pour espérer quoi que ce soit, et fouiller du regard une masse si effervescente lui donnait la nausée.

— Il faut prendre les transports en commun, et vite. Y a un métro ici ? demanda Naima.

Hugo aurait voulu faire une remarque cinglante à propos du ton qu'elle avait employé et qu'il estimait quelque peu condescendant, mais il préféra lui livrer une réponse concise plutôt que d'ironiser sur le fait qu'on pouvait trouver des métros ailleurs qu'à Paris.

— Pas de métro à Bordeaux ! Que des bus et des trams, répondit Hugo, pressant le pas pour les rejoindre.

Victor donna un rapide coup de menton sur sa gauche.

— C'est par là ! La station de tramway Quinconces ! dit-il.

Le groupe bifurqua légèrement en direction d'une sortie où un panneau lumineux indiquait plusieurs lignes de bus et l'arrêt de tramway en question. Ils coupèrent le torrent de badauds et jetèrent des regards circulaires. Personne en vue. Peu rassurant.

Enfin sortis, une légère bise qui soufflait depuis la rue formant un cercle autour des anciennes halles les força à reboutonner leurs vestes. Ils s'engagèrent dans la rue Michel Montaigne, bordée de petits immeubles bourgeois hébergeant des commerces en leur rez-de-chaussée. Leur allure était pressée, mais pas trop, afin de ne pas attirer l'attention. Tour à tour, leurs cous se dévissaient pour surveiller leurs arrières.

Lorsqu'ils débouchèrent sur une petite place animée par un marché de Noël bondé, Hugo aperçut les agents au loin.

— Ils viennent à peine d'emprunter la même sortie que nous !

— Allez, on se faufile dans la foule devant nous et on sera pas loin de les avoir semés, dit Naima.

Les odeurs mélangées de barbe à papa, de vin chaud et de fromage grillé partaient à l'assaut des sens olfactifs des promeneurs, et les décorations faites de guirlandes, de bonshommes de neige et de sapins artificiels les plongeaient pour quelques instants dans une sorte de nostalgie diffuse.

L'urgence de leur situation interdisait à Naima d'être perméable au folklore festif alentour, et dans sa marche effrénée pour sa survie, elle alpagua une mère de famille qui finissait de payer des chouchous pour son fils.

— Le tramway, s'il vous plaît madame ?

Elle fut d'abord surprise puis répondit avec un sourire :

— C'est juste là, mademoiselle, à la sortie du marché, vous ne pourrez pas rater la station.

La dame avait dit vrai. Alors que le petit groupe se pressait hors de la petite place, ils aperçurent derrière d'autres platanes échevelés, les rails du tramway et une rame qui approchait tout juste.

Au loin, on entendait des cris amusés d'enfants provenant d'une grande roue illuminée aux couleurs de la ville.

Hugo fut de nouveau le dernier à faire son apparition sur le quai. Naima lui faisait de grands gestes affolés pour qu'il accélère la cadence. Un son strident annonçait déjà la fermeture des portes et il eut tout juste le temps de bondir dans le wagon en se faufilant entre les deux battants avant que ceux-ci ne condamnent les issues telles des mâchoires tranchantes.

Lorsque le tramway démarra, les mines inquiètes des quatre laissèrent place à de légers sourires de soulagement. Ils avaient réussi à semer leurs poursuivants.

Quelques stations après, la foule qui se tassait à l'intérieur des rames sortit par vagues et seules quelques personnes restèrent à bord. Hugo désigna deux rangées de sièges qui se faisaient face et proposa aux autres de s'y asseoir. Les traits de son visage trahissaient une certaine forme d'impatience.

Lorsqu'ils furent assis, ils comprirent immédiatement les intentions du jeune homme.

— Tu nous expliques pourquoi tu es restée dans l'appartement après que Victor et Bertrand ont déclenché le signal d'alerte ? dit-il à l'attention de Naima.

Les deux hommes tournèrent leur visage l'un vers l'autre, interloqués.

— Quoi ? osa Victor. Qu'est-ce que ça veut dire ?

Naima se sentit comme prise au piège, un sentiment qu'elle détestait par-dessus tout. Néanmoins, elle répondit calmement :

— J'ai parlé rapidement à Vera avant de m'enfuir, et je lui ai laissé le numéro du portable qu'on a acheté.

Hugo leva les bras en l'air de stupeur et secoua la tête.

— T’es sérieuse ?! il avait presque crié. Qu’est-ce qui t’a pris ? T’es inconsciente ma parole ?

Elle fit abstraction des mots et du ton employés dans un effort pour ne pas lui sauter à la gorge sur-le-champ.

— Tu as remarqué comme moi qu’elle n’avait pas l’air plus bouleversée que ça quand on lui a parlé d’Harold ?

— C’est pas une raison pour lui filer notre numéro ! Bravo, maintenant tu peux jeter ce téléphone par la fenêtre ! On vient de réussir à semer des agents surentraînés et toi tu viens d’anéantir nos efforts en leur donnant de quoi nous suivre à la trace !

Son sang bouillait à l’intérieur et il ne put s’empêcher de se lever dans l’espoir que ça le calmerait un peu.

— Reviens t’asseoir et écoute-moi.

Hugo prit une grande inspiration et s’exécuta.

— Quand on lui a parlé d’Harold, j’ai tout de suite senti que quelque chose clochait. Elle n’était pas triste comme une femme qui se fait un sang d’encre au sujet de son mari disparu des radars depuis des jours et qui apprend la pire des nouvelles. Non. Et pour une simple et bonne raison : elle était déjà au courant. Je pense que c’est elle qui a alerté les agents d’Antarès quand elle s’est absentée quelques minutes du salon où nous étions...

— Raison de plus ! Si elle est de mèche avec eux, pourquoi tu lui as laissé notre numéro ? C’est absurde !

Il voulait se relever, mais elle le stoppa dans son élan en le tirant par la manche.

— Écoute-moi ! Je ne sais pas ce qu'ils lui ont dit, peut-être qu'ils se sont fait passer pour des flics, peut-être qu'ils lui ont fait gober qu'on avait tué son mari, j'en sais rien. Je sais juste que cette femme est perdue. Quand on a reçu votre signal (elle s'adressait désormais à Victor et Bertrand), Hugo s'est enfui immédiatement et j'étais partie pour faire de même, mais elle n'a pas bronché. Elle aurait dû essayer de nous retenir, vous ne croyez pas ? Et pourtant, elle nous a laissé filer.

Le tramway ouvrait ses portes sur un nouvel arrêt. Des usagers entrèrent bruyamment.

— Alors, je l'ai regardée droit dans les yeux, poursuivit-elle, et je lui ai dit avec le plus d'honnêteté et d'empathie possible que nous étions de son côté et que nous aussi, nous cherchions la vérité. Je lui ai dit que pour que son mari n'ait pas été assassiné en vain, il fallait que nous découvrions pourquoi et que si elle était prête à nous aider, elle pouvait nous appeler au numéro que je venais de lui donner.

Les trois hommes l'écoutaient en silence. Elle continua :

— Je lui ai dit la chose suivante : *« croyez-vous que des tueurs de sang-froid vous laisseraient délibérément de quoi les suivre à la trace ? »* et je suis partie.

Hugo n'en croyait pas ses oreilles. Pour lui, ce geste était de l'inconscience pure, mais il était habitué désormais à Naima qui agissait de façon souvent impulsive. Il fallait admettre qu'elle avait un bon instinct, mais le jeune ingénieur, beaucoup plus cartésien, préférait faire preuve de réflexion et d'analyse avant de prendre une quelconque décision. Quant à Bertrand et Victor, leur nature plus passive les réfrénait de porter un jugement. La cavale dans laquelle ils étaient tous impliqués constituait une situation tellement hors du commun que leurs habitudes de pensée ne valaient alors plus grand-chose.

Hugo secoua la tête plusieurs fois comme pour détacher son esprit d'une colère montante et demanda :

— Bon, OK. Et là on fait quoi ? On n'a plus de voiture, on est dans une ville que l'on ne connaît pas, poursuivis par des personnes extrêmement dangereuses et on ne sait même pas où ce satané tram se dirige.

— Descendons au prochain arrêt et avisons.

— J'ai une idée, dit Bertrand.

Tous les regards se tournèrent vers lui.

— Trouvons-nous déjà un hôtel où on pourra se restaurer, se laver et recharger nos batteries grâce à une bonne nuit de sommeil.

Tous les trois affichèrent des mines circonspectes.

— J'ai toujours ma carte bleue et de quoi voir venir, si c'est ça qui vous inquiète, ajouta-t-il avec un rictus.

Quelques minutes plus tard, comme si une quelconque entité supérieure avait entendu les paroles de Bertrand, le tramway passa lentement devant un bâtiment à l'architecture ultra moderne qui contrastait avec les immeubles bordelais typiques qui le jouxtaient. Hugo le remarqua et en avertit son compagnon qui s'empressa de demander l'arrêt en pressant sur un gros bouton rouge à portée de son bras. Ils descendirent à la Cité du vin et se dirigèrent vers le bâtiment, dont la façade affichait un « *hôtel* » en lettres lumineuses et dont les quatre étoiles sous le nom — Seekoo — présageaient d'un séjour de qualité.

Ils prirent deux chambres doubles pour une nuit et Hugo fut parcouru d'un léger frisson lors de l'attribution de celles-ci, quand les deux groupes se firent presque naturellement. Depuis la traversée en radeau, les quatre s'étaient toujours divisés en deux binômes qui semblaient désormais immuables.

L'ingénieur pensa à Sophie et se demanda si elle aurait accepté qu'il partage sa chambre avec une femme dont peu d'hommes auraient refusé les avances. Pour se donner bonne conscience, il se dit que les circonstances étaient si exceptionnelles qu'il n'avait pas le loisir de s'attarder sur ce genre de détails. Ici, il était question de survie.

Naima empoigna la clef magnétique et se tourna vers Hugo :

— Reste pas planté là, viens !

Bertrand s'enfonçait déjà dans un couloir sombre et il s'adressa à la journaliste :

— Notre chambre est au rez-de-chaussée, laissons-nous une heure et retrouvons-nous dans le salon à côté du restaurant.

Tous hochèrent la tête et Hugo rejoignit Naima dans l'ascenseur. Il était blême, la promiscuité le mettait soudain mal à l'aise.

Quand ils pénétrèrent dans leur chambre, Naima, dans un geste adolescent, fit quelques petites foulées et se jeta sur un des lits.

— Ah ! On va enfin avoir droit à une vraie bonne nuit de sommeil, dit-elle avec un large sourire. Je mets une option sur la douche tout de suite !

Hugo évoluait lentement, ne sachant pas vraiment quoi faire de ses membres qui paraissaient l'encombrer tout à coup. Il finit par s'asseoir sur le lit et regarder dans le vide.

— Ça va pas, Hugo ? fit Naima en se relevant.

— Si, si. Je crois que j'ai un peu le contrecoup de tout ça...

— T'inquiète pas, tu vas prendre une bonne douche, on va faire un bon repas et après ça, une bonne nuit. Demain, on sera d'attaque pour affronter la suite des évènements.

— Tu crois que ça va durer encore longtemps ? soupira-t-il.

Elle fit une pause.

— J'en sais rien. J'ai le sentiment qu'on touche au but. Il nous manque quelques pièces du puzzle, mais je sens qu'on est proches du dénouement.

— C'est quoi pour toi, le dénouement ?

— On confronte Antarès avec du solide et ils n'ont pas d'autre choix que de nous laisser tranquilles !

— On les fait chanter ?

— Je n'avais pas pensé à ça, tiens. C'est une option, pourquoi pas !

Elle eut un petit rire qui, par moments, fit décrocher sa voix. Elle se leva, marcha en direction de la salle de bain et s'adressa une dernière fois à Hugo :

— Mon p'tit Hugo, j'ai une bien meilleure idée que le chantage, mais avant ça, j'ai juste envie de me prélasser dans une douche bouillante et d'oublier toute cette histoire pendant quelques minutes.

— Fais donc ! avait-il lancé sur un ton faussement décontracté.

Lorsque les premiers sons d'eau ruisselante et fumante lui parvinrent, son esprit s'échappa furtivement dans le fantasme impossible qu'elle lui demande de la rejoindre. Il secoua la tête pour réprimer ces pensées interdites, mais le mal était fait. Il voulait soudain retrouver Sophie au plus vite et ne plus penser qu'à elle et à la façon dont il pourrait la rendre heureuse.

Ils se rejoignirent tous au salon de l'hôtel et chacun se fit la même réflexion : même si une bonne douche les avait revivifiés, il leur fallait des habits de rechange. Ils tentèrent d'oublier pour l'heure ce petit détail et s'assirent autour d'une table basse pour faire le point sur leur situation.

— J'ai réservé une table pour le dîner, mais avant, j'aimerais qu'on décide ensemble de la suite à faire prendre aux évènements, dit Bertrand d'un ton solennel.

Naima, comme à l'accoutumée, prit les devants :

— J'ai beaucoup réfléchi au sujet et je n'arrive toujours pas à comprendre l'implication d'Harold dans toute cette histoire. Pourtant, je pense qu'il y joue un rôle clef.

— J'ai potassé un peu sa thèse. Tout ce qu'il y a de plus académique. Une thèse de médecin, quoi.

— Elle portait sur quoi déjà ? demanda Victor en fronçant les sourcils.

Hugo se gratta le sommet du crâne.

— C'est une étude épidémiologique faite au Cameroun. Peut-être que ça lui tenait à cœur parce qu'il avait ses origines là-bas, je ne sais pas.

— Si la piste nous envoie au Cameroun, ça va s'avérer de plus en plus compliqué, rétorqua Bertrand.

— Je pense qu'il faut se focaliser sur la personne d'Harold. Qui était-il en fin de compte ? relança Naima.

— Un médecin avec une bonne situation, une femme qui fait dans le social. Un couple banal comme il y en a des milliers.

— S'il est médecin, pourquoi n'a-t-on pas trouvé l'adresse de son cabinet lors de nos recherches internet ?

Un silence puis Hugo écarquilla les yeux.

— Parce qu'il n'était pas médecin généraliste !

Tous les regards se tournèrent vers le jeune homme.

— Mais oui, c'est ça ! dit-il avec un sourire qui s'élargissait de plus en plus. C'est tout simplement un médecin qui fait de la recherche. Il est sûrement épidémiologiste !

Victor fit un minuscule bond sur sa chaise.

— Hugo a raison ! Si mes souvenirs sont bons, il existe un institut de recherche épidémiologique ici à Bordeaux.

— Vous croyez qu'on pourrait y passer ? demanda Bertrand.

— S'il travaille effectivement là-bas, on en saurait peut-être plus sur Harold, c'est une piste à explorer, je pense, dit Naima.

— À mon avis, il doit y tenir un bon poste. Sur les photos affichées chez eux, j'ai vu Harold en compagnie du beau monde. Il y avait même un tirage grand format où il serrait la main de l'ancien maire de Bordeaux ! lâcha Hugo.

Alors que leur conversation allait bon train, Bertrand parut soudain figé et absent, comme si son esprit s'était accroché à un détail et laissait le courant des pensées le traverser sans l'affecter. Les neurones de son cerveau redoublèrent d'activité pour aller chercher le point précis sur lequel il avait tiqué.

Puis il se tourna vers Hugo et coupa court aux échanges :

— Il était avec l'ancien maire de Bordeaux, vous dites ?

Interloqué, presque intrigué, le jeune homme fronça les sourcils et répondit calmement :

— Euh... oui. Pourquoi ?

Bertrand se leva d'un bond, remonta ses lunettes et déclara, d'un ton alarmé :

— Vous savez ce que fait aujourd'hui l'ancien maire de Bordeaux ?

Parmi les trois à qui s'adressait cette question, quelqu'un, peut-être tous, aurait certainement donné la réponse attendue, mais une mélodie stridente qui provenait de la poche de la veste de Victor coupa court à toute tergiversation.

Leur téléphone portable sonnait.

Seules deux personnes connaissaient leur numéro : Annita, la femme de Victor et Vera, celle de feu Harold.

Mais cette dernière pouvait très bien l'avoir communiqué aux hommes d'Antarès.

CHAPITRE II

Comme si le téléphone lui brûlait les doigts, Victor posa l'appareil sur la table basse et tous l'écoutèrent sonner. Naima tendit une main.

— Il faut décrocher, bon sang !

Hugo, d'un geste vif, stoppa sa tentative en lui agrippant l'avant-bras. Sa poigne était forte, peut-être un peu trop.

— Qu'est-ce que tu fous, Hugo ?

— Si tu décroches, c'est peut-être le début des emmerdes !

— Tu crois pas qu'on y est déjà jusqu'au cou, non ? Qu'est-ce que ça va changer ?

— Tu as lâché ce numéro à Vera qui est clairement de mèche avec Antarès !

Quatrième sonnerie.

— Si ça se trouve, c'est votre femme, Victor, il faut décrocher pour savoir.

— Ne le prends pas par les sentiments, Naima, tu nous as mis en danger et cet appel peut très bien signer notre arrêt de mort !

Sixième sonnerie.

Naima se libéra d'un coup sec et se précipita sur le téléphone. Elle décrocha. Son cœur battait fort dans ses oreilles.

— Allô ?

Les trois autres étaient pendus à ses lèvres. Elle éloigna le combiné de son visage et activa le haut-parleur.

—... Vous... vous êtes Naima ?

C'était la voix de Vera. Elle était douce et chevrotante d'émotion.

— Oui. Vous avez changé d'avis ?

— Pardon ?

— Vous avez changé d'avis, vous ne voulez plus nous faire capturer ? avait-elle dit froidement.

— Je... soupira Vera. Je suis perdue... Je suis démunie...

— D'où m'appelez-vous ?

— D'un *taxiphone* du centre-ville, j'ai pensé que ce serait mieux.

Naima salua mentalement l'initiative et continua :

— Effectivement. Vous avez des remords ? C'est pour ça que vous m'appelez ?

Son ton était aussi dur que celui de Vera était doux.

— Je ne sais plus à qui faire confiance... Mais j'ai vu dans votre regard que vous étiez sincère. Je ne sais pas, c'est peut-être cliché, mais en tant que femme, j'ai pu immédiatement me connecter à votre souffrance.

On sentait dans son discours calme et réfléchi, la valeur des années passées avec les plus démunis. Vera exprimait dans tout ce qu'elle faisait une sorte de compassion digne qui jamais ne laissait place à la condescendance.

À son tour, Naima reconnut la sincérité de la veuve et tant pis si Hugo ou Bertrand venaient lui dire le contraire. Son instinct de femme journaliste ne l'avait que très rarement trompée et là encore, elle savait qu'elle avait eu raison de laisser leur numéro de téléphone à la femme d'Harold.

— Vera, reprit Naima, vous pouvez nous faire confiance, vous pouvez *me* faire confiance. Nous avons beaucoup de choses à nous dire, mais pas ici, pas au téléphone. Vous avez bien fait de m'appeler.

— Qu'est-ce que vous comptez faire ?

— Nous sommes en pleine quête de vérité, mais avec des mercenaires à nos trousses, c'est compliqué.

— Je ne voulais pas... je suis...

— Pas le temps pour les remords, madame Vandenberg, il faut aller de l'avant. Est-ce que vous pensez être sur écoute ?

— Je n'en sais rien, je ne crois pas.

— C'est trop risqué pour nous de vous joindre sur votre téléphone...

Naima semblait réfléchir à une autre solution.

— Il y a le fixe du bureau d'Harold.

Elle avait parlé comme s'il était encore vivant. Le cœur de Naima se serra.

— Il est peut-être aussi sur écoute...

— C'est impossible ! Nous possédons un studio qui était loué à une étudiante et celle-ci a quitté le logement à peine un jour avant le départ d'Harold. Nous avions décidé d'en faire le bureau de mon mari et c'est moi qui ai déménagé tous ses dossiers là-bas.

— Où est cet appartement, à Bordeaux même ?

— Oui, non loin du Parc Lescure.

— On oublie le téléphone dans ce cas. On peut s'y retrouver demain dans la matinée ?

— Euh... oui...

— Très bien, dit Naima un peu trop sèchement à son goût, donnez-moi l'adresse et nous y serons demain à 10 h.

— OK. J'arrangerai mon emploi du temps pour ça. C'est au 7 avenue du Parc Lescure.

— Parfait. Et venez seule cette fois-ci...

Vera ne releva pas.

— 10 h, demain, c'est noté.

Naima raccrocha. Les trois hommes restèrent silencieux.

— On dirait bien qu'on a notre programme de demain. Allons dîner, j'ai faim.

Le restaurant de l'hôtel était un lieu calme que la décoration sobre, à la limite du minimalisme, rendait un tantinet impersonnel. Au vu des tables occupées par une majorité d'hommes en costume, l'absence de chaleur ne semblait pas être un problème, ici, on venait plus pour parler business que du futur d'une relation amoureuse.

Victor se figura que leur petit groupe passerait inaperçu et cela le rassura.

À peine assis, Hugo, qui visiblement ne lâcherait pas Naima de si tôt, attaqua immédiatement les hostilités :

— Tu aurais quand même pu nous concerter ! D'abord tu lâches notre numéro de téléphone et ensuite tu prends des rendez-vous, comme ça, sans te souvenir que quelqu'un essaie par tous les moyens de nous stopper !

— Calmez-vous, Hugo, trancha Bertrand. Si je suis d'accord avec vous sur le fond, je pense aussi que Naima a de la ressource et que jusqu'à présent, elle a prouvé au groupe à maintes reprises qu'on pouvait compter sur elle.

— Et moi, non ?

— C'est pas un concours, Hugo ! poursuivit Naima. OK, j'ai joué la carte de l'instinct, mais la preuve est là. Vera nous a appelés et grâce à elle, on va peut-être avancer dans notre investigation.

— Ou se jeter dans la gueule du loup...

— Oui, tu as sûrement raison, mais toi, tu proposes quoi ?

Sans alternative à offrir, Hugo ravala sa fierté et resta silencieux.

Le serveur approcha de leur table avec les entrées. Sauvé par le gong.

Naima, qui avait peur d'avoir vexé son compagnon de chambre, relança sur un ton neutre :

— Le coup du clochard pour faire diversion était excellente, Hugo. Il n'est pas interdit de prendre aussi des précautions avec Vera.

— J'y réfléchirai, dit-il sèchement entre deux bouchées.

— La question est de savoir ce qu'on cherche vraiment ! relança Naima. Bertrand, vous n'étiez pas sur le point de nous dire quelque chose avant que le téléphone ne sonne ?

Il essuya ses lunettes avec sa serviette puis la reposa sur ses cuisses.

— J'ai bien cru qu'on n'en reparlerait jamais ! dit-il sur un ton rieur.

Il tourna son visage vers Hugo.

— Vous nous avez bien dit que vous avez vu une photo d'Harold avec l'ancien maire de Bordeaux ?

— Exact.

— C'est peut-être une piste. Vous savez ce qu'il fait désormais ?

— Il est pas ministre ? lâcha Victor.

— Si. Ministre de la Santé !

Tous mâchèrent en silence. Ils ingurgitèrent l'information à mesure qu'ils avalaient leur repas.

Hugo sembla reprendre vie à la suite de la révélation.

— Ministre de la Santé ? Et Harold qui agissait certainement dans le domaine de l'épidémiologie... C'est là qu'il faut creuser !

— Ça tombe bien, on voit sa femme demain ! dit Naima triomphalement.

— Oui, c'est là qu'il faut creuser... Si seulement j'avais encore le dossier de mon père... dit Bertrand.

Naima termina son assiette et posa ses couverts.

— Plus besoin de son dossier, Bertrand. Votre père voulait nous réunir pour rassembler les pièces d'un puzzle confus, mais dont il avait décelé la grande importance. Il nous manque la véritable Eugénie et bien sûr, Harold, mais nous sommes là, bon sang ! Autour de vous ! On va forcément finir par trouver !

— Je me demande de plus en plus pourquoi je suis là, d'ailleurs, dit Hugo.

— Qu'est-ce que tu racontes ?

Naima lui avait asséné une tape amicale sur l'épaule.

— Toi, tu es journaliste d'investigation. OK. Soit tu as déjà travaillé sur un sujet en rapport avec Antarès, soit tu es là pour tes capacités, tes connaissances et tes relations. Pour moi, ça se tient. Victor, lui, a officié dans le conseil d'administration de la multinationale, ça aussi, ça se tient. On ne sait pas encore tout sur Harold, mais il est peut-être lié à Antarès de par ses activités. Épidémies, médicaments, là encore, le rapport est vite fait. Mais, moi ? Un ex-ingénieur chez Agritec, perdu dans mon Sud-Ouest natal...

Victor écarquilla les yeux et manqua s'étouffer.

— Agritec ! beugla-t-il.

Il se tourna vers Bertrand et lui agrippa le bras.

— Agritec ! C'est ce dont je vous parlais quand on était sur l'île ! C'est Agritec qu'Antarès voulait racheter !

Naima et Hugo se figèrent, leurs mines médusées. Leur stupéfaction étant évidente et Bertrand tacha de la faire disparaître avec des explications :

— On a déjà évoqué le sujet ensemble, mais Victor a été évincé du conseil d'administration d'Antarès du jour au lendemain, la veille d'un vote qui portait sur des rachats d'entreprises.

— Et mon vieux cerveau ne trouvait pas le moyen de retrouver les noms, enchaîna Victor. Mais maintenant que je l'ai entendu, je suis formel, Agritec est une société qu'Antarès voulait racheter.

— Et pour être sûrs de ne pas avoir d'opposants dans cette manœuvre et comme vous émettiez des réserves, ils vous ont fait sortir du tableau, c'est ça ? demanda Naima.

— Exactement ! Mais au juste, c'est quoi Agritec, dit-il en s'adressant à Hugo.

— Je vous l'ai déjà dit, c'est une boîte qui évolue dans l'agroalimentaire. Moi, j'étais à la recherche et au développement. Je m'occupais d'améliorer le rendement ou de tester des nouveaux produits.

— Mais quoi précisément ?

Hugo leva les yeux en l'air.

— C'est tellement vaste ! En gros, tout ce qui a une composition chimique et qui peut servir dans le domaine très large de l'agriculture, on le faisait.

— Tu nous aides pas beaucoup... le piqua Naima.

— Je ne suis pas resté très longtemps non plus.

— Pourquoi tu as quitté Agritec ? demanda Victor.

— C'est plutôt Agritec qui m'a quitté ! Il y a eu un plan social, c'était mon premier boulot, je suis parti avec un bon chèque et deux ans de chômage confortable, j'ai pas fait ma fine bouche. J'avais envie d'autre chose, je sentais que j'allais m'enterrer dans cette boîte, alors ce changement me convenait.

— Tout comme pour Victor, il y a sûrement une raison bien spécifique derrière ton licenciement, dit Naima.

Elle se servit un verre d'eau et s'enfonça dans sa chaise.

— Victor, est-ce que vous vous souvenez pourquoi Antarès voulait tant racheter l'entreprise où travaillait Hugo ?

Il gratta sa barbe et fit une moue dubitative.

— Je ne sais pas pourquoi ils voulaient acquérir Agritec, mais moi, je sais pourquoi je trouvais ça idiot. Et je ne me suis pas privé de leur faire savoir ! Je ne voyais pas pourquoi une entreprise pharmaceutique voulait investir dans l'agroalimentaire, d'autant plus qu'Agritec, si ma mémoire ne me fait pas défaut, était tout ce qu'il y a de plus constant en termes de chiffre d'affaires et de bénéfices. Pas de marge de manœuvre, pas vraiment de potentiel d'évolution. Un vrai porte-avion, comme on dit dans le jargon.

— Un porte-avion s'interrogea Hugo.

— Oui, un gros truc qui avance lentement mais sûrement, qui a une grosse inertie et qui, du coup, ne peut pas changer de cap en un claquement de doigts. Votre boîte, Agritec, c'était un porte-avion.

— Je vois, répondit l'ingénieur. Ça ne nous avance pas plus, hein, Naima ?

La journaliste ne répondit pas. Elle se contenta de jouer nerveusement avec ses couverts.

Jusqu'à la fin du repas, ils tergiversèrent et se perdirent en conjectures sans vraiment avancer dans leur enquête. Lorsqu'il fut temps pour chacun de regagner ses pénates, Hugo et Naima se retrouvèrent seuls dans le couloir menant à leur chambre. Le jeune homme marchait lentement, légèrement en retrait. Les digestifs qu'ils avaient bus à la fin du repas commençaient à faire leur effet. Il sentait son corps se relâcher et son esprit se désinhiber. Il aurait succombé là, sur l'instant, à des avances de Naima. S'il les avait craintes jusqu'alors, il les espérait presque désormais.

La journaliste glissa la carte dans la fente et la porte se déverrouilla après un petit son aigu. Elle pénétra dans la chambre, défit ses chaussures et les envoya valser de deux coups de pieds maîtrisés, puis elle s'effondra sur son lit.

Ses yeux pétillaient, ses joues avaient rosi et son sourire était narquois.

— Reste pas planté là comme ça, viens ! dit-elle.

L'esprit d'Hugo s'embrouilla et son cœur s'emballa. Lui avait-elle dit d'entrer dans la chambre ou de venir la rejoindre dans son lit ? Il demeura figé quelques secondes puis secoua la tête.

— T'en fais une drôle de tronche ! Y a un truc qui va pas ?

Elle essaya de se relever, mais son coude glissa sur le drap et elle s'étala de plus belle en riant.

— Je crois que les digeos m'ont bien attaquée !

Hugo entra lentement dans la pièce et s'assit sur son lit, face à elle. Il la fixait.

— Pourquoi tu me regardes comme ça ?

Un silence.

— Non, pour rien.

Il pivota et s'affala à son tour. Naima lança son bras nonchalamment au-dessus de la tête de lit et heurta l'interrupteur. La pièce fut plongée dans le noir. Un léger frisson parcourut tout le corps d'Hugo. Les yeux ouverts, il scrutait l'obscurité que l'alcool transformait en formes dansantes et désordonnées.

Il y eut des bruits de frottement de draps.

— Hugo ?

Il laissa délibérément quelques secondes passer avant de répondre.

— Oui ?

— Tu sais, je te taquine, mais je t'aime bien.

La voix de Naima s'était voilée d'un subtil mélange à mi-chemin entre fatigue et alcool. Elle ne put pas le voir, mais Hugo souriait.

De nouvelles secondes de silence.

— Moi aussi, je t'aime bien, Naima. Je voudrais te poser une question d'ailleurs...

Le silence. Ou presque. La respiration de la jeune femme s'était faite plus forte, un peu plus bruyante. Elle dormait.

Hugo devrait remettre sa question à plus tard.

Quelques minutes après être arrivés dans leur chambre, Victor et Bertrand s'étaient endormis très vite. Le sexagénaire ronflait et son voisin de lit était empêtré dans de mauvais songes. Son sommeil était agité et il transpirait à grosses gouttes.

Il se tourna une première fois puis sursauta au moment de son rêve où sa voiture avait traversé une barrière de sécurité dans un virage de montagne et tombait dans le vide. Il se leva et alla se passer de l'eau fraîche sur le visage. Tout ce remue-ménage ne manqua pas de réveiller Victor à son tour.

Soudain, lorsque Bertrand releva la tête et contempla son visage ruisselant dans le miroir au-dessus de l'évier, il étouffa un petit cri.

— Ça va, Bertrand ? chuchota Victor.

Malgré le faible volume de la question, Bertrand, surpris, fit un petit bond.

— Oui, ça va, merci.

Ils chuchotaient tous les deux comme si d'autres personnes dormaient encore dans la pièce.

— Ça va même très bien, je crois que j'ai trouvé de quoi faire une très belle avancée dans notre investigation.

— Ah oui ? s'étonna Victor, curieux.

Bertrand sortit de la salle de bain et enfila sa chemise. Comme il ne développait pas plus sa pensée, Victor revint à la charge.

— Vous avez trouvé quoi, dites-moi, enfin !

— Cette histoire d'ancien maire de Bordeaux me turlupinait...

— J'aime bien ce mot, turlupiner, dit Victor en esquissant un sourire.

Il était visiblement encore sous l'effet des quelques digestifs d'après repas, d'autant plus qu'il avait terminé ceux que Bertrand avait eu peine à finir.

— Hugo nous a dit avoir vu un cliché où Harold et lui se serraient la main. Il est aujourd'hui ministre de la Santé et c'est ce qui m'a mis la puce à l'oreille. Ça m'est revenu il y a quelques minutes, alors que je sortais à peine d'un cauchemar et que je me passais de l'eau sur le visage. Je sais où j'ai déjà vu cet homme.

Victor se releva et afficha une mine sérieuse. Il avait désormais toute son attention.

— Je l'ai vu sur une des nombreuses photos du dossier de mon père. Je ne me rappelle plus exactement des détails, mais dans mes souvenirs, il y avait une grande table, des hommes assis autour et le ministre de la Santé était là, de dos, mais il s'était retourné pour regarder l'objectif. Je me souviens qu'il souriait.

Comme il avait fait une pause trop longue au goût de Victor, celui-ci relança :

— C'est tout ?

Bertrand termina de boutonner sa chemise et enfila son pantalon. Il se pencha au-dessus de sa table de nuit pour y saisir ses précieuses lunettes. Il fit quelques pas vers la porte et se retourna vers Victor :

— Non, ce n'est pas tout ! J'ai besoin de voir cette photo à tout prix, mais je n'ai pas le dossier de mon père sur moi.

— On est bien avancés !

Un large sourire barra le visage de Bertrand.

— Détrompez-vous, Victor. Je viens de me rappeler que par sécurité, j'avais à l'époque scanné tous les documents du dossier et qu'ils sont accessibles depuis n'importe quel endroit du monde !

— Je ne saisis pas...

— Tous les fichiers sont enregistrés sur un disque dur distant, consultable à l'aide d'une simple connexion internet !

Il pivota en direction de la sortie et ouvrit la porte.

— J'ai vu un ordinateur disponible pour les clients de l'hôtel près de la réception, je ne pourrais pas dormir si je ne vois pas cette photo immédiatement.

Telle une ombre furtive, il disparut dans le couloir.

7 h

Bertrand frappa trois coups secs sur la porte de la chambre d'Hugo et Naima. Cette dernière lui ouvrit quelques secondes plus tard, l'air encore endormi. Il entendit Hugo dans la salle de bain qui prenait une douche.

— On se rejoint au plus vite au petit-déjeuner ? J'ai du nouveau.

Les yeux de Naima s'écarquillèrent, elle parut tout à coup moins fatiguée. Sa curiosité venait d'être piquée.

— Je file sous la douche après Hugo et on vous rejoint !

Bertrand acquiesça d'un geste de la main et partit en direction de la salle du restaurant où ils avaient dîné la veille. Victor l'attendait déjà, beurrant des tartines de pain grillé.

Il tenait dans sa main une feuille de format A4 qu'il avait imprimée suite à sa découverte dans la nuit. Il était visiblement impatient de partager sa trouvaille avec les autres.

Hugo et Naima approchèrent enfin de la table. Le jeune homme semblait en pleine forme, tandis que

Naima, un peu à la traîne, aurait bien eu besoin de quelques heures de sommeil en plus. Elle passait sans arrêt sa main dans ses cheveux encore mouillés.

Bertrand les laissa avaler quelque chose avant de leur exposer sa trouvaille.

— Cette histoire de ministre de la Santé m'a occupé l'esprit une bonne partie de la soirée et j'ai eu un déclic hier, tard dans la nuit. Je me suis souvenu que j'avais scanné les documents du dossier de mon père et qu'ils étaient disponibles sur un *cloud.* Voici sur quoi je suis tombé !

Il retourna la feuille et l'avança au milieu de la table.

Il s'agissait d'une photo où l'on distinguait une assemblée d'hommes autour d'une table. Parmi eux, l'actuel ministre de la santé, assis sur une des chaises, stylo à la main, semblait occupé à signer tout un tas de documents.

Hugo saisit le cliché et l'examina.

— Mis à part l'ancien maire de Bordeaux devenu ministre, je ne vois pas qui sont ces personnes, dit-il.

— Ce sont tous des hommes d'Antarès, répondit Bertrand. M'est avis qu'ils ont signé un accord gouvernemental. C'est de ce côté qu'il faut chercher !

Naima, impatiente, arracha presque la feuille des mains d'Hugo pour y jeter un œil à on tour. Elle détailla minutieusement chaque visage. Rien ne lui revenait. Tous ces hommes étaient des anonymes pour elle, des travailleurs de l'ombre qui agissent en marge du grand public. Il existait désormais un rapport indubitable entre le gouvernement et la société Antarès et son instinct lui disait qu'ils étaient sur le point de trouver la clef du mystère.

***

— Asseyez-vous, Wang.

L'homme tira une chaise métallique et s'installa. Deux grands néons au-dessus de la table diffusaient une lumière crue qui accentuait les traits anguleux du visage de l'agent et le faisaient paraître plus vieux.

À l'autre bout, Georges buvait un thé fumant. Il n'en proposa pas à Wang et quand il estima que le silence avait trop duré, il le rompit :

— Alors ? Je vous écoute ! Faites-moi un rapport complet.

Wang sortit une tablette, lut quelques informations en bougeant légèrement les lèvres comme s'il se répétait les phrases dans sa tête avant de parler.

— Notre deuxième intervention s'est déroulée à Bordeaux au...

— Parlez-moi de la première, trancha-t-il.

— Vous n'avez pas lu mon rapport ?

— Si, mais je veux l'entendre de votre bouche.

Il hésita puis reprit :

— L'écoute téléphonique de TGT3 nous a signalé que...

Georges frappa du poing sur la table. Sa tasse vibra et tinta d'un son cristallin.

— Je sais déjà tout ça ! cria-t-il. Je veux parler de ce qui s'est passé au square, à Saint Maur !

— Entendu, balbutia Wang. Une des cibles a contacté TGT3 et c'est sur la base des informations recueillies pendant leur conversation que le groupe Delta a agi. Leur rendez-vous était fixé à 20 h précises et nous nous sommes rendus sur place une demi-heure avant pour effectuer les préparatifs. Mes hommes et moi-même nous sommes répartis dans tout le parc et avons guetté l'arrivée d'un homme vêtu d'un ciré jaune et d'une casquette rouge. Autour de l'heure H, un individu correspondant à la description est entré dans le parc et un de mes agents l'a neutralisé.

— Mais ce n'était pas la cible ! En l'occurrence, Victor Karadjian, n'est-ce pas ?

— Non, monsieur. Il semblerait que nous ayons été victimes d'une diversion bien orchestrée, dit calmement Wang.

— Bien orchestrée ? Ben voyons ! On aura tout entendu !

L'agent, visiblement mal à l'aise, se gratta le sommet du crâne.

— Allez-y, continuez, enchaîna Georges.

— Après confirmation que l'individu n'était pas une de nos cibles, nous avons passé le parc et les environs au peigne fin, sans résultats.

— Et ?

Il fit un geste d'hésitation.

— J'ai... j'ai peur de ne pas saisir, monsieur.

— Racontez-moi la suite ! c'est si passionnant.

— L'opération s'est soldée par un échec.

— Enfin, ce n'est pas ça que je veux vous entendre dire ! Dites-moi ce qu'il est arrivé à TGT3, par exemple.

Wang humecta ses lèvres d'un coup de langue et déglutit bruyamment.

— Nous avons également perdu la trace de TGT3...

— Comment est-ce possible ? (Georges avança son buste au-dessus de la table) Dites-moi, agent Wang, comment est-il possible que vous ayez perdu la trace de TGT3 ? Personne ne surveillait son domicile ?

— C'est à dire que TGT3 était censée rejoindre la cible dans le parc, nous n'avons pas cru nécessaire de...

— Nous ? coupa-t-il. Nous ? C'est vous le chef d'escadron, Wang. C'est *vous* qui prenez les décisions ! Ne vous cachez pas derrière ce *nous* collectif, si l'opération a foiré, c'est entièrement de votre faute !

— J'en prends l'entière responsabilité, monsieur, dit Wang, l'air penaud.

— Ça ne vous a pas effleuré l'esprit une seule seconde de mettre un de vos hommes sur TGT3 ?

— C'est à dire que notre effectif était restreint et j'avais vraiment besoin de tous mes hommes pour couvrir toute la surface du parc.

Georges frappa sur la table du plat de la main. Wang sursauta et le claquement résonna brièvement dans la pièce.

— Vous n'allez quand même pas me sortir que vous manquez de moyens, Wang ? Nos clients n'ont fixé aucune limite financière quant à leur requête, ne faites pas comme si vous ne le saviez pas.

Il empoigna une théière en fonte et se servit une nouvelle tasse de Roiboos.

— Poursuivez, soupira-t-il.

— Comme je vous le disais, la deuxième intervention s'est déroulée à Bordeaux au 121, rue de la Course, au domicile de TGT2. Elle a collaboré à cent pour cent avec nos agents, c'est elle qui les a avertis de la présence de deux cibles chez elle.

— Là encore, ils vous ont glissé entre les mains.

— Ils ont sûrement eu une aide extérieure, car nous ne comprenons pas comment ils ont pu être au fait de notre arrivée.

— Et vous ne pensez pas que TGT2 ait pu être corrompue ?

— Ça paraît peu probable, c'est elle qui a donné l'alerte selon le protocole que nous lui avions suggéré. Les cibles sont restées à peine quelques minutes avant de s'enfuir, les échanges ont été brefs, il y a peu de chances que TGT2 ait été complice.

— Comment avez-vous réussi à perdre la trace des cibles ?

— Sauf votre respect, monsieur, les opérations dans des lieux publics bondés de monde sont extrêmement délicates. On ne peut pas se permettre d'attirer l'attention comme pourraient le faire les forces de l'ordre.

— Et donc ?

— Les cibles ont roulé jusqu'à une galerie commerciale et ont profité de la foule pour nous semer.

— Ils conduisaient ma voiture ?

— Un de mes hommes s'est rendu dans le parking où votre véhicule a été abandonné et, à l'heure qu'il est, il fait route jusqu'ici pour vous le restituer.

— Vous me le passerez au crible et le nettoierez avant de me le rendre.

— Naturellement, monsieur.

— Autre chose ?

— Nous essayons de prévoir leur prochaine destination. Mais nous n'avons que très peu d'informations pour étayer nos hypothèses. Ils semblent avoir de l'argent, ce qui rendrait leur nouveau mode de déplacement totalement incertain à ce jour.

— C'est à dire ?

— Nous ne pouvons pas savoir avec quel mode de transport ils vont se déplacer. Nous pensons qu'ils ont déjà quitté Bordeaux.

— Quelles sont les destinations possibles ?

— D'après nos projections, il y a 70 % de chances qu'ils retournent en Île-de-France, c'est là qu'ils sont le plus à même de pouvoir se faire aider. Les 30 % restant sont de l'ordre de l'inconnu et représentent un nombre trop grand de points de chute possibles.

— Comme ?

Il se racla la gorge et fit défiler des pages de sa tablette.

— Hum, il y a Toulouse par exemple. C'est là que réside TGT4, la petite amie d'une des cibles.

— Y a qui sur elle ?

Wang fit de nouveau glisser son doigt sur l'écran tactile.

— Protocole de surveillance de niveau orange.

— Mettez la main sur elle ! Ça nous laissera un coup d'avance. Brusquez-la un peu, histoire qu'elle comprenne que c'est du sérieux.

— Bien, monsieur.

— Autre chose ?

— Rien pour l'instant, monsieur.

— Vous pouvez disposer, Wang.

Alors que l'agent s'éloignait, Georges s'enfonça dans sa chaise et porta la tasse à ses lèvres. Le thé était brûlant, occasionnant des douleurs dans sa bouche et dans sa gorge. Il ferma les yeux. Il aimait ça.

CHAPITRE III

Le groupe emprunta le tramway jusqu'à la station Porte de Bourgogne. Là, ils prirent leur correspondance jusqu'à l'arrêt Stade Chaban Delmas, où ils descendirent.

L'avenue du Parc Lescure était bordée de petits immeubles de deux ou trois étages à l'architecture typique bordelaise. Les feuilles mortes tombées des deux colonnes d'arbres qui s'étiraient à perte de vue jonchaient les trottoirs et la chaussée.

Lorsqu'ils arrivèrent devant le numéro 7 de l'avenue, il était quelques minutes avant dix heures. Hugo semblait nerveux et jetait des coups d'œil de gauche à droite.

— On aurait dû suivre mon plan et faire comme pour Victor, dit le jeune homme.

— On joue la montre ici, Hugo, répondit Naima.

— On joue nos vies aussi !

— Il faut faire confiance à Vera. Regarde, ça fait déjà dix minutes qu'on est là plantés sur le trottoir, plus vulnérables que jamais, et il ne s'est rien passé.

— Elle n'a pas tort, enchérit Victor. Détendez-vous, mon brave, tout devrait bien se passer.

Le cliquetis d'une serrure qu'on déverrouille fit se retourner le petit groupe. Une porte s'ouvrit lentement et dans l'entrebâillement, le visage angélique de Vera Vandenberg apparut.

Naima fit un pas en avant pour s'approcher d'elle.

— Vous étiez à l'intérieur ?

— Oui, je vous expliquerai. Entrez vite !

Les quatre s'exécutèrent et pénétrèrent dans l'appartement. Devant eux, s'ouvrait un salon dépourvu de meubles avec dans le fond, une cuisine ouverte qui courait sur la totalité du mur. Là encore, en dehors des éléments intégrés, aucun bibelot ni aucune trace d'une quelconque utilisation.

— Suivez-moi à l'étage, dans le bureau d'Harold, il y a de quoi s'asseoir.

Elle se tourna pour détailler le groupe puis enchaîna :

— Peut-être pas pour tout le monde ceci dit...

Après avoir fait grincer les marches de l'escalier en bois, ils débouchèrent sur un petit couloir qui desservait deux pièces. L'une était le bureau d'Harold et l'autre, l'unique chambre.

Au milieu de cartons aux diverses inscriptions faites au marker, un bureau massif de style Art déco, deux chaises et un petit canapé en velours se battaient le volume de la pièce. Bertrand et Victor s'installèrent sur le sofa, Hugo prit une chaise et les deux femmes restèrent debout, laissant le siège de bureau vacant, comme si le fait qu'il appartenait à Harold lui conférait un aspect sacré.

— Vous avez passé la nuit ici ? demanda Naima de but en blanc.

— Oui. Je suis allée dîner chez une amie puis, ne sachant pas si j'étais toujours surveillée, j'ai préféré assurer le coup, laisser ma voiture chez elle et prendre le dernier tramway jusqu'ici. Pardonnez mon allure, mais j'ai dormi sur ce petit canapé... enfin, dormir n'est pas tellement le mot !

Ils esquissèrent tous un petit sourire. L'atmosphère se détendait un peu, mais Naima enchaîna très vite :

— Vous connaissez déjà Hugo, en revanche, voici Bertrand et Victor.

Elle voulut expliquer que c'était Bertrand Lesage qui avait imaginé le stratagème qui les avait tous conduits sur l'île de Saint-Riom, mais elle se ravisa, craignant que la responsabilité de la mort d'Harold ne soit rejetée sur lui.

— Vous... vous connaissiez Harold ? demanda timidement Vera.

— Non. Personne ne se connaissait. Nous sommes au cœur d'un mystère un peu long à expliquer, mais une chose est sûre, le temps nous est compté.

Vera se sentit défaillir. Son visage devint blême et elle s'avança vers la chaise de bureau pour s'y asseoir.

— Ça va aller ? demanda Victor dit-il en se levant du canapé.

— Oui, oui, merci. Je n'ai presque pas dormi de la nuit, je n'ai pas petit-déjeuné et là... avec l'émotion...

— C'est normal, dit calmement Naima. Vous voulez que j'aille vous chercher un verre d'eau ?

— Non, merci, ça ira. Je ne sais même pas s'il y a un verre ici...

Elle prit une grande inspiration et se redressa sur son siège.

— Qu'est-il arrivé à Harold ? Est-ce qu'il est vraiment...?

Les regards pointèrent vers le sol, l'émotion gagnait peu à peu l'assemblée, personne n'osait parler. Finalement, se sentant peut-être coupable de l'issue malheureuse de toute cette histoire, Bertrand rompit le silence :

— Antarès avait infiltré un agent dans notre groupe. Il a fait deux victimes dans la mission qui était la sienne.

— Je ne comprends pas, dit-elle en sanglotant, quelle mission ? Pourquoi mon mari ?

— Nous pensons qu'Antarès cache un lourd secret et qu'ils sont prêts à tout pour le conserver. Harold détenait peut-être des informations capitales, peut-être a-t-il succombé à un interrogatoire, nous n'en savons pas vraiment plus. La seule chose dont nous soyons sûrs est que nous courons tous un grand danger et que notre seule porte de sortie est de découvrir ce secret et de l'utiliser comme monnaie d'échange contre Antarès. C'est pourquoi, nous...

— Où est-il ? le coupa-t-elle. Où est Harold ? Où est son corps ?

Bertrand jeta des regards furtifs vers ses compagnons d'infortune en quête de soutien. Personne ne réagit. C'était donc sa pénitence, sa punition, il allait devoir prendre cette lourde responsabilité ?

Il serra les poings jusqu'à s'en faire blanchir les jointures. Qu'allait-il répondre ? Il devait à la veuve une explication, mais n'était-ce pas trop dangereux à ce stade ? S'il lui disait la vérité, comment pourrait-elle résister au besoin d'avertir les autorités et faire rapatrier le corps de son mari ? S'il lui mentait, n'était-il finalement pas pire qu'Antarès et leurs méthodes barbares ? Du reste, pas moyen de savoir ce qu'Eugénie et ses complices avaient fait du corps d'Harold. L'avaient-ils laissé pourrir dans cette vieille cabane de pêcheur délabrée, à la merci de la marée, ou s'en étaient-ils débarrassé pour effacer leurs agissements criminels ?

Il opta finalement pour le mensonge, préférant assurer sa sécurité et celle de son groupe. Il n'était pas croyant pour un sou, mais aurait juré que ce qu'il était sur le point de faire l'enverrait directement en enfer.

— Nous ne savons pas où nous avons été emmenés, c'est une histoire de fous... je suis désolé, madame, je n'en sais pas plus que vous en fin de compte.

Si les trois autres avaient été étonnés ou même choqués par sa réponse, ils ne le montrèrent pas. Peut-être eux aussi avaient-ils jugé qu'il en était mieux ainsi ?

— Harold avait des billets de train pour la Bretagne...

— Nous aussi, la coupa-t-il. Nous nous sommes tous retrouvés au même endroit...

Il hésita une fraction de seconde. Il allait dire qu'ils s'étaient tous retrouvés à Paimpol, mais si elle ne connaissait pas cette information ou ne s'en souvenait pas, il était préférable, selon lui, de la taire. L'île de Saint-Riom était la première île accessible depuis le port, le rapprochement serait trop vite fait avec Paimpol. Une nouvelle fois, le risque était trop grand.

— Ensuite, nous avons tous été conduits dans un lieu secret. Pour le reste... enfin... vous savez maintenant.

Il baissa les yeux. La honte le submergeait. L'instinct de survie avait été plus fort, comme souvent pour l'Homme dans les situations extrêmes.

Voyant Bertrand gêné, Naima sembla compatir. Il ne saurait jamais si c'était pour elle une façon de le remercier d'avoir menti pour protéger leur groupe ou autre chose, mais elle vint à sa rescousse en reprenant la main sur la conversation :

— Désolée d'être un peu brusque, mais comme je vous le disais, le temps nous est compté et pour nous, pour la mémoire d'Harold, il est capital que nous découvrions le rôle de chacun dans ce gigantesque puzzle.

— J'ai peur de ne pas vous saisir, soupira la veuve.

— Disons qu'on cherche à nous éliminer, car nous savons des choses qui pourraient, mises en commun, nuire à une multinationale de l'industrie pharmaceutique.

— Antarès... dit Vera dans un chuintement presque inaudible.

Naima écarquilla les yeux et fit un pas en avant. Son sang de journaliste commençait déjà à chauffer.

— Votre mari avait-il un rapport avec eux ? demanda-t-elle.

— Harold est... était médecin, j'imagine que le nom a dû sortir quelques fois lors de conversations.

— Que faisait exactement votre mari, madame ? demanda Bertrand.

— Il faisait de la recherche en épidémiologie à l'institut de médecine. Si vous cherchez quoi que ce soit, tous ses dossiers sont ici.

Elle décrivit un grand cercle de la main, désignant les armoires et autres cartons qui peuplaient le bureau.

— Je veux savoir où est le corps de mon mari ! dit-elle en sanglotant.

Elle se pencha en avant, comme pour se recroqueviller et plongea le visage dans ses mains. Elle pleurait à chaudes larmes.

Émue, Naima s'approcha d'elle et posa une main amicale sur son épaule.

— Je vous donne ma parole que nous allons venger votre mari et faire tout le nécessaire pour que vous puissiez lui offrir les funérailles qu'il mérite et ainsi entamer votre deuil, dit la jeune femme d'une voix douce.

Ils laissèrent quelques minutes de répit à la veuve dans un silence qui n'était rompu de temps à autre que par les faibles gémissements de Vera Vandenberg.

Lorsqu'elle fut un peu calmée, Naima en profita pour lancer sa requête :

— Vera, est-ce que vous nous autorisez à examiner les dossiers de votre mari ? Nous pourrions y trouver des informations de la plus haute importance.

La veuve releva la tête et renifla, le visage bouffi par la tristesse.

— Faites ce que vous voulez ! Ça ne me ramènera pas Harold, mais si ça peut aider...

— Merci de nous faire confiance, dit Naima.

— J'ai tout perdu... il ne me reste plus rien... si vous me trahissez, ma vie n'en sera pas pire.

Vera se leva et se dirigea vers la porte.

— Je vous laisse, je serai dans la pièce d'à côté.

Naima attendit quelques secondes qu'elle disparaisse dans le couloir pour adresser un hochement de tête à Hugo. Le feu vert venait d'être donné.

Les hommes se répartirent les cartons tandis que Naima s'affairait sur l'armoire métallique. On n'entendait plus dans la pièce que des bruits de froissements de papier, de frottements de carton sur le sol et de grincements de chaises et de tiroirs. Les minutes s'égrainèrent laissant place aux heures.

Vers midi, alors qu'Hugo était occupé à remettre des chemises en carton dans une boîte qu'il venait de finir de compulser, Bertrand fut attiré par un détail. Il abandonna sa besogne et marcha lentement en direction du jeune homme.

Dos tourné, Hugo ne le voyant pas s'approcher de lui poussa le carton contre le mur et se saisit d'un autre à sa droite.

— Attends ! lui dit Bertrand, je crois que j'ai vu quelque chose.

Naima et Victor stoppèrent immédiatement toute activité. Le temps parut suspendu.

Bertrand se pencha et parcourut les dossiers à la manière d'un mélomane cherchant la perle rare dans un magasin de disques vinyle.

Il s'arrêta sur une chemise cartonnée de couleur grise où un gros logo affichait un triangle noir au centre d'un carré. Il l'extirpa de la boîte et le posa délicatement sur le bureau comme si c'était la chose la plus précieuse du monde.

Les trois autres se rapprochèrent lentement pour former un demi-cercle autour de lui.

Il leva la tête et regarda un par un ses comparses. Il plongea la main à l'intérieur de sa veste et brandit la feuille, pliée en deux, sur laquelle il avait imprimé la photo où l'actuel ministre de la Santé se trouvait parmi une assemblée d'hommes d'Antarès.

Sur une des piles de dossiers éparpillés sur la table devant l'homme d'État, une chemise cartonnée ressemblant étrangement à celle trouvée par Bertrand trônait en évidence au-dessus du tas.

— C'est le même dossier ! lança Bertrand.

— Ouvrez-le ! tonna Naima.

Bertrand ouvrit grand la chemise pour que chacun puisse y jeter un œil. Tout le monde put lire le titre : « *Simulations et prospectives épidémiologiques* ».

Après quelques secondes, Victor s'avoua vaincu :

— Je n'y comprends rien.

— Hugo, tu peux nous feuilleter ça et nous dire de quoi il s'agit ? On ira plus vite si un seul d'entre nous s'en charge.

— Pourquoi moi ? objecta-t-il.

— C'est toi le petit génie, non ? Tu es le seul à avoir un bagage scientifique suffisant pour être à même de comprendre ça et puis, s'il existe un quelconque rapport dans ce dossier avec les activités d'Agritec, tu seras le seul à pouvoir l'identifier.

Bertrand s'obstina à terminer la première page avant de passer le document à l'ingénieur qui l'empoigna et s'installa dans le canapé pour compulser le dossier.

Naima sortit de la pièce pour rejoindre Vera tandis que Victor et Bertrand continuèrent à fouiller les cartons en quête de n'importe quel indice qui pourrait les faire avancer dans leurs recherches.

Après trois petits coups sur la porte, Vera invita Naima à entrer.

— Comment vous sentez-vous ?

— Comme quelqu'un qui a l'impression d'avoir perdu son mari pour la deuxième fois...

Le ventre de la journaliste se serra. Elle aurait voulu pouvoir lui dire où était le corps d'Harold, mais avant d'en savoir plus, elle estimait inutile de prendre des risques inconsidérés. La culpabilité la rongeait et elle se demanda si elle n'était pas, après tout, le véritable moteur de sa bienveillance auprès de Vera.

— Vous allez bientôt pouvoir rentrer chez vous. Je pense que nous avons trouvé ce que nous cherchions. Vous nous avez été d'une très grande aide.

— Si j'ai pu au moins servir à ça...

— Nous n'en avons plus que pour quelques minutes, nous ne voulons pas laisser derrière nous une nouvelle preuve. Après ça, reposez-vous et demain, allez voir la police et déposez une plainte pour disparition inquiétante. Si vous sentez que vous êtes suivie, restez discrète. Le stratagème que vous avez utilisé pour nous rejoindre ici était parfait, je sais que vous saurez en imaginer un nouveau.

Un silence.

— Qu'est-ce que je dis dans ma déposition ? Je suppose qu'il ne faut pas que je vous mentionne ?

— Tenez-vous-en à Harold et son départ pour la Bretagne. Dites la vérité, racontez l'histoire du courrier, de l'héritage et des billets de train.

— Et si on me questionne plus en profondeur ?

Naima soupira. Elle ne pouvait pas s'opposer à la volonté d'une femme en deuil.

— Dites ce qui vous semble pertinent en votre âme et conscience. Vous ne nous devez rien, si vous sentez que vous devez parler de nous à la police, faites-le. Laissez-nous simplement une bonne journée d'avance, je sens que notre cavale n'est pas tout à fait terminée...

— Ne vous en faites pas, je suis épuisée, je ne ferai rien aujourd'hui à part me reposer. Je verrai bien demain...

Naima entendit les bribes d'une discussion dans la pièce adjacente puis des bruits de pas qui s'approchaient.

Bertrand apparut dans l'entrebâillement de la porte.

— Hugo croit être sur quelque chose. Vous venez écouter ce qu'il a à dire ?

Elle jeta un regard à Vera qui lui répondit d'un clignement d'yeux, semblant vouloir dire qu'elle était libérée de leur conversation.

— Tu as lu le rapport ? fit Naima en entrant dans le bureau.

— Dans les grandes lignes, oui. Vous savez, je ne pense pas être plus compétent que vous pour comprendre ça, mais Bertrand avait raison, j'ai peut-être identifié un lien avec mon activité.

Naima était tout ouïe, elle s'assit sur le bureau, au plus près de l'ingénieur.

— En gros, Harold a fait une étude épidémiologique de plusieurs cas bien précis qui semble être une sorte de prospective de ce qui « pourrait arriver si », dit-il en mimant des guillemets avec ses doigts. Ça ressemble à une commande faite par le ministère de la Santé et je dois vous dire que c'est plutôt très alarmiste ! On y parle d'influenziavirus A (H10N7) avec plusieurs souches dans le Sud-Ouest...

— Influ quoi ? coupa Victor.

— Influenziavirus. C'est le nom scientifique de la grippe. La grippe A, pour être précis. Il faudrait que je fasse une petite recherche internet pour en savoir plus sur le type H10N7, mais c'est surtout le résultat de l'étude qui compte. Il apparaît qu'Harold et le personnel de son institut ont procédé à des simulations à l'aide d'intelligences artificielles et elles arrivent toutes à la même conclusion. Il se pourrait que trois à cinq millions de personnes soient infectées, certaines projections arrivent même jusqu'à dix millions.

— C'est énorme ! dit Naima.

— Oui, ça fait froid dans le dos. Les cas les plus graves surviendraient avec un virus qui aurait muté. Chose qui arrive très fréquemment avec la grippe, c'est pour ça qu'il est difficile de s'en prémunir contrairement aux autres maladies.

— Tu parlais d'un lien avec Agritec, c'est quoi ? demanda Naima.

Elle ne s'arrête donc jamais, celle-là ? pensa-t-il.

— J'y viens. Je me dis que si le père de Bertrand a bien fait son travail et qu'il m'a considéré comme une pièce du puzzle, alors la seule chose que je puisse voir est le fait que les souches partent toutes du Sud-Ouest.

— C'est tout ? juste parce qu'Agritec est située dans cette région ? lâcha Naima en se levant. C'est mince, non ?

— C'est encore très flou dans mon esprit, mais j'ai peut-être une piste. Pour ça, il me faut absolument pouvoir consulter des fichiers qui sont sur mon ordinateur...

Petit malin, tu nous amènes gentiment vers ta Sophie, se dit la journaliste.

Elle sourit puis le relança :

— On t'écoute, c'est quoi ton plan ?

— On va à Toulouse récupérer mon ordi et si je trouve quelque chose, on aura du lourd, je pense.

— Tu veux pas nous en dire plus ?

Il soupira.

— C'est compliqué à expliquer et puis je ne veux donner de faux espoirs à personne.

— Des trucs de petit génie, quoi, fit Naima accompagnée d'un clin d'œil.

Hugo sourit en réponse et osa lui aussi un clin d'œil dont il ne fut pas sûr qu'elle le vit, car elle avait déjà tourné la tête.

— Bertrand, j'ai bien l'impression qu'on va vous mettre à sec.

Il ajusta ses lunettes et fit une mine étonnée :

— Et pourquoi donc ?

— On part pour Toulouse et il va nous falloir une voiture de location.

Au fond de lui, Hugo jubilait à l'idée de revoir sa petite amie.

***

Son boss avait beau lui rabâcher que les moyens étaient illimités, sa mission était très sensible et placée sous le plus haut degré de secret. Recruter des hommes dans ces conditions était une tâche qui frôlait l'impossible, même avec tout l'argent du monde. La discrétion et le silence sont des choses qui peuvent s'acheter, mais pas être contrôlées sur la longueur.

Ce job-là ne nécessitait pas plus de deux hommes, c'est pourquoi Wang rejoignit personnellement un de ces agents déjà sur place depuis le matin même. Les affaires courantes l'avaient quelque peu retardé et contraint de rester un peu plus longtemps dans la capitale, mais après les échecs de Saint Maur et Bordeaux, l'erreur n'était plus permise. Il ne déléguerait plus, il irait personnellement s'en occuper. On n'est jamais mieux servi que par soi-même.

Depuis l'aéroport, Wang loua une voiture sous un faux nom et roula un petit quart d'heure avant de longer la Garonne par l'avenue de Muret. Au niveau des îles du Ramier, dans le quartier de la Croix de pierre, il chercha une place — qu'il trouva — non loin du 344 route de Seysses, là où le couple Girardi vivait depuis désormais quelques années.

Hors de son véhicule, il emplit ses poumons de cet air doux et apaisant que seules les villes du Sud peuvent produire en cette période de l'année. Il envoya sa position GPS par message à son agent.

À une dizaine de mètres plus loin, il le vit qui s'extirpait de sa voiture pour le rejoindre. Un beau bébé de près de deux mètres aux mains gigantesques qui baragouinait à peine quelques mots de français. L'anglais était leur seul moyen de communiquer bien que celui de l'agent soit rudimentaire.

Les deux hommes n'auraient de toute façon pas besoin de beaucoup se parler. D'après toutes les informations qu'ils avaient en leur possession, ils avaient été en mesure d'établir une routine de leur cible pour chaque jour de la semaine avec un taux de certitude avoisinant les quatre-vingt-dix pour cent. Le plan était simple : s'introduire dans l'appartement en crochetant la serrure et attendre le retour de la cible.

À 12 h 5, les deux agents entendirent des cliquetis de clef à l'extérieur, provenant de la porte d'entrée. L'immense Bogdan se plaqua contre le mur et lorsqu'il vit une main sur la poignée qui poussait le panneau vers l'intérieur, il lança son bras, saisissant le frêle poignet de la jeune femme, et la tira violemment en avant. Elle étouffa un cri qu'elle ne put terminer, la bouche emprisonnée dans la main énorme de l'agent qui lui recouvrait presque tout le visage.

Ils la bâillonnèrent rapidement et l'installèrent au milieu de la salle de bain, sur une des chaises qu'ils avaient prises dans le salon. Bogdan ligota ses poignets derrière le dossier du siège avec un collier de serrage et son sexe commença à durcir. Si Wang n'avait pas été là, il n'aurait pas pu résister aux atouts de la blonde. Il préférait les brunes, évidemment, mais la fraîcheur et la douceur de cette peau qu'il avait touchée l'avait excité. Forcée de se tenir droit, le buste en avant à cause de ses mains entravées dans son dos, ses deux seins formaient deux belles bosses à travers la laine de son pull. Ah, si son boss n'avait pas été là...

Bogdan prit une des serviettes suspendues à une barre de métal vissée au mur et la passa sous l'eau. Wang avait fouillé la cuisine et avait finalement trouvé ce qu'il cherchait : un seau.

Tandis que le Serbe appliquait le linge humide sur le visage de la jeune fille, Wang remplissait le récipient à l'aide du pommeau de douche.

L'interrogatoire de Sophie allait pouvoir commencer.

***

À la réception de l'hôtel, un jeune homme leur indiqua l'agence de location de voitures la plus proche, située à trois cents mètres à peine sur le cours Édouard Vaillant qui longeait le bâtiment. Naima avait insisté sur le fait de choisir une grande enseigne.

L'agence se situait au premier sous-sol d'un grand parking et le petit groupe y fut conduit en suivant de grands panneaux signalétiques verts à l'effigie de la marque. Une odeur âcre leur piqua les narines, mélange écœurant d'odeurs de pneus et d'embrayages malmenés. Une sorte de caisson semblable à ceux que l'on voit sur les chantiers servait d'accueil. De grandes affiches s'excusaient platement de la gêne occasionnée par les travaux et indiquaient que l'agence faisait peau neuve. Cela avait tout du provisoire qui s'installe un peu trop dans le temps. Une pensée furtive jaillit dans l'esprit de Naima et elle se rappela les interminables finitions qu'avait promis de faire son ex dans leur appartement lorsqu'ils s'étaient enfin décidés à emménager ensemble. Ils avaient rafraîchi les pièces à coup de peinture blanche et les fiches électriques et autres interrupteurs avaient été sortis des murs, mais jamais vraiment remis à leur place. Elle avait constamment redouté le jour où elle se serait électrisée dans la salle de bains avec une prise qui aurait passé des mois à nu.

Naima coupa le fil de ses pensées quand Bertrand s'arrêta à quelque mètres de l'Algeco.

— Je viens de penser à quelque chose... je n'ai pas mon permis sur moi !

Le détail était tout bête, mais important. Les rescapés de l'île avaient laissé à Saint-Riom bien plus que des plumes. Sans permis, sans même de papiers d'identité, leur cavale allait s'avérer bien plus compliquée que prévue.

Naima semblait tout à coup absorbée par ce qui passait à quelques mètres du groupe et leur proposa de se mettre discrètement sur le côté, derrière un gros véhicule. Perplexes, les hommes s'exécutèrent et observèrent.

Une berline de marque allemande venait d'apparaître dans le parking et vint se garer sur l'une des places réservées à l'enseigne de location de voitures.

Un homme visiblement pressé sortit du véhicule, en fit rapidement le tour puis chercha du regard la petite guérite. Un agent habillé d'un uniforme vert à l'effigie de la marque le remarqua et lui fit un signe indiquant un petit comptoir non loin de l'accueil. L'homme hocha la tête et l'agent retourna à sa besogne, celle de faire le tour des véhicules restitués, d'en noter les éventuels dégâts et de vérifier si le plein avait bien été fait.

— Regardez, chuchota Naima, sur le comptoir là-bas ! Il y a des dizaines de clefs qui nous attendent.

— Vous ne pensez tout de même pas qu'on va voler une voiture ? s'exclama Bertrand.

— Ce sera un emprunt.

Un sourire barra le visage d'Hugo et ses yeux parurent s'illuminer. Il était visiblement beaucoup plus enclin à suivre Naima dans ses plans depuis qu'il savait qu'il allait rejoindre sa ville et sa douce, même s'il fallait pour cela enfreindre la loi.

— C'est génial ! dit-il.

— Génial ? enchérit Bertrand. Vous trouvez ça génial de commettre un délit dans notre situation ? On aura la police à nos trousses qu'on ne sera même pas sortis de la ville !

— Justement, non ! Il faut prendre la BMW que le gars vient de ramener et tout ira bien.

— Voler ! Il faut *voler* cette voiture, vous voulez dire ?!

— Emprunter, répondit-il en adressant un clin d'œil à la jeune femme qui lui renvoya un sourire. Je crois que je vois ce à quoi pense Naima. La berline que le type vient de garer n'a pas encore été contrôlée par l'agent donc techniquement, elle est toujours en location. Si on s'empare des clefs et qu'on l'*emprunte*, elle ne sera pas considérée comme volée, mais comme « pas encore restituée ».

— Qu'est-ce ça change ? dit nerveusement Bertrand en haussant les épaules.

Naima prit le relai :

— Ça nous laisse beaucoup de temps, une bonne journée, plus si on a de la chance. Vous avez vu le gars ? Bien habillé, voiture de luxe, à mon avis, il doit avoir contracté un forfait ou quelque chose dans le genre auprès de l'agence. L'employé avait l'air de le connaître, c'est un habitué. Si on *emprunte* sa voiture, elle ne sera certainement pas entrée dans le système comme manquante, ils factureront simplement une journée de plus au client et, avant que quiconque se rende compte de quoi que ce soit, on sera déjà loin.

Bertrand chercha du soutien dans le regard de Victor. Ce dernier haussa les épaules à son tour en fermant les yeux. Advienne que pourra.

— Ça se tient.

À peine eut-il terminé sa phrase que Naima s'élançait déjà en direction du comptoir. L'agent entra quelques indications sur sa tablette électronique puis s'occupa du véhicule d'à côté. Lorsqu'il pénétra dans une petite citadine pour y relever la jauge de carburant, elle accéléra le pas et s'empara des clefs. En quelques petits bonds, elle se retrouva rapidement à côté de la portière conducteur de la BMW. Elle jeta un dernier regard à l'employé qui était toujours le nez collé sur sa tablette puis s'enfonça dans l'habitacle feutré de la berline de luxe. Elle s'emplit les poumons de cette caractéristique odeur du neuf et démarra.

Lorsqu'elle quitta le parking, l'agent, absorbé par sa tâche, n'avait même pas réagi au bruit du moteur.

Hugo, Bertrand et Victor ne s'attendaient pas à ce que Naima parte seule et pendant quelques secondes, l'idée fugace qu'elle ait pu les laisser derrière elle leur traversa l'esprit, mais ils comprirent rapidement qu'il leur fallait sortir du parking et la rejoindre au plus vite.

Dehors, au coin de la rue, la berline les attendait.

— Sièges chauffants, régulateur de vitesse, GPS intégré, cette bagnole est d'enfer ! s'exclama Naima alors que le reste du groupe pénétrait dans l'habitacle.

Hugo, qui connaissait bien Toulouse et ses environs, s'était proposé de conduire, mais la jeune femme avait refusé gentiment. Il s'était alors contenté du siège passager.

— Ne dépassez pas la limite de vitesse ! lança Bertrand.

Naima se retourna et lui lança un regard noir.

— Hugo, tu peux entrer ton adresse dans le GPS, ça nous donnera une indication de la distance et on avisera quand on sera à proximité.

Le jeune homme pianota les informations sur l'écran tactile et opta pour la fonction qui permet d'éviter les sections à péage.

Le trajet avait duré un peu plus de cinq heures avec un seul arrêt pour se sustenter. À peine trois cents kilomètres pour plus de cinq heures de route, ça ressemblait à la France d'avant, celle d'avant les autoroutes. Ça avait le mérite d'être une façon de voyager beaucoup plus anonyme, un moyen bien connu des malfrats recherchés par la police.

Hugo avait entré *344, route de Seysses* dans le GPS, mais lorsqu'ils s'approchèrent de leur destination, il eut un sursaut de lucidité.

— Attendez ! dit-il à Bertrand qui avait pris le volant à la suite de leur unique pause.

— On ne va pas aller directement chez moi...

— Ah oui ? Et votre ordinateur ? Et votre petite amie ?

— Je préfère prendre toutes les précautions.

Il se pencha vers le centre du tableau de bord et pianota une nouvelle adresse.

Naima, qui pointait sa tête entre les deux sièges à l'avant, semblait être sortie de sa léthargie :

— On va où ?

— Allons-y, je vous expliquerai, dit Hugo, laconique.

Leur destination était à moins de trois minutes du domicile d'Hugo et Sophie, et Bertrand se gara dans le parking d'une petite résidence aux immeubles jaune pâle. L'ingénieur avait fait signe à tout le monde de le suivre et ils marchèrent quelques mètres jusqu'au pied du bâtiment le plus proche.

Hugo s'approcha de l'interphone et, sans même avoir pris le temps de parcourir la liste des noms, appuya sur un des boutons.

Un buzz. Le silence puis le son d'une voix filtré par un petit haut-parleur :

— Oui ?

— Bonjour, Maurice, c'est Hugo ! dit-il très fort.

— Ah ! Quelle bonne surprise ! Entre !

La porte se déverrouilla et le jeune homme fit un geste du bras, invitant ses comparses à entrer.

Alors qu'ils attendaient l'ascenseur, Naima, qui trépignait depuis qu'ils s'étaient garés, lança :

— Tu nous expliques ?

Hugo se tourna vers eux, comme s'il allait donner une conférence :

— C'est Maurice, un petit vieux super sympa à qui Sophie rend visite tous les jours. Elle lui administre des soins pour son diabète, je crois. Ça fait déjà quelques années maintenant et, comme je l'accompagnais parfois, à force, on s'est pris d'amitié et il est devenu une sorte de membre de la famille.

Un bref son aigu indiqua que l'ascenseur était là.

Alors que les portes s'ouvraient, Hugo continua son laïus :

— J'imagine que Sophie est aussi surveillée que l'étaient les autres, c'est pourquoi j'ai pensé, au dernier moment, qu'il était trop risqué d'aller directement chez moi. Il suffit de monter chez Maurice — Sophie passe tous les jours — y a juste à l'attendre. C'est uniquement le week-end qu'elle est relevée par une autre infirmière.

Ils firent tous un bref hochement de tête et pénétrèrent dans l'ascenseur.

***

— Stop ! tonna Wang.

Bogdan posa le seau encore rempli d'eau et retira le linge mouillé du visage de Sophie. Elle avait tellement pleuré que ses yeux étaient gonflés et injectés de sang. Elle toussa jusqu'à s'en faire presque vomir et, dans un geste réflexe, elle voulut essuyer le liquide visqueux qui s'écoulait de son nez. Mais ses mains étaient toujours fermement entravées aux pieds de la chaise. Sa poitrine se soulevait rapidement, sa respiration était bruyante, pareille à celle d'un asthmatique en pleine crise.

L'agent Wang détacha quelques secondes les mains de Sophie pour les désolidariser de la chaise et les ligota de nouveau ensemble immédiatement après.

— Allez, c'est fini, lève-toi.

Lorsqu'elle entendit ces quelques mots, Sophie explosa en sanglots. Était-ce la peur que ses bourreaux aient menti et que tout cela recommence ou le soulagement que la torture se terminait enfin ?

Il lui laissa quelques secondes de répit puis, s'impatientant, la força à se redresser puis à se mettre debout. Wang la conduisit dans la chambre et la déposa sur le lit un peu plus brusquement qu'il ne l'aurait voulu. Après tout, elle avait subi une des pires techniques d'interrogatoire qu'il connaissait. Cette fille avait du cran. Il était évident qu'elle ne savait rien ni où était son compagnon ni ce qu'il savait au sujet d'Antarès. Il s'était toujours interdit de ressentir quoi que ce soit pour les personnes qu'il devait interroger... ou tuer. Pour lui, ils étaient seulement du bétail, des marchandises dont ils disposaient pour faire son métier. Chacun son job.

Malgré ce précepte qu'il s'était imposé, Wang ne put s'empêcher de ressentir une forme de respect pour cette fille. Dans tous les cas, elle en avait bavé pendant près d'une demi-heure, elle avait bien droit à son lit et à un peu de tranquillité. Le reste de la mission était simple : fouille de l'appartement et attente de l'éventuel retour de la cible : Hugo Girardi.

Lorsqu'il claqua légèrement la porte en sortant de la pièce, Sophie sursauta. Elle ferma les yeux, enfonça son visage dans les draps et pleura tout ce qu'elle put.

CHAPITRE IV

Hugo approcha son doigt du bouton d'une sonnette où le nom de Maurice Vallot était écrit à la main sur un papier autocollant.

Quelques secondes plus tard, la porte s'ouvrit sur une petite personne qui semblait minuscule à côté du jeune homme. Maurice portait de grosses lunettes carrées sur un visage rond et ridé. Il avait passé une robe de chambre épaisse par-dessus ses habits et se déplaçait par saccades, chaussé de grosses pantoufles fourrées.

— Salut, Maurice ! Tu vas bien ?

— Salut, jeune ! Entre, entre, tout le froid du couloir va rentrer chez moi !

Il se décala sur le côté pour laisser passer Hugo puis il remarqua ceux qui l'accompagnaient. Il leva deux sourcils broussailleux, mais ne dit rien, laissant sa mine perplexe transmettre le message.

— C'est des amis, on voudrait faire une surprise à Sophie. On peut entrer ? et je t'explique.

Marcel resserra la ceinture de sa robe de chambre et acquiesça.

— Mettons-nous dans le salon, on sera plus à l'aise.

Le groupe suivit le petit homme et chacun prit place sur les deux canapés du living. Quand tout le monde fut assis, Maurice reprit la parole :

— C'est quoi cette surprise, alors ?

Hugo s'affubla de son air le plus enjoué pour répondre :

— C'est l'anniversaire de Sophie aujourd'hui et je me suis débrouillé pour faire venir ses amis sans qu'elle ne le sache. Je me suis dit que ce serait drôle de lui faire la surprise pendant sa tournée. Quand elle viendra faire tes soins, on sortira de notre cachette et elle n'en reviendra pas.

Maurice ne dit rien puis toisa Naima, Victor et Bertrand. Un par un. La jeune femme se demandait si en les passant en revue, le petit vieux pouvait déceler le mensonge qu'Hugo venait de lui servir.

Mais leur hôte fit un grand sourire et parut enchanté par l'idée.

— J'en oublierais presque mes bonnes manières. Qu'est-ce que je peux vous offrir à boire ?

Naima, qui trouvait la température de la pièce beaucoup trop basse à son goût, opta pour un thé et l'idée parut plaire à tout le monde qui suivit son exemple.

La grande aiguille de l'antique horloge du salon avait déjà fait plus de deux tours et les sujets de conversations commençaient à se faire plus rares. Les silences étaient de moins en moins espacés et de plus en plus longs. La gêne laissa rapidement place à l'inquiétude. Les rescapés de l'île de Saint-Riom n'avaient pas pu oublier leur situation, même après le fugace réconfort apporté par la saveur douce et chaude d'un earl grey parfaitement infusé.

Sur le canapé, Hugo remuait de plus en plus. Une impatience mêlée d'inquiétude le gagnait.

— On est d'accord que Sophie n'est pas passée avant qu'on arrive, rassure-moi ?

— J'y vois peut-être pas à deux mètres, mais j'ai encore toute ma tête mon cher ! dit-il avec son accent chantant. Quelle heure est-il ?

Il leva la tête vers l'horloge sur le mur en face.

— Elle aurait déjà dû passer, oui.

Hugo se leva d'un bond. Plus aucune trace d'enthousiasme ne pouvait se lire sur son visage. La malédiction les poursuivait donc.

— Comment ça, elle aurait déjà dû passer ? dit-il en proie à un début de panique.

— Tu sais, elle vient quand même à des horaires plutôt fixes, mais bon, elle va venir, ça arrive parfois qu'elle soit un peu en retard.

Hugo se tourna vers ses comparses comme pour chercher leur soutien, mais ils affichèrent tous des mines graves. Dans ces circonstances hors du commun, un petit changement dans le quotidien des personnes qui étaient liées à eux signifiait bien plus qu'un simple contretemps.

Hugo erra lentement dans la pièce sans but précis puis s'arrêta net et s'adressa à Maurice :

— Et si tu lui passais un coup de fil, hein, Maurice ?

— Appelle-la toi si tu veux.

— Et risquer de gâcher la surprise ? Non, toi, appelle-la et demande-lui si elle compte toujours passer administrer tes soins. On ne va pas faire attendre ses amis et te déranger plus longtemps si en fin de compte c'est une autre infirmière qui passe ou si elle pense venir plus tard dans la journée.

Maurice sembla étudier la proposition puis marcha en direction du couloir d'entrée.

Sur un petit meuble étroit près de la porte, un téléphone portable à clapet était disposé au milieu d'enveloppes décachetées et de bouts de papier bristol. Il ouvrit l'appareil, l'éloigna de son visage comme pour mieux distinguer le clavier puis fit une pause et se tourna vers le groupe :

— Je lui dis quoi déjà ?

— Tu lui demandes simplement quand elle compte venir ! répondit Hugo.

— Mais je ne dis pas que toi et tes amis sont ici ?

— Non ! (Hugo esquissa un sourire malgré son appréhension, pour donner le change) On veut lui faire une surprise !

— Très bien.

Le petit vieux reprit l'action qu'il avait mise en suspens et composa le numéro de Sophie.

***

L'agent Wang installa un ordinateur portable sur la table du salon et y brancha un dispositif consistant en un boîtier noir muni de deux antennes. Bogdan alla se servir un verre d'eau dans la cuisine puis observa Wang en silence, attendant visiblement les prochaines instructions.

Son supérieur ne lui adressa pas un regard pendant une dizaine de minutes puis il regarda sa montre et se décida enfin à lui parler. Wang voulait maximiser leurs chances d'appréhender leurs cibles et avait décidé qu'il se mettrait en planque devant l'immeuble. Il garerait sa voiture dans un endroit où il pourrait observer sans être vu et attendrait le temps qu'il faudrait.

— Bogdan, tonna-t-il, *I go now*[3].

Il fouilla dans un gros sac de sport noir et en extirpa deux talkies-walkies. Il en lança un en direction du molosse.

[3] J'y vais, maintenant

—*Any problem? You call me*[4], dit-il en désignant l'appareil.

Wang rabattit l'écran de l'ordinateur dans un claquement feutré puis sortit de l'appartement.

D'abord, Bogdan fit le tour de la pièce, curieux, s'arrêtant sur les photos épinglées sur les murs ou affichées sur le frigo à l'aide d'aimants en formes de drapeaux de pays étrangers. Il s'arrêta sur une belle photo encadrée, trônant sur une commode au fond du salon où l'on voyait Sophie et Hugo, souriants et heureux. Il passa lentement son index sur le visage de papier glacé de Sophie puis vint s'asseoir sur le canapé.

Quelques magazines étaient disposés sur une table basse devant lui. Il se pencha pour y jeter un œil et fit la moue quand il vit que le texte était en Français. Il s'enfonça dans le cuir moelleux du canapé et ferma les yeux.

Quelques minutes plus tard, il entendit renifler dans la chambre d'à côté et le souvenir de Sophie se rappela à lui. Bogdan ouvrit les yeux puis étudia la situation. Wang était parti, il ne reviendrait pas avant des heures. Tout dépendait de la cible et de son potentiel retour ici, chez lui.

Il se leva et alla verrouiller la porte d'entrée. Si Wang revenait plus tôt que prévu, il ne pourrait pas faire irruption dans l'appartement sans que Bogdan aille

---

[4] S'il y a le moindre problème, appelle-moi.

lui ouvrir. Un bon point. Il emplit ses poumons de l'air chaud de la pièce et se dirigea lentement vers la chambre.

Les battements de son cœur s'accélérèrent légèrement sous le coup de l'excitation. Il ouvrit la porte et découvrit Sophie, allongée sur le côté, son dos face à lui. Il laissa glisser son regard sur les fesses rebondies de la jeune fille puis, plus à gauche, à quelques centimètres, il aperçut ses mains ligotées dans son dos. Un éclair de dopamine faillit le faire tressaillir et il eut immédiatement une érection.

Sophie semblait l'avoir entendu entrer, mais ne daigna pas bouger.

Il fit quelques pas en direction du lit puis s'accroupit. Quand sa main caressa la cuisse de Sophie, elle sursauta et fit pivoter son cou le plus qu'elle put pour voir le visage de Bogdan. Leurs regards se croisèrent, l'un plein de désir, l'autre plein de dégoût.

Le molosse remonta sa main le long du corps de Sophie et lui attrapa un sein qu'il empoigna un peu trop fort. Il serra les dents. Elle hurla.

Bogdan plaqua immédiatement sa grosse main sur la bouche de la jeune femme. Elle lui mordit un doigt si fort qu'il crut un instant qu'elle lui avait arraché un bout de peau, mais la trace rouge, quoique profonde, sur son index blanc et boudiné n'était qu'un pincement douloureux. Il l'a gifla et, choquée, elle cessa de crier. La peur dans son regard trahissait sa lucidité quant à la situation : elle n'y pourrait absolument rien et s'égosiller ne rendrait la chose que plus pénible.

Le feu d'un désir malsain brûlait au fond des yeux de Bogdan et il appliqua ses sales mains sur toutes les parties intimes de Sophie. Elle ferma les yeux et tenta de sortir de son corps par la pensée.

Soudain, un son électronique provenant du salon cracha des fréquences aigües. Le talkie-walkie !

Bogdan se leva d'un bond et courut vers la table basse sur laquelle était posé l'appareil.

— Bogdan ! *Wake up the girl! I'm coming !*[5]

Son sang ne fit qu'un tour et il se précipita sur le verrou de la porte d'entrée pour le débloquer. Il retourna rapidement dans la chambre et fit basculer Sophie sur le côté du lit, en position assise. Elle eut une petite chute de tension qui brouilla sa vue quelques secondes.

L'agent la tira par les épaules et elle comprit dans ce geste brusque qu'elle devait se mettre debout et le suivre.

Alors qu'il l'installait sur une chaise au milieu du salon, Wang fit irruption dans la pièce en tendant un téléphone portable qui émettait une mélodie diffuse.

— C'est pour toi, réponds et tâche de ne rien laisser transparaître, sinon...

De sa main libre, il dégaina un Glock qu'il pointa vers le front de Sophie.

---

[5] Réveille la fille ! J'arrive !

Une larme coulant au coin de l'œil, elle prit une grande respiration et s'apprêta à répondre alors que Wang réglait l'appareil sur haut-parleur.

— Allô ? fit-elle du mieux qu'elle put.

***

— Allô, Sophie ?

À l'évocation du prénom de sa compagne, Hugo eut un frisson et se leva du fauteuil, le regard fixé sur Maurice au bout de la pièce.

— Dis-moi, tu passes bien chez moi aujourd'hui ?

À l'autre bout du fil, Sophie donnait une explication que seul Maurice pouvait entendre. Il se contenta de hocher la tête plusieurs fois en silence.

— Très bien. Je te dis à bientôt alors.

Il raccrocha.

Hugo restait figé là, les yeux écarquillés, attendant manifestement que le petit vieux ne daigne leur livrer ce que Sophie lui avait dit.

— Alors ? dit-il plus sèchement qu'il ne l'aurait voulu.

— Elle ne peut pas venir aujourd'hui, c'est sa collègue Magali qui la remplace, elle passera en fin de journée.

Le visage d'Hugo s'assombrit soudainement, son regard semblait en proie à la panique, ses mains tremblaient.

Naima fut la première à le remarquer.

— Ça va pas, Hugo ?

Il ne répondit pas immédiatement, comme figé par la peur.

— Hugo ? répéta-t-elle.

Il secoua la tête et fit face à la journaliste.

— Je crois que j'ai compris... souffla-t-il, désemparé.

Naima se leva à son tour et fit un pas vers lui.

— Explique-toi. Compris quoi ?

Le regard dans le vide, le jeune se gratta la tête et s'adressa à Maurice :

— Tu es sûr qu'elle a parlé de Magali ?

— Euh... oui... répondit l'octogénaire un peu surpris.

— Merde... chuchota-t-il.

— Qu'est-ce qu'il y a, Hugo ? tonna Naima.

— Sophie est en danger... Magali, sa collègue, a fait un AVC il y a deux ans. Elle peut à peine marcher ou parler, encore moins venir ici jouer les infirmières...

***

Après l'appel téléphonique, Wang retourna à sa planque. L'idée que Bogdan l'accompagne en cas d'intervention plus musclée que prévu lui passa par la tête, mais il ne voulait pas prendre le risque de laisser leur captive seule chez elle et puis, si son petit ami et ses amis arrivaient une fois de plus à déjouer sa surveillance, ils seraient accueillis par un agent redoutable. Lui fallait-il des renforts ? Il s'était posé la question, mais il ne voulait pas faire plus de remue-ménage qu'il n'en avait déjà produit auparavant et risquer d'alerter son boss. Il se débrouillerait seul avec le Serbe et récolterait tous les lauriers une fois l'opération menée à bien.

Bogdan, plus excité que jamais, attendit quelques minutes après le départ de Wang pour rejoindre Sophie dans la chambre. Elle ne cria pas quand il commença à la caresser et ne rechigna pas non plus quand il passa la main sous son pull et laissa glisser ses doigts sur la poitrine de la jeune femme. Sa respiration s'était faite plus rapide, mais elle le laissa faire.

Se pouvait-il qu'elle apprécie ? Elle devait sûrement aimer ça la garce. Il serra les mâchoires et fit son empoigne sur ses seins plus ferme.

Lorsqu'il fit descendre sa main vers le bas de son ventre, elle eut un petit sursaut qu'elle tenta de contenir, mais tourna le visage et plongea son regard dans le sien.

— OK, susurra-t-elle.

Une salve de sang vint gonfler encore plus l'entrejambe de Bodgan. Bien sûr qu'elle aimait ça !

Sophie se releva avec difficultés, il la regarda faire.

—OK, *but first*[6] ... (elle croisa les jambes et haussa les épaules) pipi...

---

[6] mais avant...

Bodgan sourit, laissant apparaître quelques couronnes en or dans le fond de sa mâchoire. Il se leva, l'aida à se mettre debout et l'accompagna dans la salle de bain.

Lorsqu'ils furent arrivés devant la porte, Sophie pivota vers son futur violeur et secoua ses mains ligotées dans son dos.

Bogdan comprit et défit ses liens. Il ouvrit la porte d'un coup sec et poussa Sophie à l'intérieur avec vigueur.

— *Go pipi now*[7], dit-il dans son anglais basique.

Sophie se rendit à l'évidence, il allait rester planté là, sous le chambranle et il la laisserait faire ses besoins la porte grande ouverte. Il en profiterait pour se rincer l'œil au passage comme s'il lisait un menu avant de passer à table.

Elle se posta devant la cuvette des toilettes, déboutonna son jean et le laissa tomber à ses pieds. Puis elle fit glisser sa culotte le long de ses cuisses. Bodgan ne put s'empêcher de caresser la bosse qui s'était formée à travers son pantalon.

Lorsqu'elle en eut terminé, elle fit un pas de côté, se retourna pour faire face au Serbe, offrant ses parties intimes à son regard. Elle se laissa tomber à genoux, sur le sol froid de la salle de bain, puis fixa Bogdan le plus langoureusement qu'elle le put en une telle circonstance.

---

[7] Vas faire pipi maintenant

Au début, il ne comprit pas tout de suite puis elle tendit les bras vers lui.

— *Come*[8], chuchota-t-elle.

Cette fois, il comprit.

Son excitation était à son comble, cette petite coquine avait envie de lui désormais. *Elles sont toutes comme ça*, pensa-t-il. Elles disent non, mais il suffit d'insister un peu pour qu'elles révèlent leur vraie nature. Ça avait toujours fonctionné de la sorte pour lui et aujourd'hui encore, il avait la confirmation de ce qu'il pensait.

Bogdan s'avança lentement pour venir se poster devant elle, la bosse formée par son sexe turgescent à quelques centimètres de la bouche de Sophie. Elle pivota sur sa gauche et se recula de façon à avoir le dos plaqué contre le petit meuble sous l'évier, situé au milieu de la salle de bain, entre la cuvette des w.c. et la douche du fond.

Elle agrippa les fesses de Bogdan et attira le Serbe devant elle. Elle en voulait la garce !

Sophie défit les boutons du jean et eut un haut-le-cœur qui faillit la faire vomir. Elle se mordit l'intérieur de la joue et continua sa besogne.

Trop heureux de la façon dont la situation avait tourné à son avantage, Bogdan avait croisé ses mains au-dessus de son crâne. Il la regardait faire, la surplombant d'un regard fier et lubrique.

---

[8] Viens

Elle réprima un sanglot puis baissa le caleçon du molosse. Son énorme sexe se tendait là, devant son nez, et son estomac se contracta de nouveau, provoquant une nausée presque insupportable. Elle ferma les yeux quelques secondes qui lui parurent une éternité. Elle redressa le dos et plaça ses mains derrière elle. Priant pour que Bogdan ne remarque rien, Sophie fouillait à tâtons, l'étage inférieur du petit meuble.

Elle les trouva enfin. Les ciseaux de coiffeur, pointus et fins, qu'elle s'était achetés pour couper sa frange elle-même.

Impatient, Bogdan attrapa son sexe de la main droite et entreprit de caresser les cheveux de Sophie de sa main libre. Il ne pouvait pas s'attendre une seule seconde à ce qui allait se passer par la suite, son excitation lui avait fait baisser sa garde et le corps de la jeune fille avait totalement dissimulé sa manigance. Il n'avait rien vu venir.

Dans un dernier pied de nez à son agresseur, Sophie ouvrit la bouche comme pour engloutir le sexe de Bogdan, mais sa main droite — celle qui serrait la paire de ciseaux à s'en blanchir les jointures — s'abattit sur l'intérieur de la cuisse gauche de l'homme. Elle avait visé l'artère fémorale et avait enfoncé les ciseaux jusqu'aux anneaux.

Une décharge de douleur vrilla le cerveau de Bogdan qui hurla à en faire trembler les murs puis s'écroula au sol.

L'adrénaline était distribuée par grosses vagues dans tout le corps de Sophie, elle se releva en un éclair, remonta sa culotte et son jean, et se précipita hors de la salle de bain.

Encore au sol, le Serbe se tenait la jambe en gémissant de douleur.

Un sursaut de lucidité fit ralentir quelque peu Sophie au niveau de la porte. Elle s'arrêta, se saisit de la petite clef et, lançant un dernier coup d'œil à son agresseur devenu victime avant de verrouiller la porte. Elle le vit qui arrachait la paire de ciseaux de l'intérieur de sa cuisse. Grossière erreur. Il allait se vider de son sang à une vitesse folle... et mourir, là, sur le carrelage froid de la salle de bain.

Sophie, quant à elle, allait vivre. C'est tout au moins ce qu'elle espérait.

***

Hugo se précipita vers l'entrée de l'appartement et enfila sa veste, se remémorant brièvement à qui elle avait appartenu et cette pensée le replongea dans la réalité de leur situation et le grand danger qu'ils courraient.

— Tu fais quoi ? dit Naima d'un ton sec.

— Je vais aider Sophie ! Je ne peux pas rester là sans rien faire !

La journaliste, partagée entre la compassion et la protestation, se résigna à lui bloquer le passage en se postant devant la porte d'entrée.

— Et toi, tu fais quoi, là ? demanda Hugo.

— Je ne peux pas te laisser faire une connerie.

— Une connerie ? C'est la femme de ma vie dont on parle ici !

Elle avait pris ça comme elle aurait pris un uppercut dans la mâchoire. Est-ce qu'il sous-entendait qu'elle ne pouvait pas comprendre parce qu'elle était célibataire ? Parce qu'elle n'avait que des ex et leurs péniches pour preuve d'une vie sentimentale passée ?

Naima décida de ne pas se laisser affecter émotionnellement et ne raisonna que de façon purement pragmatique. Ils étaient tous en danger de mort, une organisation aux moyens visiblement illimités était à leurs trousses et il était hors de question que quiconque prenne des risques inconsidérés de la sorte. Après tout, Victor avait bien laissé sa femme s'exiler tout en sachant pertinemment qu'il ne pourrait pas la protéger et qu'il l'offrait en pâture à des tueurs surentraînés. Le sexagénaire avait fait le choix de la raison plutôt que celui du cœur et c'est pour cette raison qu'ils étaient tous encore en vie. Ce petit intello d'Hugo n'allait pas tout foutre en l'air pour une femme à laquelle il n'était même pas marié !

Alors que le jeune homme tentait d'écarter gentiment Naima du passage, celle-ci agrippa fermement son poignet.

— Je ne te laisserai pas partir.

Le regard de la journaliste était noir et déterminé. Hugo comprit qu'elle ne changerait jamais d'avis.

Voyant que le conflit risquait de mal tourner, Bertrand s'approcha lentement et essaya de raisonner Hugo :

— Naima a raison, vous agissez sous le coup de la colère, et c'est bien normal, mais laissons-nous au moins quelques minutes de réflexion avant de faire quoi que ce soit qui nous mettrait en péril.

Hugo toisa Bertrand pendant de longues secondes puis dévisagea Naima.

— Vous deux, là, vous n'avez personne dans votre vie, je me trompe ?

Naima soupira et secoua la tête.

— Parce que tu crois que nos parents, nos frères, nos sœurs, nos amis, ça ne comptent pas peut-être ? C'est quoi pour toi avoir « quelqu'un dans sa vie », hein ? Un mari, un petit ami ? Ce n'est pas parce que je ne partage la vie de personne actuellement que je ne sais pas ce que ça fait de craindre pour ceux que j'aime. Je comprends ce que tu ressens, mais je sais aussi que tu n'es pas tout seul, tes actes peuvent mettre en péril trois autres vies, peut-être même plus. Alors essaie de te mettre à notre place et viens t'asseoir dans le salon, qu'on puisse discuter d'un plan.

Elle lâcha lentement le poignet d'Hugo qui semblait se calmer un peu, apaisé par le discours de la journaliste.

— OK, murmura-t-il.

Il s'avança vers le salon, invitant Naima à le suivre.

Quand elle s'écarta de la porte, il fit volteface et se jeta sur la poignée pour l'ouvrir et se propulsa à l'extérieur en un éclair.

Naima fut la première à réagir, mais lorsqu'elle atteignit le couloir, Hugo avait déjà disparu.

***

Sophie haletait et son cœur battait à tout rompre. Ses muscles étaient lactiques et endoloris et elle ne tenait que grâce aux hormones qu'elle sécrétait. Elle fit le tour de la pièce du regard et aperçut son téléphone portable et le talkie-walkie sur la table basse. Avant d'enfiler son manteau et de s'enfuir, elle attrapa les deux appareils.

Elle verrouilla la porte d'entrée et empocha la clef. La cage d'escalier semblait la meilleure solution pour descendre, aussi l'emprunta-t-elle en courant.

Arrivée au rez-de-chaussée, elle eut une idée. Elle se dissimula derrière les arbrisseaux en pot qui décoraient le grand hall d'entrée de l'immeuble et appuya sur le bouton du talkie-walkie :

— Tu ferais mieux d'appeler une ambulance, ton homme va crever ! cracha-t-elle dans l'appareil en tentant de contrôler sa voix chevrotante.

Jamais elle ne se serait crue capable d'une telle folie. Elle venait à l'instant de parler à l'homme qui l'avait torturée quelques heures auparavant comme si elle était en mesure de se battre en face à face contre lui. Elle repensa à toutes ces histoires de mères qui pouvaient soulever des voitures pour libérer leur enfant coincé sous les roues. Est-ce que c'était lorsqu'on était face à la mort qu'on était capable de tout, que notre confiance et nos forces étaient décuplées ? Elle trouvait ça presque grisant, mais intérieurement, elle tremblait comme une feuille morte.

Quelques secondes après son appel, elle vit l'agent Wang qui se précipitait vers l'entrée. Elle s'allongea entièrement derrière les plantes, mais conserva un point de vue sur le hall grâce à l'interstice minuscule entre deux pots cubiques.

Lorsque Wang pénétra dans le hall, elle eut un sursaut de bon sens et coupa le talkie-walkie. L'agent dégaina son arme et avança lentement vers les ascenseurs.

Ce n'est que lorsqu'elle entendit les portes coulisser une seconde fois, qu'elle se releva et prit ses jambes à son cou. Elle ne daigna même pas regarder derrière elle pour contrôler si quelqu'un la suivait.

L'air glacé à l'extérieur agissait comme une lame d'acier qui lacérait son œsophage, et sa course effrénée en direction de sa voiture mettait de nouveau à mal les muscles de ses cuisses.

Sur le parking, sa petite Fiat 500 blanche était toujours là et elle n'avait jamais été aussi heureuse de retrouver sa voiture. Elle faillit pleurer, mais pleurer revenait à s'abandonner au soulagement et croire que tout était fini. Elle ravala donc ses larmes et serra les dents sur les derniers mètres.

Sophie tremblait tellement qu'il fallut près d'une minute pour enfoncer la clef dans le démarreur. Elle jetait sans arrêt des coups d'œil dans son rétroviseur gauche, celui grâce auquel elle pouvait apercevoir une image inversée de l'entrée de son immeuble.

Elle démarra enfin le moteur et se rendit compte que l'habitacle était totalement embué à cause de l'air chaud que ses poumons avaient recraché alors qu'elle reprenait son souffle. Elle enclencha le désembuage et sortit du parking si vite que les pneus crissèrent.

CHAPITRE V

Hugo se tenait à côté de la berline et fouillait les poches de sa veste frénétiquement.

— C'est ça que tu cherches ? lança Naima qui sortait tout juste de l'immeuble.

Surpris, le jeune homme se tourna dans sa direction, le visage semblable à celui d'un gamin qu'on vient de prendre en train de faire une bêtise.

— T'es le p'tit génie de la bande, mais tu sais, je me défends pas mal. Je t'ai vu récupérer les clefs en douce sur le meuble de l'entrée et les mettre dans ta veste. Je ne savais pas vraiment quelle idée tu avais derrière la tête, mais j'ai préféré les reprendre et les mettre en sécurité. Je vois que j'ai bien fait.

Tout en parlant, elle s'était approchée de lui. Lorsqu'elle fut toute proche, Hugo fixa son regard et explosa en sanglots. Il fit un pas en avant et enlaça Naima pour pleurer sur son épaule.

D'abord, elle fut très surprise puis se résigna à le serrer dans ses bras à son tour pour le réconforter. Il semblait totalement démuni et avait été poussé dans ses derniers retranchements.

Elle le laissa s'abandonner à la tristesse quelques instants puis il renifla et daigna enfin parler :

— Je suis crevé Naima. Je suis fatigué de tout ça, je veux juste rentrer chez moi et que toute cette affaire soit derrière nous. J'ai peur. J'ai peur pour Sophie, mais j'ai peur aussi pour vous... J'ai l'impression de ne pas être assez fort pour vous protéger...

Naima se recula et plongea son regard dans le sien.

— On en est tous là, Hugo. Je sais que tu veux retrouver ta Sophie, mais à l'instant où je te parle, on ne peut pas faire ça sur un coup de tête, c'est trop dangereux.

Il fit une pause puis continua :

— Je te... je vous demande pardon... je voulais pas vous mettre en danger...

La journaliste ouvrit grand ses bras et esquissa un sourire radieux. Ses dents d'un blanc parfait contrastaient avec sa peau mate et lui conférait un charme exotique et discret. Il la serra fort et plongea sa tête dans sa nuque, humant à pleins poumons son parfum désormais si familier.

Un bruit de moteur surchauffé interrompit leur étreinte. Une petite Fiat 500 venait d'entrer en trombe dans le parking, le son des pneus qui crissaient déchirant le silence.

Une petite et jeune femme blonde au teint blafard et à la chevelure hirsute comme au saut du lit, s'extirpa en hâte du véhicule garé au travers de deux places libres.

Les regards de Sophie et Hugo se croisèrent alors et les yeux des deux amoureux se remplirent de larmes alors qu'ils couraient l'un vers l'autre.

— Joyeux anniversaire Sophie ! dit Maurice d'un ton enjoué.

— Mais je...

Hugo serra la main de sa petite amie et l'attira vers lui.

— Je... Je t'expliquerai, joue le jeu, dit-il en chuchotant dans son oreille.

Sophie afficha un sourire contrit.

— Euh... oui, merci Maurice.

— Vous avez pu vous libérer finalement, c'est bien !

— Oui... voilà.

Elle se tourna vers Hugo, attendant qu'il prenne les devants.

— Maurice, fit-il bonhomme, ça ne te dérange pas si on reste un peu avec toi ici avant de repartir ? Il faut fêter ça quand même !

Le petit vieux, tout excité, agita les bras et annonça :

— Bien sûr ! J'ai du champagne ! Il n'est pas au frais, mais je peux le mettre au congélateur quelques minutes.

Naima se proposa de l'aider tandis qu'Hugo et Sophie — ce dernier ne lui lâchant toujours pas la main — rejoignirent Victor et Bertrand dans le salon.

Passé l'état de choc, qu'ils firent passer pour l'émotion de retrouver de vieux amis auprès de Maurice, Sophie et Hugo s'isolèrent du reste du groupe dans la chambre que leur hôte, quelque peu déboussolé, accepta de leur prêter. Hugo raconta tout, sans omettre aucun détail.

C'est comme ça qu'il avait toujours envisagé une relation de couple, basée sur la confiance et la communication sans langue de bois. Les amoureux passèrent du rire aux larmes, mais la joie de s'être enfin retrouvés était plus forte que tout et les sourires prirent le dessus sur les sanglots.

Quand Sophie fut enfin prête pour rejoindre les autres, ils fêtèrent tout de même son faux anniversaire. Derrière les mines enjouées, les regards étaient noirs d'inquiétude.

Naima se leva, empoigna une bouteille de champagne vide et quelques verres, fit comprendre à Hugo qu'il devait la suivre d'un hochement de tête, et les deux se dirigèrent vers la cuisine sous le prétexte de débarrasser la petite table du salon. Sophie regarda le binôme sortir de la pièce et eut un pincement au cœur quand elle comprit leur complicité indéniable.

— Qu'est-ce qu'elle t'a raconté ? chuchota Naima à l'attention du jeune homme.

— Deux agents d'Antarès l'ont séquestrée et... ils lui ont posé des questions, mais comme elle ne savait rien, ils sont juste restés chez moi à nous attendre.

— Ils étaient seulement deux ?

— C'est ce qu'elle m'a dit.

— L'étau se resserre, Hugo, il faut qu'on agisse. Ces types sont à quelques centaines de mètres d'ici ! Combien de temps à ton avis avant qu'on frappe à cette porte et que tout soit fini pour nous ?

Soudain, Sophie fit irruption dans la pièce. Le visage d'Hugo faillit s'empourprer comme s'il avait été surpris dans un moment intime avec Naima.

— J'ai ramené des verres, dit-elle en se dirigeant vers l'évier.

Hugo tendit le bras et posa une main amoureuse sur l'épaule de sa petite amie.

— Bébé ?

Bien sûr qu'il l'appelle bébé, pensa Naima.

— Oui ?

— Il faudrait qu'on puisse récupérer mon ordinateur... par tous les moyens. Tu...

— Ton portable ? le coupa-t-elle.

— Oui, mon ordi portable, celui que j'avais au boulot.

— Il est dans ma voiture.

Les yeux d'Hugo puis ceux de Naima s'illuminèrent.

— Tu l'as ici ? Vraiment ?

Un sourire éclatant barrait désormais le visage de l'ingénieur.

— On dirait que tu es plus heureux de retrouver ton ordinateur que moi... fit-elle accompagné d'une moue sans équivoque.

Hugo ouvrit grand ses bras et Sophie se précipita dans son étreinte bienveillante.

— Mais non mon bébé ! C'est juste qu'on est vraiment tous à cran et que c'est sûrement la dernière pièce du puzzle pour que cette histoire se termine enfin !

Il fit une pause pour la serrer plus fort et sentir les battements de son cœur. Quelques secondes plus tard, il fit un pas en arrière pour lui faire face.

— Comment mon portable s'est-il retrouvé dans ta voiture ?

— Quelques jours après ton départ, j'ai eu la visite de la police et...

— De la police ? lancèrent Naima et Hugo à l'unisson.

— Oui, enfin, deux agents sont venus à l'appart' et ils m'ont posé des questions, ils ont dit que ce n'était sûrement pas très grave, mais que si tu me contactais, je devais absolument les joindre. Ils m'ont laissé une carte.

— Sûrement des agents d'Antarès, dit Naima. Ils étaient en habit de policier ? Tu leur as demandé leur carte ?

La blonde se retourna vers la brune.

— Des gens sont venus chez moi et m'ont dit qu'ils étaient de la police. Non, je n'ai pas cru nécessaire de leur demander leur carte. Pourquoi j'aurais eu des raisons de douter d'eux ? répondit-elle un peu trop sèchement au goût de Naima.

— T'inquiète pas, bébé, on aurait tous fait pareil dans ta situation, dit Hugo en lui caressant le dos.

— Bref, j'ai quand même trouvé ça louche et tu sais, avec tes histoires de Bitcoin[9], j'ai eu peur qu'on vienne te chercher des poux, qu'on vienne, je sais pas moi, faire une perquisition chez nous, alors j'ai pris ta sacoche avec ton ordi et je l'ai planquée dans ma voiture. Au moins, je pouvais avoir un œil dessus en permanence.

Par le passé, Hugo lui avait expliqué des dizaines de fois comment fonctionnaient ces cryptomonnaies et qu'il n'y avait rien d'illégal ni dans leur détention ni dans leur spéculation. Elle ne voulut jamais rien entendre et dans son refus de faire confiance à son homme à ce sujet, elle l'avait, malgré elle, rendu le plus grand des services en cachant son ordinateur portable.

— C'est parfait, bébé !

---

[9] monnaie électronique décentralisée attirant les spéculateurs par sa forte volatilité et ses variations record

— Et tu sais quoi ? J'ai bien fait parce que quelques jours après la visite de ces hommes, la porte de l'appartement a été forcée et toutes les pièces fouillées. Rien n'a été pris. Enfin, je crois, tous tes papiers étaient sens dessus dessous, faudra que tu regardes si rien ne manque !

— On verra ça, bébé. Le plus urgent maintenant c'est de récupérer mon ordi !

Lorsque Sophie et Hugo firent leur retour chez Maurice, celui-ci était aux fourneaux en compagnie de Victor. Bien trop content d'avoir de la compagnie, l'octogénaire avait proposé au groupe de rester pour le déjeuner, ce que tout le monde avait accepté bien volontiers. Hugo avait demandé une nouvelle fois la permission à Maurice de s'isoler dans sa chambre.

Il avait demandé qu'on le laisse seul quelques minutes afin qu'il puisse compulser les documents en sa possession et tirer son intuition au clair.

Près d'une demi-heure passa avant qu'Hugo ne fasse son apparition dans le salon, l'air triomphant.

— J'ai du lourd, dit-il.

Il posa l'ordinateur sur la table basse puis chuchota quelque chose à l'oreille de Sophie.

Pendant que sa petite amie administrait ses soins à Maurice dans sa chambre, Victor, Bertrand et Naima s'étaient rassemblés autour de l'ordinateur d'Hugo. Le halo bleuté de l'écran se reflétait sur leurs visages sérieux et concentrés.

— Je commence à comprendre pourquoi j'ai été viré de ma boîte. Quand Victor nous a parlé de ces histoires de rachats d'entreprises par Antarès et qu'Agritec faisait partie du lot, tous les rouages se sont mis à tourner dans le bon sens dans ma tête. La date du rachat coïncide avec une nouvelle assignation que j'ai eue. Il s'agissait d'intégrer, dans les composants de la nourriture destinée aux volailles, une nouvelle formule.

Un silence. Puis il reprit.

— On m'a donné le nouvel élément chimique à incorporer sous forme d'une formule étrange. Pour faire simple, je devais me débrouiller pour faire tous les tests habituels puis trouver le moyen le plus stable d'ajouter ce nouvel élément dans les ingrédients de la nourriture pour volailles. Le hic, c'était que la formule de l'élément en question était codée.

Il fit défiler quelques pages au format PDF sur l'écran de son ordinateur portable et posa un doigt sur un paragraphe en particulier.

— Regardez... Bon, ça ne vous dira rien, mais j'ai une molécule sous le nom AX10 qui est entourée d'une chaîne protéinée.

— Effectivement, ça ne nous dit rien du tout, dit Victor en esquissant un sourire.

— Il y a deux choses qui sont frappantes ici. La première, c'est que la molécule porte un nom de code. Tout me revient maintenant, mais à l'époque, j'avais vivement protesté. Comment voulez-vous que je puisse développer ou tester quoi que ce soit si je ne connais pas la formule complète de la molécule sur laquelle on me demande de travailler ? J'ai fait plusieurs demandes et on m'a systématiquement retourné les réponses suivantes...

Hugo étira le cou pour se retrouver le nez presque collé à l'écran. Il fouilla un dossier du pointeur de sa souris et ouvrit plusieurs nouvelles fenêtres.

— Ce sont les réponses écrites que j'ai reçues. Encore une fois, c'est du jargon technique, mais en gros, ils m'ont rétorqué que la molécule nommée sous le code AX10 n'avait pas d'interaction connue avec le reste des composants chimiques et que mon boulot devait se limiter à l'étude de la couche de protéines qui enrobait cette molécule secrète. J'ai tout simplement refusé de travailler sur ce dossier, car je ne pouvais décemment pas apposer une validation scientifique sur quelque chose dont je ne connaissais pas l'entièreté. On m'a assigné à d'autres tâches et ça n'a pas fait plus de remous que ça. Mon licenciement s'est passé des mois après et franchement, j'avais d'autres préoccupations à l'époque et je n'ai pas du tout fait le rapprochement. Maintenant, oui ! Avec moi, ils sont tombés sur un os parce que j'ai utilisé un client e-mail sur mon propre ordinateur et j'ai donc conservé la totalité des documents. Quand il y a eu le rachat de la boîte, on a changé de protocole pour les e-mails et on devait consulter notre courrier professionnel uniquement depuis les ordinateurs du bureau. Moi qui bossais énormément à la maison, le soir après le boulot, j'ai continué à utiliser un client tiers pour récupérer mes e-mails... et apparemment, j'ai bien fait.

Quand il se tut, le silence reprit sa place de maître dans la pièce. Seul le bruit du ventilateur du PC portable servait de musique de fond au tableau.

— Je sens qu'on avance, Hugo, c'est bien. Mais je ne suis toujours pas sûre de voir le rapport... À moins que tu ne saches ce qu'est cette fameuse molécule AX10, lança Naima.

— Ça malheureusement, je ne le sais pas. En revanche, je peux vous dire une chose — et c'est pour ça que j'avais besoin de voir exactement de quoi il s'agissait grâce à ces documents —, c'est qu'il existe un cas bien précis où on utilise des enveloppes de protéines et à mon avis, c'est la clef de notre mystère.

— On vous écoute, dit un Bertrand impatient.

— En temps normal, on rencontre des enveloppes de protéines autour de virus affaiblis, afin de les inoculer à l'être humain par vaccins. C'est le procédé qu'on utilise pour la grippe par exemple.

Naima se raidit puis se rassit dans le canapé. Bertrand fit un pas en avant pour se dégager du cercle de curieux et commença à faire les cent pas dans la pièce en essuyant ses lunettes.

Soudain il stoppa son mouvement et se précipita dans le hall d'entrée pour y fouiller sa veste à la recherche du dossier récupéré chez la veuve d'Harold.

Il revint dans le salon et étala les papiers et la photo sur la table basse, autour de l'ordinateur. On eut dit qu'il haletait.

— Bon sang, mais c'est évidemment ! cria-t-il. Je n'ai pas fait attention, mais regardez, là !

Il brandit le cliché et posa son index sur un endroit dans le coin en haut à droite du cadre.

— Regardez ici sur la photo, on aperçoit les premières lettres d'un logo ! Les deux lettres G et R ! C'est une filiale d'Antarès qui s'appelle Greenford Labs !

— Ce qui nous amène où, Bertrand ?

— Bon sang, mais j'aurais dû y penser plus tôt, j'aurais dû reconnaître ce putain de logo !

Les jurons ne lui ressemblaient pas. Bertrand avait manifestement trouvé quelque chose d'important, ils le sentirent tous.

— Ce sont les laboratoires qui fabriquent tous les vaccins pour Antarès !

Victor s'assit à son tour.

— Attendez, attendez, dit Naima en levant un bras. Arrêtez-moi si je me trompe, mais si mon cerveau ne fonctionne pas trop mal, je vois là un énorme scandale de santé publique ! Hugo, est-ce que cette molécule AX10 pourrait être celle du virus de la grippe ?

— C'est précisément ce que je pense, répondit-il. Selon toute vraisemblance et d'après le rapport qu'a établi Harold, il s'agit même du virus A (H10N7). La grippe H10N7, si vous préférez.

Naima bouillait. Elle se leva et reprit son exposé :

— Récapitulons. Antarès fait du lobbying auprès du ministère de la Santé et incite le ministre à commander un rapport exhaustif sur une possibilité de pandémie de grippe H10N7 qui partirait des exploitations de volailles dans le sud-ouest de la France. Harold, un éminent épidémiologiste, et son institut, se chargent de modéliser les prévisions. Et les résultats son alarmants ! Sur cette photo, on observe le ministre actuel de la santé en train de signer ce qu'on peut imaginer être une sorte de protocole d'accord au sein même du siège de Greenford Labs. Il n'y a pas trente-six mille chemins vers la vérité, si le ministre de la Santé se retrouve, un stylo à la main et le sourire aux lèvres, dans un endroit pareil, c'est pour entériner le fait d'acheter des vaccins contre la grippe à Antarès. Ni plus ni moins.

Bertrand, qui était en train de feuilleter le fameux rapport, prit la parole à son tour :

— Il est fait mention ici d'une précaution de dix millions de vaccins à prévoir pour enrayer la pandémie !

— Dix millions de vaccins ? souffla Victor. Ça en fait une sacrée somme à débourser... avec l'argent du contribuable !

— C'est déjà arrivé par le passé, enchérit Naima. Le gouvernement avait déjà acheté des millions de vaccins il y quelques années de ça, mais des têtes sont tombées quand l'hiver venu, l'épidémie n'était finalement pas plus ample que les précédentes. Cette fois-ci, ils ont voulu frapper fort et s'assurer qu'on se souviendrait de cette vague de grippe !

— C'est pour ça qu'ils ont fait des pieds et des mains pour racheter des sociétés en tout genre ! tonna Victor. Je mets ma main à couper que la vraie Eugénie Faure et la brigade financière ont enquêté de ce côté, des alarmes ont dû sonner ! La vague de rachats incluait un nombre incalculable de sociétés en perte de vitesse, ça n'avait aucun sens pour moi. Maintenant, je comprends mieux. Ce qu'Antarès voulait absolument, c'était acquérir Agritec, la société où travaillait Hugo.

— Et pourquoi racheter toutes les autres ? demanda l'ingénieur.

— Le reste n'était là que pour faire écran ! tonna Victor en levant les bras en l'air. Un peu comme un magicien qui attire notre œil sur sa main droite alors que la gauche travaille en secret.

— Et ils voulaient racheter Agritec pour implanter le virus de la grippe directement dans la nourriture pour la volaille, histoire de créer leur source épidémiologique. Je suis prête à parier que le virus H10N7 peut facilement se transmettre de l'animal à l'homme...

Bertrand balança sa tête en arrière et ferma les yeux quelques secondes avant de parler :

— C'est donc ça qu'avait découvert mon père. En tout cas, il avait réussi à identifier tous les acteurs susceptibles de révéler au grand jour toute cette mascarade ! Il voulait vous réunir en secret pour obtenir les preuves irréfutables de ce qu'il soupçonnait...

Tous prirent la mesure de ce qu'ils venaient de découvrir et il y eut un long moment de calme dans le salon à l'atmosphère auparavant électrique. *Le calme avant la tempête*, pensa Naima.

— C'est du lourd, dit-elle. Du très lourd.

— Je n'arrive toujours pas à croire qu'Antarès a déployé autant de moyens pour ça... Ils sont allés jusqu'au meurtre... C'est tellement disproportionné ! déclara Hugo.

— Hugo, on parle du scandale du siècle, là ! On parle d'une entreprise privée qui force la main du gouvernement pour faire du profit sur le dos du contribuable, on parle d'une dizaine de millions de vaccins ! En plus de ça, Antarès, en inoculant le virus dans la nourriture destinée à l'exploitation en masse de la volaille, est susceptible d'être responsable d'une pandémie qui pourrait causer la mort de centaines, de milliers de personnes ! Si le scandale était avéré et révélé, ce serait l'hécatombe, la panique, la mort annoncée d'une des plus grosses sociétés françaises ! La ruine du gouvernement, un vrai cataclysme ! J'imagine que dans la tête de ces gens là, la mort d'une demi-douzaine d'individus n'aurait été qu'un petit prix à payer.

Bertrand se gratta la tête et fixa longuement Naima.

— Ce que je n'arrive pas à me figurer, Naima, c'est votre rôle dans tout ça, dit-il.

— Vraiment, Bertrand ? Pourtant, je viens justement de comprendre pourquoi votre père m'avait choisie. Je sais exactement où et comment nous allons pouvoir asséner le coup final à ces salopards d'Antarès.

CHAPITRE VI

Le groupe remercia Maurice et fila en direction du centre de Toulouse avec leurs deux véhicules. Naima désirait qu'ils se rendent dans un bar fréquenté muni d'une connexion WiFi. Elle estimait que plus ils s'isolaient, plus ils étaient vulnérables. À la surprise d'Hugo, Sophie leur indiqua un bar qu'elle et ses copines affectionnaient tout particulièrement, bondé de jour comme de nuit.

Suivant les indications de la jeune femme, ils roulèrent vers la place Saint-Pierre, traversant le pont du même nom, et se retrouvèrent devant un bar au nom équivoque : le Saint des Seins.

À l'angle de la place, les chaises et les tables de la terrasse étaient remisées en un tas amorphe le long d'un mur, attendant les beaux jours pour se déployer de nouveau. Sophie avait dit vrai, à travers les baies vitrées rendues presque opaques par la buée, ils pouvaient néanmoins apercevoir une foule qui s'amassait.

À l'intérieur, le rock se jouait vite et fort à travers des enceintes disposées dans tout l'espace. Ce n'était pas le lieu idéal pour faire une réunion de travail au calme, mais ce bar avait le mérite d'être vivant, chaleureux et surtout, leur meilleur arme de défense contre les attaques des agents d'Antarès. Aussi sanguinaires fussent-ils, ils n'auraient jamais pris le risque inconsidéré de frapper dans un endroit pareil, en plein centre-ville, avec la présence sur place d'une cinquantaine de témoins oculaires.

Victor pointa du doit une alcôve. Là, ils seraient un peu plus tranquilles et auraient sûrement moins besoin de hurler pour s'entendre.

Ils s'installèrent, passèrent leur commande auprès du serveur. Naima demanda le mot de passe du réseau WiFi et obtint la permission auprès d'Hugo, d'utiliser son ordinateur.

— Vous nous expliquez, lança Bertrand, tentant de couvrir le brouhaha.

— Je pense que votre père avait compris qui j'étais vraiment.

Comme pour donner plus d'effet à sa révélation, elle fit une pause, attendit que le serveur apporte les boissons et ne reprit que lorsqu'il fut hors de portée de sa voix.

— Je suis journaliste pour SmartMedia.

— Alors ça ! lâcha Victor visiblement surpris.

— Je pensais que personne ne savait qui travaille chez SmartMedia ? s'interrogea Bertrand.

— Oh, vous savez, avec toutes les affaires qu'on a sorties, c'est un peu un secret de polichinelle maintenant. Disons que le grand public ne sait pas vraiment qui nous sommes, mais si on creuse un peu, c'est pas bien compliqué à trouver. On n'est pas des agents secrets, tant qu'on arrive à faire notre travail sereinement et avec impartialité, tout va bien.

— Euh... quelqu'un m'explique, dit Hugo d'une voix presque imperceptible à cause du bruit ambiant.

— SmartMedia est...

— Je sais ce qu'est SmartMedia ! Je n'ai pas vécu dans une grotte pendant ces dix dernières années ! Je sais aussi que les plus gros scandales politiques et économiques ont été révélés par ce journal et qu'en général, le travail est tellement bien fait en amont, que les accusations portées sont toujours vérifiées par la suite.

— Qu'est-ce que tu veux qu'on t'explique alors, Hugo ? dit Naima.

— Je sais pas, comment ça se fait que tu bosses pour eux, que le père de Bertrand savait qui tu étais, tout ça, quoi !

Naima but une gorgée de son chocolat chaud et continua :

— Comme je le disais, l'anonymat total des débuts du journal, c'est fini depuis belle lurette. Si vous suivez un peu SmartMedia, vous connaissez peut-être Jamie Hand ?

Bertrand écarquilla les yeux.

— Jamie Hand ?! Celui qui a coûté la dernière campagne présidentielle au candidat le plus haut placé dans les sondages ? Ne me dites pas que vous le connaissez ?

Les yeux de Naima étincelèrent.

— C'est moi, Jamie Hand.

Bertrand faillit tomber de sa chaise.

— Jamie A. Hand, pour être exact, si vous vous penchez deux minutes sur ce nom...

Le silence parmi eux. La cacophonie alentour. Puis Hugo parut avoir une sorte d'épiphanie :

— C'est l'anagramme de Naima Hadji !

La journaliste éclata d'un rire sonore qui fit se retourner quelques têtes depuis les tables voisines.

— T'es vraiment un p'tit génie, toi ! Bravo ! Bon, c'était pas compliqué non plus, je pense que votre père a très vite fait le rapprochement, Bertrand.

— C'est quoi la prochaine étape ? demanda Victor en avançant sa tête vers le centre de la table pour être sûr d'être entendu.

— Je vais contacter mon boss et lui expliquer toute l'histoire, avec les preuves qu'on a déjà, on pourra lancer la machine très rapidement. Évidemment, si j'avais mon portable en ma possession, on n'en serait pas là ! On communique tous entre nous par messagerie cryptée, mais aujourd'hui, je vais devoir le contacter sur l'une de ses adresses e-mail... vu la tonne de courrier qu'il reçoit chaque jour, j'espère qu'il tombera sur mon message. C'est quand même trop con de ne pas se souvenir d'un foutu numéro de téléphone !

— Moi, à part celui de ma femme... dit Victor presque pour lui même.

Naima accéda à son compte de messagerie électronique et envoya un courriel à trois adresses dont elle se rappelait l'utilisation occasionnelle par son patron, Julian Vidal. Elle referma d'un coup sec le clapet de l'ordinateur et fit le tour de la table du regard. Ses yeux pétillaient et son sourire illuminait son visage aux traits délicats et exotiques. Bertrand ne voulut pas céder à une joie trop hâtive, la menace restait tapie dans l'ombre et le salut n'était pas encore aussi proche qu'il pouvait le penser.

— Bon, y a plus qu'à attendre le coup de fil. Il ferme à quelle heure ce bar ?

***

La salle de bain du couple Girardi ressemblait à un abattoir tant elle était maculée de sang. Quand Wang avait réussi à entrer dans l'appartement — en crochetant la serrure une nouvelle fois —, il avait trouvé Bogdan inconscient, baignant dans une mare pourpre à l'odeur cuivrée.

Wang était un agent d'élite, il avait des notions de médecine et savait recoudre des plaies et il avait d'ailleurs sur place tout le matériel nécessaire pour effectuer une petite opération de chirurgie, mais il était arrivé trop tard. Trop tard dans le cadre de sa mission. Si Bogdan et Wang n'avaient pas été ce qu'ils étaient, ce dernier aurait conduit la victime à l'hôpital le plus proche et il y avait fort à parier que ses chances de survie auraient été grandes et qu'il aurait même été tiré d'affaire. Là, au beau milieu du carrelage froid d'une salle de bain d'un appartement investi illégalement, la survie de l'agent serbe devenait un danger qui pouvait tout compromettre.

Wang appliqua deux doigts sur le cou de Bogdan et y sentit un pouls très faible. Il l'étrangla dans la foulée et pour toute opposition, il sentit quelques faibles spasmes thoraciques chez sa victime.

Il déplaça le corps sur une grande bâche de plastique qu'il transportait dans son gros sac de sport. Au départ, il en avait prévu quatre.

Ensuite, l'agent Wang entreprit le nettoyage méticuleux à l'eau de javel de toutes les surfaces de la salle de bain.

Une demi-heure plus tard, lorsqu'il sortit de la pièce, il contempla longuement la dépouille de Bogdan, enroulée dans son linceul de plastique épais et translucide, et elle lui fit l'impression d'une chrysalide aux dimensions cyclopéennes. Cette fois cependant, aucun papillon majestueux ne s'en extirperait pour entamer un vol éphémère. Il secoua la tête et se remit immédiatement à élaborer un plan afin de transporter le cadavre jusqu'au coffre de sa voiture sans éveiller les soupçons.

Calmement, il se dirigea vers la table au centre du salon, ouvrit son ordinateur, entra son code personnel et lança un logiciel qui mit quelques secondes avant de démarrer. Il leur avait laissé une bonne longueur d'avance et l'incident avec Bogdan l'avait sérieusement ralenti, mais le petit point bleu qui clignotait au centre de son écran attestait de la position au mètre près de la voiture de Sophie Girardi.

***

Au centre de la table, le téléphone prépayé sonna. Les conversations s'arrêtèrent dans l'instant et les regards se figèrent sur Naima. Elle tendit le bras et décrocha.

— Allô ?

Depuis le combiné, une voix masculine et lointaine parlait sans que personne ne puisse saisir les propos.

— Julian ! s'écria-t-elle.

Le fondateur du célèbre journal SmartMedia venait enfin de consulter ses e-mails. Avait-il leur salut entre ses mains ?

Naima se boucha une oreille puis se leva et décida de continuer la conversation à l'extérieur.

— Vous pensez que ce type va pouvoir faire quelque chose avec son journal ? lança Victor.

— SmartMedia est très puissant aujourd'hui, il rayonne dans toute l'Europe et possède des appuis sérieux dans la police et la justice, répondit Bertrand. À mon avis, il n'y a pas meilleure solution.

— Si vous le dites...

Hugo regarda sa montre. Quarante minutes s'étaient écoulées quand Naima fit de nouveau son apparition dans le bar. Son sourire semblait indiquer la fin des emmerdes, mais il ne voulait pas être trop présomptueux.

— J'ai de bonnes nouvelles, de très bonnes mêmes.

Le jeune homme ne put s'empêcher de sourire à son tour.

— J'ai tout raconté à Julian. On lui envoie tout ce qu'on a déjà par e-mail immédiatement et on le rejoint non loin du siège de la rédaction. Il est en ce moment même en train de passer des coups de fil. D'après lui, il n'aura aucun mal à nous assurer une protection judiciaire. Il faut faire vite, plus le dossier contre Antarès sera monté rapidement, plus vite il pourra être exposé au grand jour. C'est notre assurance-vie !

— On part où alors ? demanda Hugo.

— En Suisse, à Genève !

Sur le parking de la place Sainte-Pierre, le groupe prit la décision à l'unanimité d'abandonner leur voiture et de faire les quelque sept cents kilomètres de route vers la Suisse dans la voiture de Sophie. Cette fois-ci, ils ne se priveraient pas de prendre l'autoroute. Il avait un moment été question que la jeune infirmière contacte une amie à elle afin qu'elle l'héberge, mais Hugo n'avait pu se résigner à la laisser seule. Le groupe se retrouvait face à un dilemme : comment rentrer à cinq dans la minuscule citadine de la jeune fille ?

— Laissez-moi à l'aéroport, dit Victor, déchirant le silence.

— Hors de question ! s'indigna Naima.

— Laissez-moi prendre un avion et retrouver ma femme, je me débrouillerai pour être le plus discret possible, ne vous inquiétez pas. Je suis un vieux loup, je saurai m'en sortir, vous en faites pas ! Et puis je prends trop de place sur la banquette arrière, dit-il amusé.

— OK, trancha Hugo. On vous emmène à Blagnac, on vous laissera le téléphone de Sophie et de l'argent, et vous nous contacterez à chaque étape de votre retour. Ça marche ?

Victor hocha la tête, Naima désapprouva intérieurement.

***

L'agent Wang avait suivi le signal GPS émis par le téléphone portable de Sophie. Cette petite garce avait été plus forte que lui et Bogdan, mais le résultat était finalement le même. Dans son plan initial, Wang avait prévu de la relâcher — simulant une faute d'inattention — et de la suivre à la trace alors qu'elle les conduirait vers les cibles. Bogdan était mort et son corps pourrissait désormais à quelques centimètres derrière lui, dans le coffre, mais l'agent n'avait pas dit son dernier mot.

Il fit un premier tour de la place Saint-Pierre et localisa le bar où le groupe s'était installé. Il trouva un emplacement de parking où il pouvait observer sans être vu.

Après de longues heures d'attente, Wang vit enfin les cibles sortir du bar. Le groupe sembla tergiverser pendant quelques minutes puis les cinq s'engouffrèrent avec difficulté dans l'habitacle de la Fiat 500.

La technologie lui permettait de leur laisser quelques kilomètres d'avance sans craindre de les perdre.

Suivant le signal, il roula près d'une demi-heure en direction de l'aéroport de Toulouse-Blagnac puis s'arrêta au niveau du dépose-minute, à bonne distance de leur voiture.

Le groupe disparut derrière les murs de l'aéroport et reparut quelques minutes plus tard, diminué d'une personne. Wang jeta immédiatement un coup d'œil sur son pisteur GPS et vit qu'à mesure que les cibles se rapprochaient de leur véhicule, le petit point bleu du signal s'éloignait dans la direction opposée.

L'agent frappa d'un coup sec sur son volant et soupira de colère. Heureusement qu'il ne leur avait pas laissé trop d'avance, le mouchard GPS placé dans le téléphone de Sophie Girardi s'avérait désormais inutile.

Il consulta rapidement sa tablette et en déduisit l'absence de Victor Karadjian, une cible mineure selon lui. Il hésita à faire remonter l'information à sa hiérarchie afin que les autres agents puissent cueillir le sexagénaire où qu'il aille, mais il se ravisa. Il devrait de nouveau faire un rapport détaillé à Georges et l'affaire pourrait lui être retirée. Après tout, il faudrait qu'il explique la fuite de la blonde et le fait qu'il ait laissé partir Victor. Et tout ça ressemblerait bien trop à une nouvelle faute de sa part. Georges n'était disposé à accepter aucune erreur. Surtout pas venant de Wang. Non, il lui faudrait faire cavalier seul et ne revenir la tête haute qu'avec l'assurance de la mise hors d'état de nuire des principales cibles. Et sans son mouchard, il lui restait une bonne vieille méthode : la filature.

***

Au volant de la Fiat 500, Hugo filait sur l'A61 en direction de Narbonne. Une heure plus tard, ils passaient Castelnaudary et roulaient vers la mystique Carcassonne. À chaque fois qu'il avait été contraint de ralentir, il avait aperçu une berline gris anthracite qui semblait suivre son mouvement. Quand il accélérait de nouveau et que le véhicule disparaissait de son rétroviseur, il réapparaissait à peine une minute plus tard dans son champ de vision.

Les premières fois, il ne dit rien, mais alors qu'il dut se rabattre en catastrophe sur la voie du milieu, en plein dépassement, à cause d'un chauffard qui roulait à toute allure sur la voie la plus à gauche, il entraperçut la berline suspecte faire de même et ne put contenir une expression d'inquiétude.

— Y a quelque chose qui ne va pas, Hugo ?

C'était Naima. Décidément, rien ne lui échappait à celle-là.

— Je ne voudrais pas faire mon parano, mais j'ai bien l'impression qu'on est suivis.

Par réflexe, Sophie se décala sur son siège pour tenter de jeter un regard vers l'arrière, mais Hugo cria :

— Ne te retourne pas !

Sa compagne sursauta et étouffa un petit cri.

— Prends la prochaine sortie, dit Naima.

— Il y a une aire de repos dans un kilomètre, répondit-il.

— Parfait, on en aura le cœur net. Et pas de panique, Hugo, conduit normalement.

Il hocha la tête, mit son clignotant droit et se rabattit.

Au loin, le véhicule qui semblait les suivre fit de même.

— Gare-toi tout au bout, au plus près de la sortie, dit Naima en pointant un index vers l'avant. C'est quand même pas de bol que ce ne soit pas une aire de station-service...

— Il y en a une dans vingt bornes, tu veux que je continue ?

— Je préfère savoir tout de suite !

Hugo stoppa le véhicule sur le dernier emplacement de l'aire, derrière un petit bâtiment de béton qui abritait des toilettes publiques.

Au bout, une tache grise apparut, faisant une lente approche dans leur direction. Le véhicule s'arrêta à l'entrée du parking, au beau milieu du passage. Le temps parut suspendu.

Soudain, les deux puissants phares de la berline s'allumèrent et éblouirent le petit groupe massé dans la petite citadine. Hugo plissa les yeux et vit la voiture foncer sur eux. Il n'eut pas le temps d'alerter ses compagnons que la Fiat fut percutée sur le côté de plein fouet. Dans l'habitacle, le choc fit place aux cris de panique.

L'ingénieur, qui n'avait pas coupé le moteur, accusa le coup et planta son pied sur l'accélérateur. Les pneus crissèrent puis éclatèrent dans un vacarme de tous les diables.

Des balles de pistolet avaient fusé de toutes parts et avaient déchiré la gomme.

Wang se tenait à quelques mètres de leur véhicule, son Glock pointé dans leur direction.

— Baissez-vous ! hurla Hugo.

Ignorant les bruits peu rassurants de métal déchirant le bitume, il accéléra de plus belle, dans une gerbe d'étincelles illuminant le ciel grisâtre.

La Fiat dérapa dans un virage incontrôlé à cent quatre-vingts degrés et se retrouva face à Wang.

Hugo fut secoué par une décharge d'adrénaline et mit le pied au plancher. Les jantes de la voiture rayèrent le goudron du parking dans de nouvelles gerbes d'étincelles multicolores. L'agent d'Antarès ne bougea pas et vida la moitié de son chargeur dans le pare-brise de la masse de métal qui fonçait sur lui.

Naima, toujours à couvert, tendit le bras et tira de toutes ses forces sur le frein à main. La Fiat s'arrêta net.

— Putain Hugo ! Joue pas les héros ! C'est fini. On se rend ! cria-t-elle entre ses dents.

Le jeune homme ouvrit la portière et s'extirpa du véhicule les mains en l'air. Les autres suivirent, effectuant des gestes lents, terrorisés par l'arme de Wang qui les tenait en joue.

— Tout le monde à genoux ! tonna l'agent. Les mains sur la tête ! Le premier qui bronche, je le shoote.

Tous s'exécutèrent.

Wang recula vers sa voiture puis tendit le bras à l'intérieur pour saisir son sac. Il le jeta à ses pieds, s'accroupit et en extirpa des colliers de serrage en plastique. La simple vue de ces objets provoqua un haut-le-cœur chez Sophie, qui ferma les yeux pour tenter d'apaiser sa nausée.

— Toi, dit-il en désignant Bertrand de son pistolet, prends ça et attache les mains de tes petits camarades dans leur dos !

Wang lança le paquet de colliers de serrage à ses pieds.

Doucement, comme si ses mouvements allaient déclencher le détonateur d'une bombe, Bertrand ligota les mains de Naima.

— Glisse ton index à l'intérieur et tire d'un coup sec sur l'anneau de plastique, que je voie si tu ne me l'as pas faite pas à l'envers !

Il exécuta l'ordre et, prouvant à Wang que le lien était bien solide, il continua et fit de même avec le reste de ses compagnons.

— Approche-toi maintenant ! Et pas de conneries, pose tes mains sur ta tête.

De nouveau, Bertrand obéit aux ordres et avança lentement vers l'agent. Ce dernier recula à mesure que sa victime s'approchait, comme dans une sorte de ballet calme et sinistre. Arrivé à hauteur de sa berline, Wang ouvrit le coffre et somma Bertrand de monter dedans. À la vue du cadavre d'un homme empaqueté dans une bâche plastique, il faillit défaillir, mais, l'arme à feu pointée sur lui, il prit une grande inspiration et vint se poster en position fœtale à quelques centimètres de Bogdan.

Wang claqua le coffre et le petit groupe agenouillé sur le sol froid de l'aire d'autoroute sursauta comme s'il agissait d'une déflagration de pistolet. Il s'approcha d'eux et vit leurs visages effrayés, les traits distordus par la lumière crue des phares de sa voiture.

— Levez-vous, maintenant ! Et marchez doucement jusqu'aux toilettes.

Naima fut la première à se mettre debout. Sophie, sous le choc, avait du mal à coordonner ses mouvements et quand Hugo essaya de l'aider, Wang hurla. Quand tout le monde fut finalement sur ses deux pieds, ils marchèrent en file indienne jusqu'au cube de béton dans lequel se situaient les toilettes.

Il les fit s'agenouiller de nouveau, dans l'herbe, dos à lui. Il jeta plusieurs fois des regards vers l'entrée de l'aire pour s'assurer que personne n'approchait.

Hugo aurait voulu prendre la main de Sophie. Il l'entendait sangloter et se demandait comment Naima pouvait rester silencieuse et si stoïque face à sa mort imminente. Il n'y avait pour lui aucune autre issue à ce rituel macabre. Indubitablement, ils vivaient là leurs dernières secondes.

Dans un froissement d'herbe raidie par le froid, Wang fit quelques pas vers Sophie. Il abaissa son arme vers la nuque de la jeune fille. Elle sentit le souffle de la mort lui caresser les cheveux. Elle ferma les yeux et pensa à sa mère qu'elle allait bientôt rejoindre.

Le vacarme qui suivit déchira l'atmosphère lugubre de ce jour de décembre. Un hurlement de douleur puis un coup de feu. En l'air, comme dans un dernier élan de désespoir.

Hugo se retourna et aperçut Bertrand, une lourde clef en croix brandie au-dessus de sa tête et le regard rougi par la haine.

Sophie remarqua l'arme qui gisait à portée de leur agresseur et l'éloigna violemment d'un coup de pied.

Comme Wang remuait encore, Bertrand asséna le coup de grâce sur le crâne de l'homme qui sombra sur-le-champ.

— Hugo ! Venez m'aider à déplacer le corps qui est dans le coffre. Vite !

— Un corps ?

— Vous me posez la question à moi, Hugo ?

Le jeune homme se rendit soudainement compte que la seule personne qui pouvait lui livrer des explications gisait à demi morte, non loin de lui, sur l'herbe de l'aire d'autoroute.

Ils eurent tout le mal du monde à déplacer la masse inerte du Serbe et à la placer à côté de leur bourreau, toujours sonné. Bertrand fit un aller-retour avec le sac de colliers de serrage et commença à ligoter fermement Wang.

Puis il ligota le cadavre de la même façon : les mains dans le dos entravées aux chevilles. Côte à côte, les deux corps tordus dans des positions impossibles à la limite du ridicule allaient par la suite être attachés ensemble. Dans l'action, la bâche plastique qui couvrait le visage du Serbe avait glissé et quand Sophie jeta un coup d'œil furtif à la scène, personne ne le vit, mais elle esquissa un discret rictus.

Bertrand avait triplé les colliers à chaque point sensible de façon à être certain que jamais l'agent Wang ne puisse défaire de ses liens. Sa besogne terminée, il fit un pas en arrière et contempla son œuvre.

— L'un ne devrait pas tarder à rejoindre l'autre... dit-il en parlant de Wang.

Jamais Naima n'avait entendu un ton si froid chez Bertrand, mais peu importait, elle était vivante.

Hugo revint au pas de course et pénétra dans l'habitacle, sa sacoche d'ordinateur dans la main gauche et le Glock de l'agent d'Antarès dans la droite. Il le tenait maladroitement dans la manche de sa veste comme pour ne pas y laisser ses empreintes.

— Vous déconnez ? fit Bertrand. Vous savez vous en servir, au moins ?

— Pas du tout, mais j'imagine qu'il faut viser et appuyer sur la gâchette avec l'index.

— Tu dis ça comme ça, toi ? détendu ! On a failli mourir et toi tu fais des blagues ? lança Sophie.

Il avança son visage entre les deux sièges, embrassa la jeune femme amoureusement puis esquissa un sourire.

— Justement, ma chérie, je suis content d'être en vie !

Naima retrouva la mine grave que ses compagnons lui connaissaient et trancha :

— On va sérieusement laisser ce type comme ça, ici ?

— J'ai pas vraiment envie de l'aider. Vous, si ? demanda Bertrand.

— Pas le moins du monde, mais j'ai peur qu'il s'échappe...

— Si par miracle, il arrive à défaire ses liens, il ne pourra pas aller bien loin dans son état, et puis le temps nous est compté, partons d'ici au plus vite !

La journaliste eut soudain un éclair de lucidité. Elle ouvrit sa portière et se précipita vers Wang et le fouilla.

Dans un dernier souffle de vie, il sortit de sa léthargie et grogna quelques mots :

— Me... me laissez pas là, dit-il tentant de maîtriser sa souffrance. Je peux vous protéger... ils vous tueront... quoiqu'il arrive...

Après avoir trouvé son téléphone portable et vérifié qu'il ne dissimulait pas une autre arme, elle se releva, tourna le visage pour le fixer droit dans les yeux et lui asséna un violent coup de talon dans l'entrejambe. Son cri de douleur déchira le silence.

— On peut y aller ! tonna-t-elle à l'attention de Bertrand alors qu'elle montait dans la voiture.

Il enclencha la première vitesse et fonça vers la sortie puis s'engagea sur l'autoroute.

Pendant de longues minutes, les esprits des rescapés de l'île divaguèrent en silence, le ronronnement feutré du moteur en fond sonore. Comme à son habitude, Naima fut la première à briser la monotonie :

— On vous doit nos vies, Bertrand. Je pense que personne ne s'en rend vraiment compte sur le coup, mais je vous jure qu'on ne pourra jamais assez vous remercier.

Il ne répondit pas, mais se contenta d'un sourire ému.

— En revanche, il va falloir nous dire comment vous avez réussi cet exploit !

Le sourire laissa place à un petit rire nerveux.

— J'ai la même voiture ! Il y a une trappe derrière l'accoudoir central de la banquette arrière. Elle s'ouvre de l'intérieur du coffre. Bien pratique quand on a des objets trop longs pour y tenir... ou pour sauver la vie de ses compagnons.

Des rires salvateurs éclatèrent dans l'habitacle.

— Il y a moins drôle cependant, dit Bertrand.

— C'est à dire ? répondit Naima.

— On se balade dans la voiture d'un tueur et encore une fois elle est peut-être surveillée, je ne sas pas, moi.

Naima prit son ton le plus rassurant et déclara :

— OK. Pas de panique, on abandonnera cette voiture avant la frontière et j'appellerai Julian pour qu'il envoie quelqu'un nous chercher. On laissera tout à l'intérieur, même l'arme. Le véhicule devrait être rapidement relié au cadavre retrouvé sur l'aire d'autoroute et deviendra une scène de crime. Toutes les analyses qui seront faites seront autant d'eau à ajouter à notre moulin. Pour l'heure, il faut se débarrasser de ça.

Elle saisit le téléphone portable de Wang et le piétina jusqu'à le briser. Elle en extirpa la carte SIM, qu'elle jeta par la fenêtre. Elle continua de démonter l'appareil jusqu'à ce qu'il ne soit même plus possible de reconnaître ce que l'objet avait été. Elle baissa un peu plus sa vitre et éparpilla les pièces électroniques à 130 km/h au-dessus du bitume de l'autoroute.

La journaliste ajouta, plus pour elle-même qu'autre chose :

— Le cauchemar est bientôt terminé...

Avant de passer la frontière, à Saint-Julien-en-Genevois, ils abandonnèrent leur véhicule. Julian les avait contactés et il avait tout prévu.

Un chauffeur vint les chercher et ils furent tout d'abord emmenés à leur premier lieu d'hébergement, une belle maison dans un quartier surveillé à l'extérieur de Genève. Là, ils purent faire leur toilette, se changer et retrouver un semblant de vie d'avant.

Le fondateur de SmartMedia les rejoignit dans la soirée pour un dîner qui prit vite des allures de réunion d'enquête. Julian écouta les histoires des rescapés de l'île.

On pleura, on rit, on but un peu, on s'inquiéta beaucoup, mais on vécut.

***

Aéroport du Bourget, région parisienne.

C'était une folie, compte tenu du fait qu'Antarès n'avait pas effectué le dernier versement, mais après vingt-quatre longues heures sans signe de vie de l'agent Wang, Georges avait fait affréter un jet privé et préparé son exil. Jusqu'au dernier moment, il avait conservé le téléphone portable avec lequel il communiquait avec ceux qui l'avaient mandaté. Celui-ci sonna.

Au beau milieu du tarmac, Georges décrocha et, comme il le faisait toujours, il laissa à l'interlocuteur la primeur du premier échange.

— C'est la merde, Georges, c'est la merde ! grogna la personne à l'autre bout de la ligne.

— Si je puis me permettre, Monsieur, ça l'est depuis quelque temps déjà.

Comme l'autre n'enchaînait pas, Georges reprit :

— Votre ligne est sécurisée ?

— J'en sais foutre rien ! On a tous les corps de métiers de la justice au cul ! La financière, les stups, Interpol, je ne serais pas étonné qu'ils nous envoient l'armée ! Y a des perquisitions partout, c'est fini Georges, putain... C'est terminé... Vous êtes où ?

— Loin, mentit-il.

— Il faut que vous me sortiez de là, bordel ! Je pars avec ma femme chercher mon fils qui fait ses études à Lyon, on pourrait partir de là bas. Vous pensez à quoi ? La Suisse ? L'Italie ? On ne peut pas prendre l'avion, j'imagine...

— Je ne peux plus rien faire pour vous. Le dernier versement n'a même pas été fait...

— Les comptes sont gelés ! hurla-t-il. Vous déconnez ou quoi ? Votre part du marché est un fiasco ! Vous avez tout foiré, mon vieux ! J'ai un compte en Suisse, je vous ferai un virement sur mes deniers personnels. Vous voulez combien ? Mon avocat m'a négocié un répit d'une journée, je dois me rendre demain au commissariat de Neuilly-sur-Seine, j'ai plus beaucoup de temps.

Alors qu'il avançait lentement vers son avion, Georges s'évada furtivement dans ses pensées. Le lendemain, alors que son interlocuteur serait aux mains de la police, lui serait sûrement déjà au Panama. Peut-être encore à Miami, s'il décidait de rallonger son escale d'une journée.

— Désolé, dit-il calmement.

— Vous pouvez pas me laisser comme ça ! Georges, je vous en conjure, faites ce dernier geste, pour ma famille et moi. J'ai de l'argent, je...

L'interlocuteur fit une pause puis changea de ton :

— Je n'aurais pas le choix que de vous balancer avec l'eau du bain ! Vous serez tenu responsable de tous les crimes, je vais tout raconter à la police, mon vieux ! Où que vous soyez, vous serez retrouvé ! Faites pas le con, aidez-moi une der...

Il avait raccroché.

Les hommes en proie à la détresse l'horripilaient. Ils sont toujours prêts à tout, ils se raccrochent à la moindre branche, ils vendraient leur mère pour sauver leur peau. Toutes les menaces proférées à son encontre ne l'avaient même pas fait lever un sourcil. Il savait ce qu'il faisait et les précautions qu'il prenait étaient draconiennes. Jamais Georges ne serait inquiété, il ne l'avait d'ailleurs, dans toutes ses affaires, jamais été.

Il jeta le téléphone au sol et le détruisit de trois coups de talons.

À quelques mètres devant lui, au sommet d'un escalier métallique qui le mènerait à l'avant de l'appareil, une charmante hôtesse lui offrait son plus beau sourire.

À l'intérieur, une théière de Rooibos fumante l'attendait au milieu d'une table d'acajou verni.

EPILOGUE

Dès le lendemain matin, toutes les autorités compétentes furent prévenues et Julian frappa fort avec une dépêche choc qui fut reprise par tous les grands médias français et, plus tard, la traînée de poudre s'étendit à l'Europe, dans plus de dix pays.

L'alerte avait été lancée après la constitution d'un dossier solide et très vite, les instances judiciaires se saisirent du dossier. Tous les acteurs dans ce que les journaux ont appelé « Le drame de Saint-Riom » furent placés sous protection policière.

Bertrand et Naima choisirent de rester en Suisse, où le protocole de sécurité mis en œuvre était beaucoup plus important qu'en France.

Le scandale avait éclaté et il avait fait bien plus de dégâts que quiconque aurait pu l'imaginer.

Après une semaine de harcèlement médiatique, de perquisitions policières et de révélations sulfureuses, la société Antarès était décimée, battue à plate couture et il aurait fallu un miracle pour qu'elle renaisse de ses cendres.

Tous les jours, il semblait aux Français qu'on ouvrait un peu plus la boîte de Pandore.

Tout avait commencé avec l'article de Julian dévoilant la photo dans laquelle l'actuel ministre de la Santé signait un mystérieux document au siège d'une filiale d'Antarès. L'article citait ouvertement Harold et son travail dans un rapport qui avait été remis au gouvernement. Julian n'avait pas hésité à évoquer le fait qu'on avait perdu la trace de l'épidémiologiste depuis son départ pour l'île de Saint-Riom. Les autorités bretonnes purent réagir très vite et firent état du corps d'un homme d'origine africaine et d'identité inconnue, retrouvé par des pêcheurs dans la baie de Saint-Brieuc. Vera Vandenberg identifia formellement son mari, ce que l'étude dentaire et la comparaison avec des radios en sa possession confirmèrent.

Le cas d'Eugénie Faure fut également évoqué et sa disparition inquiétante et sans raison logique selon les dires de ses proches, ne laissa aucun doute dans l'esprit des enquêteurs.

Un incendie d'origine criminelle fut responsable de la destruction de plus des trois quarts de l'usine Agritec à Toulouse, mais le feu fut maîtrisé et les perquisitions au sein de la société permirent de confirmer l'implantation délibérée du virus de la grippe H10N7 dans des lots de nourriture destinée à la volaille. Plus de dix mille spécimens, canards, poules et oies, furent tués en prévention de la propagation du virus et tous les lots de nourriture provenant d'Agritec furent rappelés et mis sous scellé.

Pendant des mois, on ne parla presque exclusivement que de l'affaire Antarès. Le ministre de la Santé fut remercié dans les heures qui suivirent sa mise en examen et quelques têtes de plus tombèrent au sein du gouvernement. Un moratoire fut exigé quant à l'étude des relations entre les industries pharmaceutiques et les hommes politiques responsables des lois du pays. Le débat sur le lobbying intensif pratiqué par les entreprises du secteur pharmaceutique s'intensifia de semaine en semaine et de nombreuses questions de santé publique furent soulevées.

Pendant des semaines, ils demandèrent des nouvelles sur les recherches de l'homme qu'ils avaient appelé Georges. Un mandat d'arrêt international avait été établi, mais, du dire des autorités en charge du dossier, les chances de retrouver une telle personne étaient quasi nulles. Naima creusa plus profondément que les autres, mais n'eut droit qu'à de brefs bruits de couloir dont la fiabilité restait à prouver et qui, la plupart du temps, se contredisaient. Tantôt Georges avait été aperçu voire arrêté, ça ou là, tantôt il était mort ou faisait pression sur les acteurs du procès en cours avec des dossiers compromettants. Il y avait fort à parier qu'il ne deviendrait plus qu'une légende qu'on chuchote dans les milieux d'influence à la manière d'une histoire pour faire peur aux enfants.

Les rescapés du drame de Saint-Riom pensaient avoir vécu une des épreuves les plus difficiles de leur vie, mais ils étaient à mille lieues d'imaginer la déferlante médiatique qui allait s'abattre sur eux et sur l'affaire.

En tant que témoins clefs dans bon nombre de procès, ils furent également mis à mal par la machine judiciaire, mais ils avaient tous la certitude d'avoir œuvré pour l'amélioration d'un monde trop souvent égratigné par des scandales du genre.

Un matin de décembre, la France s'était réveillée sur une prise de conscience salvatrice qui rayonna au niveau européen.

Bertrand vendit l'île de Saint-Riom dont le tapage médiatique avait aidé à faire grimper le prix et décida de se rapprocher de sa mère et de s'occuper d'elle alors qu'on lui annonçait un début de cancer.

Hugo et Sophie, d'abord ébranlés puis ressoudés après les évènements, choisirent de changer complètement de vie et partirent s'installer en Auvergne pour y ouvrir une maison d'hôte.

Victor coule des jours paisibles avec Annita et profite d'une retraite confortable en Île-de-France où il a choisi de rester, malgré les réticences de sa femme durant les premiers mois.

Naima, quant à elle, s'est consacrée à son travail de journaliste d'investigation dans l'affaire Antarès et attend les verdicts des différents procès pour sortir un livre qui racontera en détail toute l'histoire.

***

Après son départ pour le Panama, Georges, de son vrai nom Jorge Popescu, avait suivi de loin les retentissements de ce que les médias français avaient nommé « l'affaire Antarès ».

Des missions comme celle qu'il venait d'effectuer, il en avait déjà honoré des dizaines et il savait que d'ici quelques mois, à peine une année au pire, il serait de nouveau sollicité et appelé à se rendre aux quatre coins du monde. La France avait toujours été son terrain de jeu favori et il lui semblait à travers le prisme des chaînes d'info en continu qu'elle était à feu et à sang.

Pour quelques mois seulement, pensa-t-il, *puis d'autres remplaceront ceux qui ont été écartés. Le monde tourne ainsi.*

Un soleil de plomb écrasait de sa chape tout le pays et Georges, au bord de sa piscine à débordement qui semblait, par parallaxe, se déverser dans l'océan, ne pouvait néanmoins y échapper.

Il abandonna son cocktail sirupeux et entreprit d'aller chercher de quoi se couvrir la tête à l'intérieur de sa villa.

Une de ses gouvernantes étouffa un cri d'effroi, mais son arme disponible la plus proche était à l'étage, scotchée sous son lit et, même s'il avait réagi assez vite pour un homme surpris au sein même de sa propriété privée, il n'aurait jamais eu le temps de prévoir une quelconque riposte.

Un commando du Service Action en pleine opération « homo » avait pénétré la villa et cerclé le périmètre. Le tireur d'élite en tête d'escadron tira deux salves dans la tête de Georges qui fut projeté en arrière et mourut avant de toucher le sol.

Cette mission clandestine diligentée par la DGSE n'apparaîtrait dans aucun compte rendu d'opération et les seules traces qui resteraient de ce qui venait de se passer là, dans la paisible petite ville de Pedasi au Panama, seraient celles du sang de Jorge Popescu sur son parquet en ipé. Encore eut-il fallu en rerouver quelques lames souillées dans les décombres de l'incendie qui suivit.

L'incident n'eut droit qu'à quelques lignes dans la presse locale et le journaliste qui reporta la dépêche souleva une nouvelle fois le problème de ces ghettos de riches qui se multipliaient sur la côte panaméenne et dont l'accès sécurisé et réglementé ralentissait le travail de la police et, en l'occurrence, des pompiers.

Georges était mort avec tous ses secrets. Il avait subi une sorte de procès expéditif qui permettait de le juger pour tous ses crimes, mais également d'enfuir six pieds sous terre tous les dossiers sur lesquels il avait « travaillé » et avec eux, tous les commanditaires de ses missions.

Georges savait qu'il mourrait un jour par la main qui l'avait nourri pendant des années, il ne pensait simplement pas s'éteindre aussi tôt.

***

Alerte SmartMedia

Alors que s'ouvre aujourd'hui l'ultime jour du dernier des huit procès autour de l'affaire Antarès, on apprend le décès de Philippe de Grandmaison, PDG de la multinationale leader européenne du secteur pharmaceutique. Le président du groupe s'est donné la mort dans la nuit dans sa maison de Neuilly-sur-Seine dans des circonstances encore inconnues à ce jour. Il semblerait bien que le plus gros scandale de santé publique de ces vingt dernières années n'en ait pas terminé de nous apporter son lot de retentissements et il y a fort à parier que même après la décision finale du tribunal, l'affaire colonise encore certaines unes de la presse hexagonale.

FIN

Et maintenant ?

Tout d'abord, je tiens à vous remercier pour votre confiance et j'espère de tout cœur que vous avez apprécié votre lecture. Si c'est le cas, rien ne me ferait plus plaisir qu'un petit commentaire de votre part au sujet du livre. D'un côté, ça aide grandement les éventuels lecteurs à faire leur choix et d'un autre, ça permet à un auteur indépendant comme moi d'obtenir un tout petit peu plus de visibilité dans cet océan de livres où les grandes maisons d'éditions et les auteurs célèbres tiennent le haut du pavé.

C'est votre mission, j'espère que vous l'accepterez et ne vous inquiétez pas, ce message ne s'autodétruira pas dans cinq secondes !

Restons en contact !

Après avoir passé des mois à construire cette nouvelle histoire, c'est vous qui lui donnez vie en la lisant et pour ça, je dois vous remercier chaleureusement. J'espère que vous avez pris autant de plaisir à vous plonger dans ce roman que j'en ai eu à l'écrire.

Je suis ce qu'on appelle un auteur indépendant, c'est à dire que je me charge de toutes les étapes de la publication d'un livre de A à Z. C'est une énorme charge et une entreprise bien solitaire qui me laisse néanmoins une grande liberté. Notamment celle de pouvoir être au plus près de mes lecteurs à toutes les étapes de la conception d'un nouveau roman, et ça, ça n'a pas de prix.

L'aventure ne s'arrête donc pas là ! Et la meilleure façon pour me retrouver, connaître les sorties de mes prochains romans, bénéficier de promotions exclusives, recevoir des livres gratuits et tout savoir sur l'envers du décor de mon métier d'écrivain, c'est en vous inscrivant à mon **Groupe de lecteurs** ici :

www.floriandennisson.com/inscription

Pour le reste, je suis également présent sur les différents réseaux sociaux et vous pourrez en savoir plus sur mes inspirations, ma façon de travailler, mes personnages, mes coups de coeur et mes coups de gueule lecture, etc.

Rejoignez-moi avec d'autres lecteurs sur...

Instagram : @floriandennisson

Facebook : www.facebook.com/floriandennisson

Twitter : @FDennisson

Mon site internet : www.floriandennisson.com

Sachez également que toutes vos remarques, critiques et questions sont les bienvenues et que vous pouvez tout simplement me contacter par e-mail à florian@floriandennisson.com

À très vite,

Florian.

Liberté conditionnelle

Après un premier **roman n°1 des Meilleures ventes Policier & Suspense**, plongez dans le suspense de *Liberté conditionnelle.*

Un ancien bandit, de vieilles connaissances qui refont surface et la police qui s'en mêle : c'est le cocktail explosif de ce roman policier aux allures de polar noir.

Quinze ans après le casse du siècle, Romeo Brigante croit couler des jours paisibles en jouant les tenanciers de bar, mais il est très vite rattrapé par ses fantômes du passé. En conditionnelle et suivi de près par la commandante Sofia Van Deren et son équipe, il va devoir choisir son camp : tourner définitivement le dos au milieu du banditisme ou refuser de coopérer avec la police et risquer un retour en prison ?

Ce que les lecteurs en disent :

"Excellent moment que j'ai partagé avec les personnages de ce polar à la française. L'intrigue est au top, on se laisse aller auprès de ce vieux taulard (pas si vieux en fait). L'écriture est elle aussi d'un haut niveau et participe activement à l'ambiance. Personnellement c'est le deuxième livre de cet auteur que j lis et je ne suis pas déçu . À lire absolument."

— 5 étoiles sur Amazon par Eric13190

"L'histoire est bien enlevée, trépidante, écrite dans un style rapide sans temps morts. Le suspense est maintenu jusqu'à la fin. Une fois le livre terminé on a envie de connaître la suite des aventures de Romeo Brigante et de son entourage."

— 5 étoiles sur Amazon par Kris

Disponible à l'adresse suivante :
www.floriandennisson.com/liberte-conditionnelle

Téléski qui croyait prendre

Une nouvelle aventure du Poulpe dans le style de ses origines en hommage à Jean-Bernard Pouy.

Privé de son quotidien de prédilection, Gabriel Lecouvreur, dit le Poulpe, se retrouve à éplucher les faits divers d'un journal de province. Il s'entiche d'une affaire étrange qui va le mener dans la noirceur des secrets d'une des familles les plus puissantes de Courchevel. Un magnat du monde de la nuit laissé pour mort au beau milieu de son chalet de luxe et de vieilles connaissances de Gabriel accusées à tort, c'est le Poulpe au pays de l'or blanc.

Ce que les lecteurs en disent :

"Titre qui donne envie de lire ce roman que j'ai tout simplement dévoré.

Je l'ai trouvé bien écrit, bien tourné avec beaucoup d'humour et de jeux de mots, je ne me suis pas ennuyée.

C'est agréable d'avoir des intrigues qui se passent en France. Je ne peux que vous le conseiller."

— 5 étoiles sur Amazon par Angélique

"Super ! Florian Dennisson fait revivre Le Poulpe. Qui plus est dans cette belle région des Alpes que l'auteur connaît bien, pour être originaire d'Annecy. L'histoire est bien torchée et Le Poulpe défait les fils emmêlés avec une dextérité de semi-professionnel désinvolte. J'ai passé un bon temps à lire ce livre. Bravo et merci."

— 5 étoiles sur Amazon par JeFpissard

Disponible à l'adresse suivante :
www.floriandennisson.com/teleski-qui-croyait-prendre

Dépôt légal février 2019

CHAMBRE
NOIRE
69, rue de Provence
75009 Paris
www.chambrenoire.co

18070566R00222

Printed in Great Britain
by Amazon